Sein letztes Opfer

Von Paul Riedel

Paul Riedel

Sein letztes Opfer

Krimi Mystery

Impressum

www.paul-riedel.de

©Paul Riedel, München 2020

Printed in Germany

Umschlag: © Paul Riedel, München 2019

Lektorat: Beatrix Osterkamp

Erste Auflage 2020

Bibliografische Information der Deutschen Nationalbibliothek: Die Deutsche Nationalbibliothek verzeichnet diese Publikation in der Deutschen Nationalbibliografie; detaillierte bibliografische Daten sind im Internet über dnb.dnb.de abrufbar.

© 2020 Paul Riedel

Herstellung und Verlag

BoD – Books on Demand, Norderstedt

ISBN: 978-3-7392-0001-9

Vorwort

Brutalität kann Personen voneinander trennen. Sie kann Menschen verändern, aber sie kann auch das Ritual zur Entstehung einer neuen Person, Regel oder Gesellschaft sein.

Überleben werden nicht nur die Stärksten, sondern auch die Intelligentesten.

In diesem Roman werden beide Facetten der menschlichen Personalität in einer möglichen Zukunft vorgestellt.

In einer Reihe von Selbstjustizakten sieht ein junger Polizist die Chance, seine Karriere aufzupolieren und dadurch ebenfalls ihn von seiner Hauptsorge ablenken. Ein Leben ohne Erfüllung seiner Liebe.

Einiges basiert auf Tatsachen, und mit einem Hauch von Romantik kann die Realität auch besser verdaut werden.

Über den Autor

Geboren in Brasilien, wuchs ich in der Stadt Sao Paulo auf. Mein Interesse an der Literatur begann in den siebziger Jahren. Damals las ich alle Romane von Simenon, Christie oder Marion Zimmer Bradley, die ich fand.

Ich entwickelte später meinen eigenen Genre, wo Gewalt nicht vordergründig ist, aber nunmehr Bestandteil der Psyche und des Lebens der Charaktere.

Die deutsche Sprache war für mich nie leicht, aber die Herausforderung reizt genug, um diese mit aller Kraft anzugehen.

Ich lebe seit 1984 in München, wo ich Stadtführungen und Kunstseminare anbiete.

Am Ende dieses Buchs finden Sie eine Liste meiner derzeitigen Werke.

Märchen

Die Vorstellung, dass Mädchen als Prinzessinnen von edlen Rittern gerettet werden und glücklich für den Rest ihrer Tage leben können, war eine der Dogmen, die Irene Vogt störten.

Rosafarbene Kleider verschmähte sie. Sie würde eher eine glänzende Rüstung tragen. Die Drachen, die Männer bekämpften, hätte sie lieber als Vertraute.

In ihren Fantasien wollte sie eigentlich die Ritterin sein. Noch eindrucksvoller wäre die Vorstellung, ein Paladin zu sein, mit der Kraft Gottes gegen das Böse anzutreten.

Die Jahre vergehen. Von den Märchen, die ihre Mutter ihr einst vorlas, blieb nur eine blasse Erinnerung.

Sie entwickelte sich zu einem modernen Paladin. Eine Polizistin, die auf der Suche nach Gerechtigkeit auf ihre Liebe traf.

Wie in Liebesromanen oder Erzählungen, die sie kannte, geschah es ihr, dass all ihre körperliche Kraft nutzlos gegen einen unsichtbaren Feind war.

Dieser Widersacher wurde durch eine exotische und fragile Figur personifiziert. Die ihr Herz verletzte, wenn sie sich davon fernhielt, aber gleichzeitig ihren Geist schwächte, wenn sie ihr zu nahekam.

Ein Opponent musste für sie einen angsteinflößenden Namen haben. Aber in ihrem Fall hieß dieser nur Jenny.

Ein Mädchen

Der Wolf

Aus dem Fenster waren weder Mond noch Sterne am Himmel zu erkennen. Lediglich die Abwesenheit von Autos auf der Schönstraße setzte die Frau in Kenntnis, dass es Mitte der Nacht im August war. Feuchte Kühle schwebte in der Luft und verlieh der kleinen Wohnung am Isarpark eine düstere Aura. Der Sommer neigte sich seinem Ende zu, und die typische Morgenwärme löste diese mit den ersten Sonnenstrahlen auf.

Sie bewegte sich mühsam zum Wohnzimmerbereich des Appartements. Dort setzte sie sich auf das Sofa, und ihre ungehorsamen Finger suchten nach dem Lichtschalter der Stehlampe. Fotos von ihr aus den Achtzigern zeigten eine rehbraune Mähne mit Strähnchen. Sie trug ein pinkes Top. Die Farben auf dem Foto waren zwar etwas verblasst, aber man erkannte ihren Kampfgeist und Sex-Appeal. Eine Zierde, die sie vor fast zehn Jahren verlor. Von einem Triebtäter an der Isar attackiert, der gefasst wurde.

Das Trauma, das dem Überfall folgte, löste in ihr eine Neurasthenie aus. Die Behandlung verschiedener Experten zeigte jedoch in fünf Jahren keine Besserung.

Sie schaltet das Licht ein und suchte ihre Lesebrille auf dem antiken Biedermeiertisch neben ihrem Foto. Ein Anflug von Sehnsucht überkam sie jedes Mal, wenn sie dieses Bild ansah. Ihre jetzt zittrigen Hände widerstrebten ihrem Befehl, und sie rechnete damit, dass sie sich in absehbarer Zukunft nicht mehr allein versorgen könne.

Es wäre bald zu erwarten, dass ihre Tagespflegerin sie nicht mehr rechtzeitig vom Boden heben könne, und dann wäre es aus mit allein wohnen.

‚Überleben oder diesem Leiden ein Ende setzen?', fragte sie sich. Depression war ein Begleitsymptom und in solchen Fällen kaum zu vermeiden. Ihre Psychotherapeutin schloss die Gefahr eines Selbstmordversuchs aus. Jedoch der Gedanke an diese Möglichkeit war ebenso schädlich.

Sie setzte sich die Brille auf und schlug erneut die Tageszeitung von vor einigen Tagen auf. Sie las ungläubig die Meldung auf Seite drei.

„Verdächtiger im Fall der Frauenmisshandlung von Grünwald wegen Beweismangel freigelassen."

‚Es ist nicht mal in Grünwald. Es war in Harlaching', widersprach Kathrina der Meldung.

Auswärtige Redakteure in bayerischen Zeitungen waren durch solch kleine Fehler zu ertappen.

Sie las diese Zeile mehrmals und leistete ihren bitteren Tränen keinen Widerstand. Auf einem unscharfen Foto sah man den Verdächtigen, von Polizeibeamten flankiert. Er verbarg sich unter einem großen Mantel. Kathrina presste die Zeitung zu einem Papierball und versuchte diesen mit aller Kraft wegzuwerfen. Jedoch das misslungene Ergebnis rollte schlapp zu Boden, was sie umso mehr in Rage brachte.

„Wo habe ich einen Fehler gemacht?", fragte sie sich laut. Sie wischte die überflüssigen Tränen ab und richtet sich auf dem Sofa auf.

Sie schaltete ihren Computer ein, und solange das System hochfuhr, suchte sie nach Fassung und wischte sich weitere Tränen ab. Kathrina schaute auf dem Desktop nach der Uhrzeit, der Schlafmangel trübte ihren Blick.

‚Es ist zu früh. Du brauchst sieben und eine halbe Stunde Schlaf', mahnte sie sich selbst.

Ein Dialogfeld öffnete sich, und sie tippte den Suchbegriff ein. Der Desktophintergrund war in schlichtem Schwarz, die Buchstaben waren blau. Er wirkte fast wie ein Computer aus den siebziger Jahren, obwohl das Gerät keineswegs so alt war. Sie fand die gesuchte Telefonnummer in der virtuellen Kartei und wählte sie. Es klingelte mehrmals, und bevor der Anrufbeantworter anging, legte sie auf und rief wieder an. Beim sechsten Mal war sie erfolgreich, und auf der anderen Seite antwortete widerwillig eine Stimme.

„Was denn? Es ist noch Schlafenszeit, verdammt", monierte die Gegenseite.

„Kathrina ist hier", sagte sie mit zittriger Stimme.

„Wer denn sonst? Ich muss arbeiten, und um dies tun zu können, benötige ich etwas Schlaf", war zwischen Flüchen und Beschimpfungen zu verstehen.

„Er ist frei", entschuldigte sich Kathrina. Sie sprach langsam und stotterte teilweise.

Die Gegenseite blieb stumm. Sie verstand, dass es lange dauern würde, bis eine Rückmeldung kam. Ob überhaupt eine Antwort kommen würde, war sie sich nicht sicher. Nicht selten legte ihre Gesprächspartnerin nur wütend den Apparat ab.

„Irene? Bist Du noch da?", versuchte Kathrina das Gespräch fortzusetzen.

„Ja. Das habe ich auch gestern erfahren. Aber was soll ich tun? Er hat Geld und kann gute Anwälte bezahlen. Das Rechtssystem ist leider käuflich geworden." Irene klang etwas besänftigter, und Kathrina hörte, wie sie sich auf der anderen Seite vermutlich im Bett aufrichtete.

Die Krankheit erlaubte ihr nicht, ohne Beschwerden aufzustehen. Sie aktivierte den Lautsprecher des Telefons und bewegte sich zur Küchenzeile im Flur des Appartements. Dort setzte sie Wasser für einen Tee auf.

„Er wird sich an mir rächen wollen. Da bin ich mir sicher." Kathrina sprach laut und öffnete den Küchenschrank, um sich eine Porzellantasse mit bulgarischem Rosenmuster zu holen, mit der anderen Hand stützte sie sich ab.

„Ich stelle dich auf laut." Es war überflüssig, das zu sagen, aber es gab ihr Zeit, die weiteren Worte zu überlegen. „Ich kann mich heute nicht so gut bewegen", sagte Kathrina, und Irene holte Luft, da diese Information genauso unnötig war. Ihr Zustand war seit ihrer ersten Begegnung bekannt.

Die Stille zwischen beiden Frauen zeigte, dass sie ratlos vor einem Problem standen.

Trotz der beschwerlichen Bewegungen erreichte Kathrina eine Tasse und einen Beutel billigen Tee und bereitete alles für das kochende Wasser vor. Sie wartete weiter auf ein Wort von Irene.

Kathrina ging zum Sofa zurück. Einige Sonnenstrahlen wagten sich über den Horizont, aber die feuchte Luft drängte sich bis tief in die Knochen ihrer müden Beine. Nach weiteren stummen Sekunden meldete Irene sich.

„Das Gericht befand die Beweismaterialien als unzureichend, und seine Anwältin ist wirklich gut. Sie hat bewiesen, dass deine Zeugenaussage … Sorry, das ist etwas blöd formuliert. Die Beweise waren fragwürdig", entschuldigte sich Irene für die Entscheidung des Gerichts.

Kathrina hob ihren Bademantel und inspizierte die juckenden Narben auf ihrem Oberschenkel. Sie erschreckte beim Anblick nicht mehr, aber diese Wölbungen ließen sie die peinigenden Momente ihrer Vergangenheit erinnern. Sie überlebte einen wildgewordenen Mann, der sie am Flaucher in einer Nacht nach dem Biergarten traf. Sie war nicht die Einzige seiner Opfer, aber diejenige, die sich wehrte, und darum litt sie mehr als die anderen.

„Ich muss zugeben, dass auch ich mit der Entscheidung nicht zufrieden bin, aber wenn er sich nicht von selbst stellt, anhand der vorliegenden Indizien kann man ihn nicht festnehmen oder gar ihm etwas nachweisen." Irene klang barsch und trocken.

‚Wie immer', dachte Kathrina.

„Es tut mir leid, Liebes", beteuerte Irene.

„Peter Moers kam frei. Ich habe ihn identifiziert", stammelte sie, und ihre Hände zitterten. Sie brachte ihre Teetasse zum Tisch und nahm mühevoll Platz.

„Du hast keine ausreichenden Beweise, und ich kann nichts tun, wenn ich nicht sicher bin, dass er wirklich schuldig ist. Auch er hat Rechte. Ich glaube dir, aber der Staatsanwalt kann ebenfalls nicht zaubern", kam professionell und kühl. Kathrina befürchtete, dass Irene sich bald wieder wortlos abmelden würde.

„Ich habe ihn erkannt. Er mag Frauen in rosa Kleidern. Ich bin sicher, dass er seine Opfer fotografiert. Er tat das mit mir. Er ist dieser Mann, der mich damals zugerichtet hat. Peter riecht, und er ist …", brach Kathrina wieder den Satz ab.

„Ohne Beweise keine Hilfe von mir. Aber wie sicher bist du mit der Beschreibung seines Opfertyps?", kam prompt.

„Sehr sicher. Die anderen beiden Zeugen konnten ihn nicht erkennen, aber wir saßen fast wie Drillinge im Gericht, und ich fragte beide nach deren Kleidern, als sie angegriffen wurden. Wir drei trugen Rosa." Kathrina war wieder den Tränen nahe.

„Alle Frauen tragen mal etwas in dieser bescheuerten Farbe. Das ist wieder Mode seit zwei Jahren." Irenes Zweifel war kaum zu überhören, und Kathrina senkte den Kopf.

„Lange rehbraune Haare, kleine Statur. Du musst mir helfen", forderte sie.

„Ich muss schlafen und du auch. In zwei Stunden muss ich raus. Lass mich denken. Ich kann momentan kaum glauben, dass ich um diese Zeit ans Telefon ging." Die Worte von Irene wurden von einem Gähner begleitet. Kathrina versuchte, sich zu beruhigen.

„In seiner Wohnung müssen Beweise sein. Ich habe dir alles über seinen Körper erzählt, an das ich mich erinnern konnte. Ich kann auch bezahlen." Kathrina schaute sich um und überlegte, wie unwahrscheinlich dies war.

„Ich brauche nicht dein und niemandes Geld, um meine Arbeit zu erledigen. Geh zu deiner Therapie und beruhige Dich. Er ist raus, und wenn er nichts tut, wird dies kein Problem sein, aber beim geringsten Verdacht wird die Polizei sich sofort bei ihm melden. Er wird sich bestimmt von dir fernhalten. Da bin ich mir sicher." Irene sprach langsam und betont, es schien, dass jemand neben ihr gegen das Gespräch protestierte.

„Er wird wieder eine Frau angreifen und verletzen. Er ist der Triebtäter. Es wird wie ich eine kleine Person sein, sie wird pink oder rosa tragen, und es wird wieder an der Isar sein. Warum kannst du nichts machen?"

Kathrina hörte auf die Wirkung ihrer Behauptung und trank von ihrem Tee. Sie bemerkte, wie dieser kalt wurde.

Etwas schien sich zu bewegen, und dann kam die einzige unerwünschte Antwort.

„Lass mich schlafen", verabschiedete sich Irene.

Kathrina heulte, aber auf ihrem Gesicht war nicht Trauer zu sehen, vielmehr die Kraft der Rache.

‚Ich brauche deine Hilfe.'

Der lockende Apfel

Der Alpenwind blies wieder kühl durch München, und trockene rote Blätter streiften Peter Moers Gesicht. Es war Oktober. Er genoss seit zwei Monaten seine Freiheit. Er schaute sich das Kiesbett am Isarufer an.

‚Wie herrlich und breit der Fluss ist', staunte er in seinen Gedanken.

Rot, gelb und gold war die Landschaft vor einem moosgrünen Hintergrund gefärbt. Romantische Gefühle erfüllten Peter. Eine Windbö erfasste ihn, und er zog seine Arme zusammen. Mit beiden Händen tief in den großen Taschen der dicken Flanell-Jacke sah er fast wie ein kanadischer Holzfäller aus, wie man sie aus Filmen kennt. Dies war zumindest die Vorstellung, die Peter Moers von sich hatte.

Eine Joggerin unterbrach das friedliche Szenario. Er schien sie von weitem wiederzuerkennen.

Seine Schritte wurden langsamer, und er richtete kurz seine Mütze. Er holte sein Handy aus der Tasche und schaltete die Spiegel-App, womit er seine Augenbrauen korrigierte. In seiner Weltvorstellung war er wie ein Jüngling, der zu seinem ersten Date erscheint. Sein Herz pumpte stärker, und er lächelt sich selbst zu. Seit Wochen wiederholte er den gleichen Spaziergang, und er kannte die meisten Anwesenden vom Sehen.

‚Kenne ich diese Personen?', versuchte er sich selbst zu bestätigen.

Die Blonde mit ihren Hunden. Die ältere Dame mit den zwei Straßenkötern, die überall ihre Bedürfnisse absetzen, die sie nie wegräumt. Klar, die Gärtner, die von Dienstag bis Freitag das Arbeiten effektiv simulieren.

‚Die Joggerin.' Seine Inspiration, wieder im Park zu spazieren.

Er verlor kurz den Faden. Seine Konzentration ließ nach, und er versuchte, zum Anfang seiner Gedanken zurückzukehren und den Tag wieder zu genießen.

‚Der Herbstwind', sagte er zu sich wie ein Mantra.

Die Gestalt der jüngeren Frau formte sich in der Distanz, erkannte er.

Bibelchristen saßen unter einem Baum. Sie sangen diese Lieder, die nur drei Noten haben. Peter bewegte sich schneller an diesen vorbei. Er stellte dabei fest, dass er viele vom Sehen kannte. Sie schien von ihm Notiz zu nehmen. Es war zum Teil enttäuschend, wie alle sich um ihn bewegten, ohne ihn zu beachten. Ein ungewöhnlicher Geruch erfasst seine Nase.

‚Ich bringe diese Jacke in die Reinigung.'

Er prüfte wieder und fand nicht die Quelle des Dufts. Seine Eitelkeit war in solchen Momenten immer angegriffen.

‚Wenn niemand mich sieht, riecht mich keiner.'

Sie kam näher.

‚Schrecklich. Versuchen wir es noch mal. Der Herbstwind.' Seine Ohren sperrten sich gegen die unheimliche Melodie der verstimmten Gitarre und die monotonen Stimmen der Bibelchristen.

‚Wo war ich denn?', fragte er sich und beschleunigte seinen Gang. Er entfernte sich vom Lärm.

‚Ach ja. Meine Bewunderin. Da ist sie.' Er lächelte innerlich und holte sein Handy wieder aus der Tasche. Er wuchs mit einem Frauenbildnis auf, das in diesem Herbst in München nicht mehr zu finden war.

Er schaute wieder auf die Spiegel-App.

‚Das habe ich schon getan.'

‚Diese Christen verfolgen mich überall.' Er packte wieder sein Handy in die Tasche und warf einen Blick in Richtung der Störenfriede. Doch keiner scherte sich um ihn.

Ja, er sah jetzt seine Bewunderin kommen. Sie schien die einzige Person in der Umgebung zu sein, die immer an ihm vorbeiging und ihn beachtete. Neben ihr der kleine weiße Hund. Er sah ihn genauer an.

‚Kräftiger Zwerg. Bestimmt ein Mischling.'

Der Hund trug unnatürliche Streifen auf seinem Fell.

Peter war glücklich, in weniger als dreißig Sekunden sollte er das Mädchen wieder treffen. Seit Wochen beobachtet er sie. Er erkannte ihr Gesicht nie genau, und das reizte ihn. Mal hatte sie ihre Hand über der Stirn, mal beugte sie sich zum Hund oder drehte sich um.

‚Sie nieste so süß.' Peter wünschte sich fast, sie würde wieder niesen.

Der Gesang der Gläubigen drängte sich in sein Gehör. Peter presste seine Hände an die Ohren, aber dies zeigte keine Wirkung.

„Bete für die heilige Katharina", versuchten sich die Stimmen in einem Refrain.

‚Verdammt, sie hören nie auf. Ich will nicht wieder an diese Kathrina denken.' Peter war aufgeregt.

‚Der Herbstwind. Versuchen wir es von vorne.' Er konzentrierte sich wieder, klopfte sich heftig an die Ohren und hoffte, dass die Christen seinen Unmut merken würden.

Die Frau, die so niedlich nieste, kam näher, stellte er fest. Beim Joggen waren ihre entschlossenen Schritte zu hören, und ihr Hündchen begleitet sie mit einer fast zu strengen Miene, erkannte er.

Er mied Grünwald und die Parkanlagen dort. Die Erinnerungen an Kathrina und ihre Lügen vor Gericht waren zu schmerzlich für ihn.

Es war mehr als ein Jahr her, dass er ihr seine Liebe schenken wollte, und sie lehnte ihn ab.

‚Aber diese Frau hier ist nicht Kathrina. Sie ist rein', munterte er sich auf.

Gedanken über die körperlichen Merkmale drängten sich in seine Vorstellung, und er schaute wieder zum Ufer. Er flanierte kurz in einem Tagtraum, wo beide Körper sich umschlingen und sie ihn küsste.

Er träumte von der Liebe, und sein Gehirn meldete den Anstieg seines Hormonspiegels. Er zog seine Genitalien in eine bequemere Position und schaute verlegen in Richtung der sich nähernden Schönheit.

Er roch an seinen Fingern, und die Romantik wurde leicht zur Seite geschoben. Er stellte sich vor, wie er sie zart berühre. Eine sanfte Berührung, so wie ein flüchtiger Kuss. Er schaute sich an, wie die engsitzenden Leggings ihren Körper trotz der Kälte umspannten. Nur einige Schritte von ihr entfernt.

‚Sprich sie an', befahl er sich selbst.

„Flehe die heilige Katharina", sangen die schrillen Stimmen vom Chor.

‚Diese Frau ist bestimmt sehr rein', kam in seinen Gedanken.

„Heilige Scheiße", schrie er laut und hoffte, diesmal würden sie endlich aufhören.

Er gab vor, etwas auf dem Joggerweg zu suchen. Er lief zur Mitte der Laufbahn. Die Joggerin war nur zwanzig Meter von ihm entfernt.

Sie verlangsamte ihre Schritte, beugte sich zum Hund und sprach mit ihm.

„Der Herbstwind", rief er etwas zu laut zu sich selbst.

Das Haustier lief von der Frau in seine Richtung und hielt einen Schritt von ihm entfernt.

‚Was will der denn? Ich hasse Tiere. Ein Hund mit Zebrastreifen? Schrecklich.' Peter lächelte, um seine Gedanken zu verbergen.

„Ah!", rief die Frau melodisch. „Er mag sie." Sie war muskulös und adrett, aber vor allem ungewöhnlich.

‚Ich werde ihr ein Geschenk machen.'

„Ich heiße Peter", stellte er sich vor.

‚Oh! Sie trägt das Zeichen der heiligen Katharina. Sie ist die Auserwählte.'

„Ich heiße Marla."

Der Wald

Schmerz erfüllte seine Sinne. Weder seine Umgebung noch die sich dort befindenden Personen konnte er durch die gelähmten Lider, seine verletzten Augen wahrnehmen.

Die Novemberkälte, die durch das geöffnete Fenster in der Wohnung am Harras strömte, verbannte etwas von dem penetranten Uringeruch, der dem verletzten Peter Moers entstieg.

„Seine Beschreibung passt zur anonymen Meldung, die in der Notrufzentrale kam. Er ist bestimmt der Vergewaltiger vom Grünwald. Die Anzeige gegen Unbekannt von früheren Opfern sind in unserem System hinterlegt. Sofern ich mich erinnere, ist er der Mann, der letzten August freigelassen wurde", sagte einer der Beamten laut. Das Licht seines Tabletmonitors spiegelte sich auf seiner Brille und verlieh ihm ein ungewöhnliches Aussehen.

Auf einer weit entfernten Wand im Wohnzimmer des Verletzten brannten zwei einsame Kerzen. Davor ein aufgestelltes Foto, ein traurig aussehendes Mädchen.

Der Größe der Kerzen nach zu urteilen, brannten diese seit mindestens vier Stunden, vorausgesetzt, sie wurden nicht neu angezündet.

Dies war ebenfalls anzunehmen, da der Beamte eine neu geöffnete Packung Kerzen in der darunter befindlichen Schublade fand. Neben dem heiligen Mädchen war ein Rad mit Dornen zu sehen, das scheinbar die arme Frau in den Himmel befördern sollte.

Der Tatortermittler schauderte bei der Vorstellung, dass jemand mit einer so unschuldigen Miene ein derartiges Ende fand. Katholische Heilige waren für ihn etwas Unheimliches, und so wendete er seinen Blick davon ab.

„Ich brauche einen Arzt", jammerte Peter, ohne sich bewegen zu können. Er strengte sich an, seine Augen zu öffnen und schaute auf die offene Tür seiner Wohnung. Polizisten gingen hinein und hinaus. Sie spazierten um ihn herum und ignorierten seinen Zustand.

„Wir suchen erst mal dein Opfer", gab eine empörte Polizistin in voller Autorität von sich, die neben dem Tatortermittler auf dem Tablet den Bericht mit Letzterem las.

Fotos von früheren Opfern lagen auf Peter Moers Bett. Sie wurden vom Tatortermittler konfisziert und säuberlich fotografiert, protokolliert und verpackt mit einer entsprechenden Nummer versehen.

Diese Fotos präsentierten einen Peter Moers, der seine Zeit mit seinen Opfern genoss. Frauen mit verbundenen Augen, die seine Tortur zu überleben versuchten. Es bestand kein Zweifel, die Fotos waren eindeutige Beweise. Die Trophäen, gebrauchte Unterwäsche und zwei einzelne Schuhe mit hohen Absätzen lagen auf seinem Bett präsentiert, wie sein letztes Opfer telefonisch mitteilte.

Eines dieser Fotos zeigte Kathrina Mirova, die keiner der Polizisten kannte oder Notiz von ihr nahm. Sie war nur eine Frau mit einem pinken Top und rehbraunen Haaren.

„Du bist diesmal aber leider an die Falsche geraten, würde ich sagen", bemerkte der braunhaarige Tatortermittler, der seinen Magen nach Anblick der Beweise kaum beruhigen konnte.

„Sönke, las das. Ihm wurden beide Füße und beide Schultern gebrochen. Ich kann mir nicht vorstellen, welche Kraft für diese Verletzungen erforderlich ist. Diese Person, die ihn so verletzt hat, muss im Rausch gewesen sein. Oder hatte einen Hammer dabeigehabt."

Die Polizistin kniete sich neben Peter Moers und führte eine erste Untersuchung durch. Sie konnte seinen Zustand ermitteln, aber ihm nicht seine Leiden erleichtern.

„Wer hat dir das angetan. Rede", forderte er mit seiner barschen Bariton-Stimme auf. Seine rötlichen dichten Haare ließen ihn wirken wie eine Figur aus einem Abenteuerroman. Maskulin und eine Spur verletzlich.

Das Lichtsystem im Wohnzimmer beleuchtete etwas gelblich und wirkte auf den Hünen ermüdend.

Trotz seiner Müdigkeit schaute er auf den Täter, oder was von ihm übrigblieb.

Peter war sich unklar, ob er dies träumte.

‚Werde ich jetzt verhaftet? Ich bin das Opfer.'

Doch die Schmerzen waren zu real.

„Sie hörte sich so lieb an. Wie eine unschuldige Frau Gottes", murmelte er unverständlich. In Gedanken verband Sönke den Hinweis auf eine Jungfrau mit dem, was Peter Moers über die Heilige am Altar sagte.

Sönke ekelte sich vor diesem Täter und der Beantwortung seiner Worte.

„Ich muss mich zurückziehen, bis das hier gereinigt ist. Er hat sich in die Hose gemacht, und seine Blutergüsse scheinen bald platzen zu wollen. Wann kommen die Sanitäter?", fragte Sönke leicht nervös. Dies war sichtbar, weil er seinen Krausbart zu heftig massierte.

Er litt seit einigen Jahren an Mysophobie, wie man die Angst vor Keimen nennt. Ungeachtet seiner Hypochondrie, war er meistens widerstandsfähiger. Sein Makel schienen sich stärker bemerkbar zu machen, wenn er unter Stress stand.

Dieser Druck war in seinem Gesicht zu sehen. Leichte Schweißperlen perlten auf seiner Stirn, und die Farbe seiner Haut schien verschwunden zu sein.

„Mach eine Pause. Ich setze die Daten für die Chefin in einem Bericht zusammen und kümmere mich um das alles hier. Ich nehme auch die Beweise auf. Die Sanitäter sind schon da. Jedoch von seinem letzten Opfer finde ich nichts." Sönkes Kollegin schob ihn vor die Tür in der Befürchtung, er würde sich bald übergeben.

Er öffnete seine Tasche und holte sich sein Desinfektionsmittel für die Hände. Er putzte fast zu akribisch unter den Fingernägeln, und ein Kollege schaute ihn etwas kurios an.

„Danke. Ich leite den Bericht an Irene, falls sie sich an meinen Namen erinnert", beschwerte sich Sönke, in Richtung der geschlossenen Tür hinter sich sprechend und gab dabei der Ermittlerin einen missbilligenden Blick . Irene hatte Probleme, sich Namen zu merken, die nicht aus der Region kamen. Sönke war eher ein norddeutscher Vorname, der in Bayern selten vorkam.

„Ich glaube nicht, dass Irene sich deinen Namen je merken wird. Das ist nicht bairisch", schloss die Kollegin. Der Kollege verschwand hinter der Wohnzimmertür.

Sönke zog vor einigen Monaten nach München. Er zog mit seinem Freund fast am Fasching von Hamburg um und war in seiner Gruppe noch nicht einwandfrei akzeptiert. Doch er ging seine Aufgaben professionell an.

Seit er an einem Tatort umgefallen war, machten viele der Kollegen unangenehme Scherze.

Die Sanitäter waren flink, kümmerten sich nach Freigabe der Polizistin um Peter Moers und legten ihn auf eine Bahre. Die Schmerzensschreie wurden mit einer Morphium-Spritze gedämpft, und Sönke eilte den Flur entlang. Er benötigte etwas Distanz vom Geschehen.

Peter war im Rausch der Betäubung. Er faselte über eine nackte Jungfrau mit einem Haustier.

‚Hund? Zebra? Dieser Mann hat sie nicht alle', notierte sich Sönke in Gedanken.

Keine Fingerabdrücke am Telefon oder sonst wo in der Wohnung. Nur ein zarter Geruch von Nelken und Zimt, bemerkte die Polizistin in ihrem Bericht.

Die Jägerin

Obersendling strotzt vor Grün und modernen Bauten. Trotz der vielen Parks und Bäume ist der Lärm allgegenwärtig. Der Mittlere Ring, der München umrandet, sorgt ebenfalls für reichlich Feinstaub.

Im Badezimmer der Siebzigerjahre-Wohnung floss das Wasser warm über Jennys gebräunte Haut. Schmerzliche Stellen an ihrem Arm rieb sie vorsichtig mit einem Schwamm. Die Schreie des auf dem Boden liegenden Peter Moers waren für sie unvergesslich. Aber der Genuss, seine Beichte gehört zu haben, linderte ihre Schmerzen. Mühelos überwand sie seine Gegenwehr, andererseits war sie besser, und das würde Peter nie wieder vergessen.

Sie drehte das Wasser der Dusche zu und kam langsam aus der Kabine. Schmerzen begleiteten jeden ihrer Schritte. Ein weißer Hund lag auf dem Boden und sah zu ihr auf.

Ihr Körper verlangte nach Schlaf. Die Anstrengung hatte sie nur mit Mühe überstanden. Peter Moers war kein leichter Gegner. Ihre flinken Bewegungen hatten ihn überrascht.

„Wach auf, du fauler Hund.", sprach Jenny liebevoll mit ihrem Begleiter. Doch er ignorierte sie und schnaufte tief, solange sie sich über ihn beugte.

„Bogart. Steh auf", befahl sie. Der Hund sprang diesmal aus offen gezeigtem Protest leicht erschrocken, doch in halb schnellem Tempo auf.

Jenny betrachtete ihren nackten Körper im Spiegel, und mit einem Handspiegel prüfte sie ihren Rücken. Ein Sekundenschlaf erfasste sie, und sie merkte, dass sie sich unbedingt hinlegen musste.

‚Keine Kratzer', stellte sie gedanklich fest.

Jenny zog ihre Kleider ab, bevor sie sich in einen Kampf begab. Dadurch erreichte sie Ablenkung, und ihre Gegner konnten sie nicht festhalten.

Die Klamotten lagen zerstreut auf dem Boden, und Jenny hob jedes Stück einzeln und überprüfte es akribisch auf Spuren. Nacheinander beförderte sie diese in die Waschmaschine. Sie schloss die Tür und aktivierte das Programm. Entsprechende Chemikalien folgten in die Plastikschublade. Das Wasser floss geräuschvoll.

Die Lichter in der Wohnung empfand sie als dämmerig, und sie schaltete eins nach dem anderen ab. Anschließend an solche Ereignisse stieg ihr Adrenalin zu einem fast unerträglichen Zustand an.

Sie genoss den Rausch der Ladung durch ihren Körper. Ihre Therapeutin riet, sich vom Kick zu befreien. Sie meinte, dies wäre eine Sucht, aber Jenny empfand für einige Stunden Glück.

‚Ich habe jemandem geholfen', lobte sie sich selbst.

Sie wickelte sich das Badetuch um ihren Körper und merkte die unangenehmen Schmerzen an verschiedenen Stellen. Sie ging zum Sofa und deckte sich mit einer schweren Bettdecke zu. Bogart reklamierte seinen Platz neben ihr.

„Du armer. Der Verrückte hat Dich getreten. Das macht er nie wieder."

Der Satz endete mit einem Kuss auf dem Kopf des gehorsamen Bogart.

Sie schaute liebevoll zu ihrem neuen Partner, dennoch vermisste sie eine Person an ihrer Seite.

Das Adrenalin in ihrem Körper sank so schnell, dass sie fast in Ohnmacht fiel, aber zuvor schlief sie tief ein.

‚Sie ist fleißig, putzt und wäscht einwandfrei. Sie ist sauber', hörte Jenny ihre Mutter unter der Sonne ihres Geburtsorts, der brasilianischen Stadt Januaria mit einem Mann sprechen. Stefano roch nach Billigparfüm, und seine Frisur war trotz der mangelnden Haare fast zu perfekt. Die typischen Urlauberklamotten sahen zu einem anderen Land gehörend aus. Das aber merkten die meisten Touristen in Bahia nicht. Die meisten dieser Urlauber kennen sich nicht aus. Ebenfalls verstanden nur wenige die Tatsache, dass Januaria schon im Staat Minas Gerais lag. Dieses geografische Detail war für viele unbedeutend.

‚Sie ist ungeheuer nett, aber der Preis ist zu hoch. Ich gebe dir nur die Hälfte. Sei froh, weil in diese gottverlassene Gegend keiner kommt, und bis du sie zu vermitteln vermagst, ist sie zu alt.'

Stefano war dick und groß. Er sprach selbstbewusst. Er war ein Bräute-Vermittler aus Deutschland.

Im Traum empfand sich Jenny, als hätte sie keine Unterwäsche. Eine Mischung aus Scham und Angst drückte ihr auf die Brust. Sie fühlte sich wie eine Kuh auf dem Markt, über deren Preis sich die Menschen unterhalten, und sie selbst durfte nichts einwenden.

Dieser Traum begleitete sie, seit sie nach Köln zog, doch jedes Mal erlebte sie den Moment umso peinlicher, als er sie hinter sich zog. Ihre Gummi-Sandalen platzten, und sie schleppte einen halb angezogenen Fuß nach sich.

Der große und dicke Stefano fasste sie hart am Arm und zog sie hinter sich hinaus. Ihre Stimme versagte, sie war zu keinem Protest fähig. Den letzten Blick zu ihrer Mutter, die das Geld zählte, ließ ihre Tränen im Schlaf fließen. Ihre zarten dreizehn Jahre waren kein Schutz, und sie verstand die Worte nicht, die der Mann sagte. Sein Portugiesisch war erbärmlich, und sein Atem roch nach Putzalkohol. Doch seine Handlungen waren unmissverständlich.

Stefano schaute ihr ins Gesicht und fasste sie unangenehm an ihre intime Stelle. Sie leistete kaum Widerstand, wie ihre Mutter ihr beibrachte. Solange er seine Finger über ihren Körper gleiten ließ, fielen die Kleidungsstücke eins nach dem anderen ab.

‚Deine Lippen sind so rot', sagte er in minderwertigem Portugiesisch.

Sein Gesicht wurde jedes Mal roter und älter, wenn sie träumte. Sie sah weiterhin alles wie durch einen Schleier, doch sie empfand den Traum als so real.

‚Wach auf', sagte sie zu sich selbst.

‚Lass mich deine Lippen küssen', forderte der dicke Mann. Seine Augen wurden blasser. Der Traum nahm den Charakter eines Albtraums an.

Sie sah sich nackt an. Sie hob ihre Hand über den Kopf. Sie empfand, als würde ihre Statur wachsen. Die Capoeira-Stunden, die sie seit ihrer Kindheit in Brasilien genommen hatte, gestalteten ihre Kampfbewegungen sowohl geschmeidig als auch betörend.

Doch trotz ihrer Anmut waren diese Kampfsport-Bewegungen ebenfalls tödlich. Ihre Hand formte sich zu einer Wildkatzenpfote, und ihre Krallen schnitten die Luft zwischen ihr und dem Täter. Stefanos Antlitz verzog sich überrascht wie eine Gummimaske, und seine Lippen verzerrten sich nach unten in eine unheimliche Grimasse. Sie beobachtete, wie seine Augen blasser wurden. Die heilige Iansan schaute Stefanos Ableben zu.

Jennys Finger bohrten sich in seinen Hals, als wäre er aus Teig. Sie ekelte sich nicht, aber ihr bereitete dies mehr Angst, weil sie diesen Moment genoss. Sie kostete diesen Augenblick aus, je tiefer sich ihre Finger in seinen Hals bohrten. Eine undefinierbare Träne rollte über ihre Wange.

Stefanos Körper erreichte den Boden, und seine glasigen Augen bestätigten sein Ableben. Da löste sie ihre Hand.

Dieser Traum endete wie immer gleich.

„Grüße mal Mutter in der Hölle."

Die Worte hallten in der nun folgenden Dunkelheit.

Gebäck für Oma

Am Mittag nach der Verhaftung von Peter Moers herrschte etwas Ruhe im Büro der Polizeistelle an der Augustenstraße.

Der Duft von billigem Kaffee überlagerte den Geruch von Schweiß und anderen Körpersäften, die von einem alternden Mann im Raum strömten, der an einem metallenen Stuhl kauerte.

Der Sanitäter, der Peter Moers hereinbrachte, verließ ihn und ließ die Tür des Raums offen. Etwas des verabreichten Morphiums war noch in seinem Körper, aber nicht mehr genug, um den Schmerz zu vergessen.

Der Raum war passend beleuchtet, aber das Dunkel, das diesen Mann umgab, schien sich wie ein Mantel um ihn zu legen, der ihn vor jeglichem Licht schützte. Seine zerzausten Haare waren lockig mit grauen Strähnen, und seine Augen lagen tief in lila umrandeten Augenhöhlen.

Peters Blick wanderte flatterhaft von rechts nach links und zurück. Im gleichen Rhythmus zu den energiegeladenen Schritten einer nervösen Polizistin, die sich unaufhörlich bewegte.

Unterwegs zur Vernehmung wurden seine Füße ordentlich gebunden und seine Schulter eingegipst. Diese Bandagen waren der Beweis, dass dieser Mann nicht mehr zur Flucht fähig war. In diesem Moment empfand Peter seine Verhaftung als Rettung.

„Wer hat dich so zugerichtet?", fragte eine blonde Polizistin herausfordernd, die ohne Vorwarnung vor ihm stand. Sie war nicht so neutral wie zuvor die Kollegen am Tatort. Wut kochte aus ihr heraus, und das spürte Peter in der Magengrube. Die Angst stieg und brachte ihn fast zur Ohnmacht.

Peters Lippen bewegten sich nicht souverän vor dem Anblick ihrer funkelnden Augen, doch kein Ton kam über diese.

‚Der Herbst …' aber seine Gedanken spielten nicht mit.

„Ich rede mit dir." Die rehbraune Walküre namens Irene knallte die geballte Faust auf den Edelstahltisch. Dabei stellte sie fest, dass etwas Zucker von einer nicht geputzten Stelle auf ihrer Hand klebte. Ihren Ekel verbarg sie unter dem ernsten Blick einer zu Stein gewordenen Figur.

Irene besaß alle Attribute einer Kämpferin. Groß, kernig, strenge Augen und überaus weiblich. Aber wenn sie ihre Härte zeigte, befürchtete man sogar, den Todesengel in ihren Augen zu sehen.

Der Raum erfüllte sich mit dem dumpfen Ton des Schlags, und die Augenlider des Befragten Herrn Moers bebten vor Schreck.

„Peter", rief sie, indem sie sich auf ihren weniger eleganten flachen Absätzen drehte. Er schaute angstverzerrt hinauf und bekam den Eindruck, als würde sie an Statur gewinnen.

„Du sagst jetzt, was ich hören will, oder du schmorst für den Rest deines Lebens in einer dunklen Zelle, wo du hingehörst. Wie viele Frauen hast du auf dem Gewissen? Wenn du überhaupt eins hast." Ein Anflug von Hohn lag in der Stimme der Kommissarin.

„Die Unterstellung ist nicht ...", versuchte Peter zu protestieren, aber sein Wille versagte.

„Klappe", befahl sie in barschem Ton.

„Mit dem Mist werden wir hier nicht weiterkommen. Fotos, Bericht und dazu deine Trophäen reichen für eine Anklage und lebenslange Verhaftung."

‚Das ist mein Ende', jammerte er in Gedanken.

Irene zeigte auf einen Aktenschrank hinter ihr im Vernehmungsraum, in dem die Beweise standen.

Zwei Frauen wurden von Peter Moers selbst nach ihrer Vergewaltigung fotografiert. Ihre nackten Körper lagen, gemäß Bericht der Polizistin, am Tatort, mit verbundenen Augen reglos im Wald. Eine wurde sechs Stunden nach dem Angriff fast erfroren gefunden.

Das andere Opfer lag seit fünf Tagen bewusstlos im Krankenhaus. Bei einem oberflächlichen Blick auf die Wunden beider Frauen stellte man die gleichen Verletzungsmuster fest.

‚Keine der Damen ist Kathrina.' Da war sich Irene sicher.

Kathrinas Vorfall lag über fünf Jahre zurück, und er hatte sein System weiterentwickelt.

‚Elender Vergewaltiger', dachte Irene unter der kontrollierten Wut.

Alle Opfer hatten rehbraune lange, glatte Haare und trugen Pink, wie Kathrina beschrieben hatte.

Entkleidet bis zum Nabel, hatten ihre intimsten Stellen die Attacke einer Bestie erlitten.

Im Untersuchungsbericht stand, dass diese Opfer Höllenqualen durchlebt hatten.

Die Namen der Mädchen waren auf einem grünen Sticker am oberen rechten Rand angebracht. Die Röcke waren von verschiedenen Herstellern, alle im gleichen Stil. Kurz und eng anliegende Schnitte, aber in verschiedenen Farbtönen. Vorurteilslos nahm Irene an, dass diese Kleidungsstücke nicht von teuerster Qualität waren. Beide Vornamen fingen mit dem Buchstaben M an, und sie trugen ein Medaillon der heiligen Katharina mit dem Rad.

Das war eine der sakralen Figuren der katholischen Kirche, soweit wusste Irene Bescheid.

„Hast Du diesen Ladys ein Geschenk gemacht?" Irene fand diese Gemeinsamkeit in den Accessoires der Frauen auffällig.

„Ja", murmelte der verunsicherte Mann.

„Was hast du mit der heiligen Katharina zu tun?", verlangte sie zu wissen.

„Ich sah in diesen Mädchen die Reinheit der jungfräulichen Braut. Daher schenkte ich jeder ein Medaillon." Peter sprach wie ein normaler Mann, der für seine beste Freundin ein Geschenk kaufte.

‚Gläubiger? Verrückter? Oder eine Mischung von beidem?', fragte sich Irene in Gedanken.

Sie verabscheute die Geschichte der katholischen Heiligen. Alle waren brutal und ohne jegliche Rücksicht auf Kinder und sensible Menschen wie sie, die gerne einen Tag ohne Brutalität verbringen wollten.

Die arme heilige Katharina wurde der Legende nach tagelang den Rädern von Folterknechten ausgesetzt und am Ende dazu enthauptet.

Ähnlich abscheuliche Geschichten von Märtyrern kannte sie aus der Klosterschule.

Sie lernte über solche Verbrecher aus sonstigen Fällen, die sie bearbeitete. Täter, Täterinnen, die Frauen, Transvestiten oder andere mit abstrusen Begründungen folterten

Peters Opfer hatten eine Gemeinsamkeit: Sie erkannten ihn nicht.

Irene schwieg und schaute tief und bedrohlich in Peters Augen. Er empfand, als würde diese Kommissarin seine Seele aufsaugen. Aus Angst, weiter in diesen Strudel hineinzugeraten, schloss er die Augen und wandte den Blick von ihr ab.

„Gut. Wenn Sie alles bereits wissen, was soll ich dann noch erzählen? Beim letzten Gerichtstermin wurde ich freigesprochen." Peter spürte, wie die Angst seinen Bauch hinaufkroch und ihn fast erstickte. Trotzdem wollte er die Polizistin provozieren und seine Macht testen.

„Sie wurden von einer Person verprügelt. Jemand, der ohne Zweifel von dir als weiteres Opfer ausgesucht wurde und mit höchster Sicherheit nach einem brutalen Überfall nichts bezeugen konnte. Doch scheinbar bist du an die Falsche geraten, würde ich sagen."

Irene fuchtelte mit den in Plastik verpackten Beweisen. Sie blickte von der Seite zu Peter, um seine Reaktion zu überprüfen.

„Sie schien so harmlos zu sein. Sie trug das Zeichen der heiligen Katharina, aber sie war nicht so rein wie die Virgines Capitales." Tränen rollten aus seinen Augen, und eine Mischung aus Panik und Zorn verzerrte sein Gesicht.

„Virgi… was?", fragte Irene, etwas überrascht von dem Begriff.

„Quattuor virgines capitales, die heiligen Jungfrauen. Ich schenkte allen Frauen ein Medaillon, und dann traf ich sie. Aber diese trug selbst ein Andenken der heiligen Katharina." Klang als wäre dies für Peter Moers selbstverständlich.

„Das überfordert meinen Verstand. Du suchtest nach Frauen, die dem Vorbild der heiligen Katharina entsprachen? Warum?" Irene musste ihre Wut kontrollieren und beruhigte sich, indem sie die Tischkante so hart wie möglich drückte.

„Ich suchte nicht danach. Sie kam auf mich zu. Es war Vorsehung."

‚Scheinbar gläubiger Verrückter', fasste Irene gedanklich zusammen.

„Klappe. Ich kann dieses Heiligengefasel nicht mehr hören." Irene prüfte, ob die Vernehmungskamera noch lief, und ging vom Aufnahmefeld wieder weg.

„Sie hat mich verletzt", gab Peter dünnlippig zu.

Das Neonlicht flackerte, als wäre dies die Pointe, auf die Irene für ihr Schauspiel wartete.

„Der böse Onkel wurde von einem Mädchen verprügelt? Ein junges, blondes, kleines Ding mit kurzem Rock?" Irene lachte laut und provozierte Peter, der nahe vor einem Ausraster stand.

„Sie, sie … du … Sie ist ein Monster. Sie hatte einen Hund dabei." Er schrie verzweifelt und brach in Tränen aus.

„Oh nein. Das Mädchen hatte einen bösen Wauwau? Ach nee. Das muss ich aber genauer hören." Irene nahm vor Peter Platz und schaute scharf in seine Augen.

„Sie schien wie alle meine Auserwählten zu sein. Sie ist klein, schwach und kokett. Sie hat mich gesucht und provoziert. Sie ist ein Luder aus der Hölle." Er wimmerte unter Tränen.

Irene schaute zum Spiegel auf der anderen Seite des Raums und überlegte, wie lange sie Peter weiter befragen konnte, bis sein Anwalt erscheinen würde.

„Wir warteten eine Weile auf dich. Dein letztes Opfer scheint erfolgreicher als wir gewesen zu sein. Wie groß war ihr Hund?" Irene las Details aus der Vernehmungsakte von ihrem Tablet und markierte den Hinweis auf einen Hund als neue Notiz. Ein Dialog animierte einen Notizzettel, der in eine Akte aufgenommen wird.

„Keine Ahnung. Jetzt kommt er mir so klein vor, aber er war gewaltig, und er verletzte mich."

Peter hob seine in Handschellen steckenden Hände.

Er zeigte auf ein Pflaster auf seinem linken Arm unterhalb der gegipsten Schulter.

Rechts war er in Gips eingewickelt.

„Klein? Wie? Rede mit mir, sodass ich dich verstehe." Irene ließ nicht locker und schaute auf die Uhr an der Wand.

„Es war ein Bullterrier, glaube ich." Peter stammelte sichtbar unter Schmerzen.

„Welcher Farbe?", kam sachlich von Irenes Lippen.

„Rosa mit Zebra-Streifen", war von Peter zu hören.

„Ein rosafarbener Bullterrier? Zebra? Habe ich richtig verstanden?" Irene lachte laut, und es hörte sich fast hysterisch an.

„Sie war real. Sie zog sich nackt für mich aus, und plötzlich sprang sie wie eine Besessene in der Luft herum und brach meine Glieder. Ich bin das Opfer, verdammt", bettelte er um Verständnis.

„Wie hieß das ach so gefährliche Mädchen?" Irene hätte ihn lieber selbst verprügelt, doch die Kamera war an.

„Marla. So hat sie sich vorgestellt." Peter klang verlegen und in seinen Gefühlen verletzt. Ihm war klar, dass das Mädchen weder Marla hieß oder gar eine Unschuldige war.

„Warum sind alle deine Opfer rehbraun und jung?", fragte Irene beiläufig, als müsse dies nicht beantwortet werden. Sie betrachtete das Heiligenbildchen der Katharina mit dem Rad und stellte fest, dass dies Katharina von Alexandrien nach einem Bild Raphaels war. Raffaello Sanzio da Urbino, genannt Raphael, war ein Maler aus dem sechzehnten Jahrhundert, dessen Werke Irene gerne in der Alten Pinakothek anschaute. Die rehbraunen, von der Sonne leicht gebleichten Haare umrandeten eine unschuldige Frau, die zum Himmel schaute.

„Wen soll das interessieren", stellte er fest.

Ein rotes Licht blinkte hinter Peter auf, und Irene wusste Bescheid, dass dies ein Zeichen ihres Kollegen war. Er signalisierte, dass der Anwalt des Befragten eingetroffen sei.

„Ich glaube Dir kein Wort. Ein Mädchen namens Marla mit einem rosa Hündchen. Keine Frau würde sich vor einem Penner wie dir nackt ausziehen wollen. Du lügst, und ich muss mir den Mist nicht anhören. Aber ich freue mich, dass du da landest, wo du niemandem mehr Leid verursachen kannst." Irenes Zorn wurde etwas milder, aber der Glanz in ihren Augen verriet, dass Adrenalin abgebaut wird.

Peter war einer von mehreren Vergewaltigern, die in den letzten Jahren festgenommen wurden. Scheinbar lockte ein Mädchen oder eine Frau, die jünger aussah, alle diese Täter in eine Falle und erledigte sie mit ihren eigenen Mitteln. Der Erste dieser Verbrecher wurde fast in der gleichen Art erstickt, wie er mit seinen anderen Opfern vorging. Er verprügelte seine Beute, bis sie mit inneren Blutungen ihrem Ende nahe waren.

‚Häusliche Gewalt', überlegte Irene, wie in den meisten dieser Fälle klassifiziert wurde.

Der Hund hatte anderen Tätern, darunter eine Täterin Beschwerden verpasst. Von diesem Verbrecher waren sogar Bissspuren sichergestellt.

Keiner kam auf die Idee, dass ein kleiner Hund dies veranstalten könnte.

Aber ein Täter nach dem anderen wurde ihr zugestellt wie eine Bestellung aus einem Online-Shop.

Irene schloss die Tür hinter sich und hinterließ einen verzweifelten Mann mit erschrockenem Blick im Raum sitzend.

„Er ist schuldig auf jeden Fall. Die Beweise am Fundort waren alle einwandfrei. Ist eine Rächerin am Werk?", fragte Sönke.

„Sei nicht töricht. Ein harmloses Mädchen kann so etwas nicht veranstalten, und alle diese Fälle zeigen, dass Drogen und Vergewaltigung nicht zusammenpassen. Er ist zwar alt, aber enorm groß und kräftig. Wie könnte ein Mädchen mit einem Fiffi seine Arme und Beine brechen und ihn so zurichten? Er kommt jetzt für weitere drei Tage ins Krankenhaus und dann ab in die Zelle. Der Staatsanwalt wird sich freuen, ihn wieder in Stadelheim zu begrüßen", gab Irene beiläufig von sich.

„Aber er ist der Fünfte, der narkotisiert eine solche Geschichte erzählt. Ich habe Berichte vom letzten Jahr", insistierte Sönke.

Er wusste weiter von einem Gigolo, einem Erpresser, einer Barbesitzerin und zwei Kleinkriminellen, die ebenfalls so an die Polizei geliefert wurden.

„Ich bin die Ermittlerin, und ich sage, das passt alles nicht zueinander. Diese Täter haben nur Pech. Glück für uns."

Sönke wollte nicht an Schicksal glauben.

Zwei Buben

Suchen

München war bis in die neunziger Jahre des zwanzigsten Jahrhunderts eine gemütliche Stadt. Sie wuchs rapide. Im Süden befindet sich der Stadtteil Sendling. Bürgerlich und modern zwar, in den Achtziger waren dort freie Wohnungen zu finden. Glück und Gilligans hartnäckiger Suche verdankten die beiden Männer ihre Wohnung. Darauf hatten sie sich gefreut, als sie vor weniger als einem Jahr nach München zogen.

Sönke war fast neu in seiner Abteilung bei der Polizei. Der Umzug von seiner Heimat Hamburg nach Bayern war für ihn nicht abgeschlossen. Überall in seiner Wohnung stapelten sich Kartons, und im Büro sah es ähnlich aus.

„Wie geht es deinem Fuß?", fragte der dunkelhaarige Gilligan vom Wohnzimmer. Er war Sönkes einziger und bester Freund. Sie lernten sich mit elf Jahren in der Schule kennen und durchlebten alle Phasen der Pubertät miteinander. Die Vertrautheit zwischen beiden ließ mehr vermuten, als sie sich je zugestehen würden.

Gilligan besaß diese romantischen Augen, wie man sie aus Gemälden von El Greco kennt. Seine lockigen dunklen Haare riefen diese Ähnlichkeit hervor.

„Was meinst du? Ich habe dich nicht gehört", sagte Sönke, als er den Kopfhörer abnahm.

Der kühle Dezembermorgen wurde von einem lange erwarteten Regen genässt. Sie bereiteten das erste Weihnachten in München vor. Sönke fröstelte leicht in der Küche der Wohnung. Er schaute die kochende Espresso-Maschine abwesend an.

„Gilligan. Ich habe dich nicht gehört", hallte Sönkes Bariton zum Wohnzimmer. Doch von dort war keine Antwort zu hören.

Sein Freund bekam seinen Namen von Willy Gilligan aus einer TV-Reihe aus den Sechzigern. Seine Mutter liebte die Serie und erzählte bei jedem gesellschaftlichen Anlass, dass sie den Schauspieler sogar persönlich in München getroffen habe. Die Tatsache, dass keiner ihr Glauben schenkte, ignorierte sie mit Bravour. Sie sprach weiter über zahlreiche Details der angeblichen Begegnung. Nicht selten erwähnte sie, dass ihr Sohn fast ein Jahr nach dem besagten Treffen zur Welt kam. Der leicht geneigte Blick ließ einigen Raum für die Vermutung, dass Gilligan der Bastard eines Hollywood-Stars wäre.

Die Trennung von seiner Familie war tragisch und veränderte deren Leben. Mit Sönke teilt er die Wohnung in Sendling, und nicht selten kümmerte er sich mit väterlicher Sorge um die Arbeitsverletzungen seines Freunds.

Gilligans Vater brach jeglichen Kontakt mit ihm ab, als er das Elternhaus verließ.

Eine maßgebliche Diskussion mit seiner Familie, die sein Leben veränderte, folgte einem tragischen und misslungenen Suizidversuch. Gilligan erlitt einen Leberschaden.

Wenn nicht bald ein Spender für eine neue Leber gefunden würde, wären seine Aussichten für die Zukunft alles andere als positiv. Seine Eltern akzeptierten ihre Freundschaft nicht.

Sönke wachte aus seinen Gedanken auf und holte den kochenden Espresso vom Feuer. Da Gilligan nicht antwortete, nahm er an, er würde wieder einen Umzugskarton inspizieren. Mit seiner Kaffeetasse ging er in einem alten Weihnachtspulli zum Wohnzimmer. Seine roten Boxer-Shorts waren schlampig, und nicht selten bat Gilligan um Erlaubnis, diese wegwerfen zu dürfen. Jedoch war das Wäschestück mit einem sentimentalen Wert behaftet.

‚Ich sollte eine Hose anziehen', dachte er, aber zu Hause zog er gerne solche Klamotten an.

Dies war das erste Geschenk, das Gilligan ihm kaufte, und Sönke mochte nicht sentimental klingen, aber er trug es aus nostalgischen Gefühlen.

Zwei Kartons standen offen, und zwischen diesen lag der Ein-Meter-achtzig-Mann fast ohnmächtig auf dem Boden. Gilligan war trotz seiner zarten Gesundheit groß und gut aussehend.

Sönke setzte seine Tasse auf den Wohnzimmertisch. Er überprüfte seinen Freund.

„Hast du dich wieder zu sehr angestrengt?", fragte Sönke besorgt.

Ein leichter Glanz machte sich auf Gilligans Stirn bemerkbar. Dies zeigte seine Anstrengung in dem Moment. Seit einigen Jahren zeigte seine Leber Zeichen der Schwäche, und Ohnmacht und Schlafstörungen gehörten zum Alltag der beiden Männer.

„Lass das. Du bist nicht mein Vater." Gilligan schob Sönke beiseite.

„Was ist los?", fragte sein Freund überrascht.

„Es wurde mir nur etwas schwindelig. Ich glaube, das neue Medikament ist zu stark, oder ich bin zu schwach. Es geht wieder", versuchte er sportlich zu wirken und stand, sich am Wohnzimmertisch stützend auf.

Gilligan mied jegliche Weiterentwicklung in ihrem Zusammenleben, da er nicht von Sönke abhängig sein wollte. Oder nicht mehr, als sein Zustand erforderte.

Sönke zeigte seit Langem, dass er weitergehende Gefühle als eine platonische Beziehung entwickelte. Was aber für Gilligan eine schwierige Situation darstellte. Dies könnte auch das Ende Ihrer Freundschaft bedeuten. Er wäre geistig nicht abgeneigt, aber sein Körper verlangte noch nach Distanz. Das Trauma, missbraucht worden zu sein, hielt Gilligan fern von jeglichem Körperkontakt.

„Ich fragte, wie es dir mit deinem Fuß geht." Er bewegte sich zur Küche und räumte das Geschirr aus der Spülmaschine.

„Das wird noch. Ich hoffe nur, dass ich nicht wieder so ungeschickt falle und zum Spott der Abteilung werde. Tut noch etwas weh, aber ich bin so selten draußen im Einsatz, dass ich einen solchen Vorfall fast ausschließen kann. Ich bin eher fürs Büro dort. Ich hoffe, es geht dir besser mit deinen Medikamenten", gab Sönke zu bedenken, während er parallel an einen Karrieresprung dachte, wenn er eine Rächerin ausfindig machen würde.

Gilligan schaute seinen Freund an und lächelte leicht verstört.

„Das glauben wir beide nicht. Als ich mich vor fast acht Jahren vergiftete, war ich nicht erfolgreich mit meinem Selbstmordversuch, aber die Folgen davon werden mich jetzt umbringen. Ich hoffe nur, dass bald ein Leberspender gefunden wird. Die Medikamente sind vielleicht in Ordnung, aber ich nicht. Falls der Spender zu spät kommt, kannst du die Annahme für mich verweigern." Gilligan richtete sich nach seinem Witz auf und holte tief Luft.

„Sollen wir zum Arzt?", tröstete Sönke seinen Freund.

„Nein. Ich koche heute. Wir sollten gut essen. Ich bin fast fertig mit den zwei Kartons hier. Wasch deine Pranken und setz dich. Mach einen Wein auf. Schlimmer wird es bei mir nicht. Übrigens dieser Boxer stinkt, und du fröstelst an den Beinen. Leg das in die Wäsche. Zum Geburtstag schenke ich dir neue", sagte Gilligan, als wäre nichts passiert.

„Es ist Weihnachten", suggerierte Sönke.

„Träum weiter. Ich habe dein Geschenk schon gekauft, aber du musst abwarten."

Sönkes Augen landeten auf einer Zeitung, die er nach Hause brachte, in der über Peter Moers erneute Verhaftung berichtet wurde.

„Das war mein Werk", zeigte Sönke angeberisch auf die Schlagzeile.

„Bitte nicht vor dem Essen. Ich kann deine Fälle nicht ertragen. Wieder so ein Widerling?"

„Ja, das war vor fast einem Monat. Er betete noch, als er gefunden wurde. Sein letztes Opfer hat ihn zugerichtet."

„Brrr", fröstelte Gilligan.

„Willst du zu meiner Therapeutin? Sie ist für meine Abteilung tätig und ist in Traumatologie spezialisiert, und etwas mit einer Spezialistin zu reflektieren, hilft auch.", empfahl Sönke.

„Zum Teil muss ich zugeben, du wäschst deine Hände nicht mehr so oft. Das kann man als Erfolg bezeichnen. Wozu, denkst du, sollte ich dort hingehen? Meine Leber wird dadurch nicht besser." Gilligans depressive Stimmung kam wie sonst zu einem Tiefpunkt.

„Du bist mürrisch, nimmst deine Medikamente nicht richtig und lässt dich nicht gerne anfassen. Das sind weitere Anzeichen, dass bei dir etwas nicht stimmt. Sie ist gut. Mir hilft sie." Sönke setzte sich am Küchentresen.

„Lass uns über etwas anderes reden. Diese Schwächeanfälle sind sehr anstrengend. Ich kann momentan nicht viel denken." Gilligan servierte das vegetarische

Abendessen, und Sönke wedelte sich den Dampf zu und atmete ihn ein.

„Du kannst das sehr gut." Er war kein gesprächiger Mensch, und außer mit seinem Freund sprach er kaum mit jemandem. Jedoch brachte ihn sein Verlangen nach Nähe manchmal dazu, Gilligans Blockaden zu vergessen. Er fasste ihn liebevoll am Oberschenkel.

„Du weißt, dass ich durch den Missbrauch meines Onkels menschliche Nähe nicht gut vertragen kann", entschuldigte sich Gilligan, der sich verlegen entfernte und Sönke gegenüber Platz nahm.

„Aber ich bin nicht irgendein Mensch. Ich dachte, wir wären über diesen Punkt hinaus." Sönkes Gefühle waren verletzt. Man erkannte dies nicht an seiner Stimme oder seinem Gesicht, aber in der Form, wie er seinen Kopf beim Essen senkte. Gilligan erfasste, dass das Problem irgendwann gelöst werden musste. Unendlich Zeit blieb ihm nicht, um auf eine andere Lösung zu warten.

„Gib mir danach ihre Adresse. Ich verspreche dir, dass ich hingehe." Gilligan versuchte, den Tiefpunkt seiner Stimmung zu entzerren. Sönke nahm sein Handy und sendete eine SMS.

"Ruf Dr. Emilia Belvedere an." Kontaktdaten waren sorgfältig an die Mitteilung angehängt, und mit einem Tastendruck rief Gilligan wie gebeten an.

„Danke."

Jedes Mal, wenn Sönke ihn auf dieses Thema ansprach, bemerkte er seine Verlegenheit, und meistens dauerte es ein oder zwei Tage, bis er es vergaß. Ein missbrauchtes Opfer wächst. Es wird reifer. Aber die Narben des Geschehens wird diese Person nie los.

‚Wie lang kann ich noch in einer platonischen Beziehung leben?', fragte sich Sönke und nahm am Computer Platz. Er öffnete den Browser, und als sich der Dialog aufbaute, schaute er auf die Kontaktliste, eine Liste einsamer Herzen, wie er sie nannte, die er niemals in seiner Suche treffen würde.

Hören

Die Nachmittagssonne kam nur mit Mühe durch das verstaubte Fenster. Die Sonnenstrahlen reflektierten Bronze auf dem Boden, ein kaltes Wohnzimmer in der Wohnung an der Schönstraße. Auf einen ledernen Sessel gesunken, beobachtete eine fast vierzigjährige Kathrina das Lichtspiel.

‚Wie alt bin ich denn jetzt?' Der Spiegel zeigte eine unförmige Frau über vierzig, die sie nicht wahrnehmen wollte. Mit einem Streich wurde ihre glänzende Zukunft in Stücke zerfetzt, und mit dem Fluch des Weiterlebens bereitete sie sich auf einen neuen Tag vor.

Kathrina versuchte seit zwei Jahren, ihren Gesundheitszustand zu verbessern, aber dies schien für sie nicht mehr möglich zu sein. Ihre Ärzte waren jünger und teilweise besser ausgebildet, aber ihr Trauma konnte auch ihre Therapeutin nicht lösen.

Sie opferte vieles für ihre ehemalige Karriere als Sportredakteurin. Jetzt, als Zuhörerin einer übermotivierten Pflegerin, saß sie vor dem Fenster und ertrug den Tagesablauf.

‚Was erreichst du in deiner Zukunft, alte Frau?', sagte sich Kathrina in Gedanken.

Obwohl sie sich vieles im Leben vorgenommen hatte, verabschiedete sie sich von ihren Plänen. Sie knöpfte die Hose auf und fuhr mit den Fingern am Bauchnabel hinunter.

‚Ja. Die Narbe ist noch da.'

Wenn man dieser Szene zusehen könnte, würde man etwas Erotisches annehmen. Jedoch in Kathrinas Leben existierten Gedanken in diese Richtung nicht mehr. Sie überprüfte fast zwanghaft diese Stelle, um sicher zu sein, dass sie nicht wieder blutete. Die Brutalität dieses Verbrechens und der Hass, den sie für den Täter hegte, war alles, was sie empfand.

Das Telefon klingelte. Der Klingelton klang wie betäubt. Sie hatte nie geschafft, diesen besser einzustellen, und sie war technisch ebenso tollpatschig wie unwillig, solche Geräte zu bedienen. Sie stand auf, ihr linkes Bein antwortete etwas unsicher auf den Bewegungsbefehl.

Es dauerte, bis Kathrina den Apparat erreichte.

‚Mein Kopf platzt gleich von diesem Ton.'

„Hallo?"

‚Sprich sicher und langsam. Blöde Kuh. Drück dich normal aus', rief sie sich ins Gedächtnis.

Sie erinnerte sich meistens zu spät an die Regeln, die ihre Psychotherapeutin ihr gab.

„Hallo Kathrina. Hier ist Irene. Wie geht es dir?", kam die Frage trocken, wie gewöhnlich, von der anderen Seite der Leitung.

‚Irene?', fragte sie sich, und drei lange Sekunden kreisten ihre Gedanken. Sie holte Luft und beruhigte sich.

„Hallo Irene", sagte sie, als sie sich an die Person erinnerte.

„Geht es dir gut?", fragte die Polizistin fast zu privat für Kathrina, aber ein Protest schien unangebracht zu sein.

„Ich mache Fortschritte. Ja. Ja. Ich mache sie. Ja."

‚Hör auf "ja" zu sagen', mahnte sie sich selbst.

„Ja", kam nochmals unkontrolliert heraus. Sie schlug leicht auf den Tisch und versuchte, ihre Sprache zu beherrschen.

„Ich habe Fotos von Frauen an einem Tatort gefunden, ich muss mit dir reden. Wir haben eventuell bessere Indizien und den Straftäter gefunden. Ich kann nicht mit Sicherheit sagen, dass deine Vermutungen richtig waren, aber Peter Moers wurde wieder verhaftet", informierte die Polizistin mit fehlendem Mitgefühl.

„Das ist aber so lange her. So lange. Ja. So lange. Her. Ja." Kathrina lachte und stotterte beim Lachen. „Tut mir leid. Ja. So lange."

„Ich verstehe. Es ist nicht so lange her, weil er letzten August freigelassen wurde. Ich bin sicher, du kannst mir helfen. Ich denke, ich weiß etwas, und ich hoffe, du kannst mir helfen. Darf ich bei dir vorbeikommen?", unterbrach Irene sie, bevor ein Schwall sinnloser Worte folgte.

„Ja. Ich meine. Nein. Ja, ich kann nicht. Nein. Aber ..." stammelte Kathrina.

„Verstehe. Ich komme vorbei, wenn es dir passt. Ich wollte nicht unangekündigt vorbeikommen. Ist das in Ordnung?", bestand Irene.

„Ah, ja. Vorbei? Ja. Äh? Wann denn? Ich bin zu Hause", schaffte Kathrina, den Satz abzuschließen.

Sie lachte und hustete und versuchte, dabei irgendetwas zu sagen, aber Irene hatte keine Zeit.

„Danke, Kathrina. Ich bin übermorgen Vormittag bei dir. Zum Frühstück? Beruhige dich, ja?", verabschiedete sich Irene.

„Ja. Ja. Aber ... wann? Ja. Frühstü...", sprach Kathrina mit der leeren Leitung.

Als sie sich besann, dass keiner mehr zuhörte, legte sie den Apparat auf.

Sie schaute durch das Fenster und stellte fest, dass die Staubschicht aus der Nähe ekelhafter aussah, als sie sich vorstellte.

Sie erreichte ihren Computertisch und warf sich in den Sessel vor dem Monitor. Das Möbel protestiert mit einem jämmerlichen Quietschen. Kathrinas Finger suchten die Einschalttaste am Laptop. Ihre Glieder schienen entschlossen zu tanzen, aber nicht die richtige Taste zu drücken.

‚Die heilige Katharina. Verdammte Sau. Gefasst. Häh!', schwirrten ihre Gedanken und unterhielten sie etwas, bis der Bildschirm kam.

Sie rief ein dunkles Dialog-Fenster und gab mit Mühe ein Kommando ein.

Ein Browser tat sich auf, und mit unsicheren Bewegungen schaffte Kathrina, eine Adresse aufzurufen.

Es sah wie ein E-Mail-Programm aus, und im Posteingang befand sich eine ungelesene Nachricht. Sie klickte auf das Dokument, und dieses öffnete sich.

‚Ihre Gebete wurden erhört, und der Sünder traf auf Gerechtigkeit. Lebe in Frieden.' Darunter befand sich ein Foto von einem verprügelten Mann in Unterhosen. Sie scrollte herunter, und ein weiteres Bild zeigte, wie seine Hände und auf dem anderen seine Füße verletzt wurden.

Kathrina fasste sich an die Brust und wimmerte. Ihre Augen wurden feucht, und sie lachte innerlich.

„Verdammte Sau … Ja." Da ertappte sie sich wieder mit einem unkontrollierten Ja, doch diesmal genoss sie den Ton.

„Ja. Ja." Wiederholte sie.

Es war schlicht, und sie verstand alles. Nach fünf Sekunden zeigte das Dokument eine Farbveränderung, und wie Papierverbrennung animierte das System die Löschung der Datei.

„Ja. Du hörst mich, aber er … er lebt noch."

Denken

Das Abendessen hatte vor Stunden geschmeckt, und Sönke entschied sich, eine Auszeit in der Badewanne zu nehmen. Er prüfte seine Wäsche und bestätigte Gilligans Ansichten über seinen Kleidungszustand.

‚Trotzdem, nach dem Waschen ist mein Boxer wie neu', seufzte Sönke gedanklich.

„Gilligan, ich schaue mir die Mappe, die Du organisiert hast, in der Badewanne an. Bring das bitte her. Ich bin total kaputt", sagte er zu seinem Freund, der die Organisation von Papieren übernahm, die Sönke aus dem Büro mitbrachte.

„Eine gute Idee. Ich muss mir einen Job suchen. Ich habe keine Lust mehr, zu Hause herumzusitzen", rief Gilligan mit der erbetenen Mappe auf dem Weg von der Küche zum Badezimmer.

„Du musst nicht arbeiten. Die Finanzhilfe von deinen Eltern reicht aus. Schreib ihr, dass du Geld brauchst. Deine Mutter ist mit den Gebetsstunden auch viel zu beschäftigt, um sich Gedanken über deinen Zustand zu machen. Ich kann diese Religionsbesessenheit deiner Familie kaum verstehen. Reformisten sind nicht so fromm." Sönke drehte das Wasser auf.

„Aber wir sind Katholiken."

„Das weiß ich."

Gilligan legte Musik von seinem Computer an die Boxen, und ein melodischer Jazz aus den Fünfzigern ertönte. Das rein instrumentale Stück ließ seinen Kumpel nach dem Einstieg ins Wasser gähnen.

„Gute Idee", sagte Sönke, dabei warf er seine alten benutzten Klamotten vom Boden auf Gilligan.

„Ich bin nicht dein Vater. Räum das in den Wäschekorb. Ich wasche das morgen. Ich habe diese Papiere von deinem Büro organisiert. Du solltest nicht Dokumente aus dem Büro mitnehmen und hier so lange herumliegen lassen. Wenn deine Kollegin das mitbekommt, bist du deinen Job los", mahnte Gilligan.

Sönke roch an den zurückgeworfenen Wäschestücken und entschied sich, alle in den Wäschekorb zu befördern.

„Zwei Punkte", kündigte er an, nachdem die Klamotten im Korb waren.

„Ich glaube nicht, dass Irene sich für meine Theorien interessiert. Ich fand nur seltsam, dass in München seit geraumer Zeit immer wieder einige Triebtäter auf ähnliche Art und Weise wie Peter Moers gefasst werden." Sönke bewegte sich ins Wasser und achtete darauf, dass die Papiere in seiner Hand nicht nass wurden.

„Ich finde es klasse, wenn sich Frauen wehren. Viele sollten das Gleiche tun. Solche Verbrecher gehören eingesperrt. Wie oft war dieser Peter im Knast und wurde wieder freigelassen. Sechsmal und vor Gericht dann raus. Nee, das geschah ihm recht." Gilligan setzte sich auf einen Hocker neben der Badewanne.

„Du solltest meine Papiere nicht durchlesen. Es sind teilweise Geheimdokumente, glaube ich." Sönke blätterte und sprach, ohne Gilligan anzuschauen.

„Wenn ich schon für dich alles organisiere, muss ich auch lesen. Vor allem was sollte ich sonst den ganzen Tag machen?" Die Frage lenkte von Gilligans schuldbewusstem Handeln ab.

„Hast du mitbekommen, dass es immer unterschiedliche Frauen waren, die diese Verbrecher verprügelt haben? Jedoch in einem Punkt stimmen die Berichte der gefassten Täter überein: Sie wurden vermöbelt, die Frau war nackt, und jedes Mal rief jemand bei der Polizei an, und meine Kollegen fanden den Täter bewegungsunfähig in der Wohnung mit ausreichend Beweisen. Das sind für mich zu viele Zufälle. Das kann auch eine Verrückte sein", fasste er seine Theorie zusammen.

„Lass das, Sönke. Wenn jemand die Arbeit erledigt, solltest du nicht undankbar sein. Willst du etwas Wein? Ich hole mir irgendwas", bot Gilligan an.

„Deine Medikamente vertragen keinen Alkohol."

„Scheiß auf die. Ich verrecke mit Würde", witzelte er beim Verlassen des Badezimmers.

„Und besoffen."

Sönke las die Details vom ersten Fall, den er fand, wo diese rätselhafte Frau auftauchte, und überlegte sich, wie sie zu den Informationen über den Täter kam. Es schien logisch zu sein, dass die Rächerin mehr als die Polizei erreichte.

„Hier", er stellte den Rotwein auf den Badewannenrand.

Es herrschte eine große Vertrautheit zwischen beiden Männern, diese reichte Gilligan jedoch nicht aus. Er hungerte nach sozialem Kontakt. Die langen Stunden allein zu Hause waren für ihn des Öfteren unangenehm.

„Meine Kollegin hat mir bereits einige Male gesagt, dass ich das nicht verfolgen sollte. Sie hat mich sogar angeschrien. Vielleicht interessiere ich mich deswegen für eventuelle Zusammenhänge", quengelte Sönke.

„Du solltest sie mal privat einladen. Eventuell reagiert sie nur so, weil du Arbeit suchst und bisher nichts erledigst. Ich wäre auch ziemlich sauer, wenn einer in Sachen herumwühlt, die niemanden sonst interessieren." Gilligan setzte sich wieder auf seinen Hocker.

„Vielleicht hast du Recht. Ich lade sie mal zum Abendessen ein", gab Sönke nach.

„Ich koche. Ich will seit Langem etwas mehr hier in der Wohnung machen. Wir gehen sowieso nicht aus", sagte Gilligan.

„Ich will nicht, dass sie denkt, dass wir ein Liebespaar sind. Du weißt, wie Frauen sind, und dann denkt sie, dass sie zu einer Schwulenmutter wurde." Sönke lachte.

‚Ob wir je ein Paar werden?', dachte er in der Hoffnung, Gilligans Zustand würde sich irgendwann bessern.

„Freunde dürfen auch kochen. Was soll's. Sei nicht so altmodisch. Du kannst nicht kochen, und ich brauche Beschäftigung. Wo hast du dieses Vokabular her?" Gilligan setzte sich immer durch.

„Wir verstehen uns so gut. Warum willst du nicht, dass wir uns näherkommen?", fragte Sönke etwas ernster, aber gleichzeitig liebevoll.

„Lass das Thema sein. Du weißt, dass ich dafür nicht bereit bin. Das Thema war in meiner Familie tabu, und ich selbst habe mich wegen meines Zustands nie damit beschäftigt." Gilligan schämte sich.

„Hast du einen Termin bei Doktor Belvedere?"

„Ja. Sie war selbst nicht am Telefon, aber eine Quasselstrippe namens …"

„Clara. Ja, wir alle kennen dieses Tratschweib. Sie mischt sich in alles ein. Vorsichtig, weil sie will mehr über die Klienten erfahren als der Doktor selbst", warnte Sönke.

„Meine Lippen sind versiegelt. Aber wir haben uns wirklich sehr gut verstanden. Ich bin morgen dort für eine erste Anamnese. Klingt sehr exotisch."

„Das ist nichts Außergewöhnliches, es ist nur die erste Begegnung, und wie der Doktor dich einschätzt."

Er schloss die Mappe und übergab sie seinem Freund.

„Bring das bitte weg", bat Sönke.

„Ich schreibe eine Einladungskarte. Die ist dann schwieriger abzulehnen", überlegte Gilligan laut.

Innerlich empfand er, dass er gerne die Hürde zwischen beiden überwinden würde, bevor Sönke jemand anderen fand, und er keine Chance mehr hätte, etwas von seinem Leben zu genießen.

Jedes Mal, wenn andere sich ihm näherten, stiegen unheimliche Erinnerungen an Onkel Sebastian hoch. Scham und Ablehnung seiner Familie waren Teil seines Leidens, aber er war entschlossen, solange ihm Zeit blieb, daran zu arbeiten, diese Abneigungen zu korrigieren.

„Man tötet nicht den Boten, denke ich." Sönke sank ins Wasser.

‚Warte nur ein bisschen auf mich', hätte Gilligan gerne gesagt, aber leider nur gedacht.

Spielen

Einige Zeit nach der Festnahme von Peter Moers blätterte Irene in der Ermittlungsakte, die Gilligan ohne ihr Wissen sorgfältig vorbereitet hatte. Sie verglich die Beschreibungen der Frauen, die angeblich verschiedene Straftäter überführt hatten. Sönke nahm an, wenn Irene erfahren hätte, dass Gilligan für diese akribische Ordnung der Mappe verantwortlich wäre, würde er seinen Job los sein. Gleichzeitig nahm Irene an, wenn er entdecken würde, dass die Rächerin aus seinen Theorien tatsächlich existiere, dann wäre sie ihren Job los.

Die angegebene Körpergröße fand sich einstimmig in allen Zeugenaussagen. Über die Haarfarbe waren sich die Zeugen nicht einig.

‚Zumindest fehlt es ihr nicht an Fantasie', stellte Irene zu Jennys Einfallsreichtum fest.

Der Hund schien in jedem Bericht ein anderes Fell zu präsentieren. Rosa, weiß oder mit Pünktchen wie ein Dalmatiner, sogar Zebramuster. Der einzige gemeinsame Nenner war der Hund und die Tatsache, dass diese Frau vor jedem Kampf immer ihre Kleidung ablegte.

,Seit wann hat sie einen Hund?' Irene besuchte Jenny vor wenigen Monaten, und bis dahin hatte sie kein Haustier.

,Eigentlich hat sie mich besucht und nicht umgekehrt. Könnte dann sein, dass sie seit längerer Zeit einen Hund hat und ich nichts davon merkte?' Irene überprüfte die Fakten.

„Warum denkst du, dass diese Frau sich vor dem Kampf auszieht? Nackt kann sie verletzt werden. Ich denke, es ist alles nur ein urbanes Märchen der Täter", fragte Irene, ohne unbedingt auf die Meinung ihrer Kollegen angewiesen zu sein.

,Zeig mal, was du verstehst, Junge.'

„Bei einigen Zeugenaussagen ist klar, dass die Frau eine Vergeltung oder Rache gegen diese Art von Täter ausübt. Ich machte mir auch Gedanken über diesen gemeinsamen Nenner in den Aussagen. Es kann nur sein, dass sie keine DNA-Spur auf ihrer Kleidung mitnehmen will. Nach einer Dusche kann sie die Blutspuren ihrer Opfer besser von der Haut abwaschen als aus der Kleidung. Wer will seinen Designer-Dress jedes Mal zur Reinigung bringen? Das Halluzinogen, das bei den Opfern gefunden wurde, stammt aus einem gewöhnlichen Psilocybin-Pilz. Es war schwierig, dies zu ermitteln, weil es sich um ein natürliches Mittel handelt, das bestimmt aus Südamerika stammt. Aber auch ein sehr verbreitetes Narkotikum im Drogenhandel." Sönke versuchte, die Ergebnisse der Untersuchung akribisch an seine Kollegin weiterzugeben.

,Mist. Er ist doch cleverer, als ich angenommen habe.'

Sie schloss die Mappe und gab sie an Sönke zurück.

‚Designer-Kleidung? So, so. Ein schwuler roter Teufel. Wie kommen wir da raus, Jenny?'

„Entschuldige, aber ich merke mir deinen Namen nicht", log sie.

„Mein Gott, Irene. Nach einem halben Jahr der Zusammenarbeit könntest du dir Sönke, meinen Namen, merken. Ist er so ungewöhnlich für dich?" Eine Mischung aus Enttäuschung und verletzter Würde war deutlich zu erkennen.

‚Ich brauche eine Idee.' Irene wühlte in ihren Gedanken.

Eine SMS klingelte in Sönkes Handy, und er bemerkte kurz, dass Gilligan ihn angeschrieben hatte.

„Mach dir keinen Kopf. Ich bin so selten im Büro, dass du sogar Maximilian heißen könntest. Ich wäre ebenso unfähig, mir deinen Namen zu merken. Danke für den Bericht, aber ich bin immer noch überzeugt, dass wir hier Phantome verfolgen. Alter, Hautfarbe, Name, Wohnort oder sogar die Rasse des Hundes. Alles ist bei jedem der Fälle anders. Eine der Frauen hatte einen französischen Akzent, eine eventuell Ungarin, dieser hier meinte, dass sie Asiatin wäre. Nein, damit kommen wir nicht weiter. Es müssten dann verschiedene Frauen und Hunde sein. Das einzige, was alle diese Vorfälle gemeinsam haben, ist: In jedem der Fälle bekamen wir verprügelte Armleuchter mit einer kompletten Untersuchung von Vergewaltigung, Misshandlungen und anderen Verbrechen. Täter, die irgendeine skurrile Geschichte laberten, haben wir gehabt. Ich bin froh, dass diese Personen nicht mehr auf der Straße sind", sagte Irene resolut und klopfte auf den alten hölzernen Bürotisch.

„Aber immerhin wissen wir, dass höchstwahrscheinlich eine Person dahintersteckt. Wir haben immer die jeweiligen Beweise für die Taten am Tatort gefunden. Einer wurde sogar anonym nachgeliefert. Doch der Absender war nicht zu ermitteln. Ich bin überzeugt, dass der oder die Täterin existiert", murmelte Sönke vorsichtig. Irene zu widersprechen, war riskant für ihn.

Durch das breite Bürofenster leuchtete ein roter Himmel, der leichten Widerstand gegen den lila Mantel der Nacht leistete.

„Dieser Mann scheint kaum eine Chance gegen diese Frau gehabt zu haben. Sie ist ein Profi", fügte er hinzu.

„Sönke! Habe ich deinen Namen richtig gemerkt, denke ich. Diese Untersuchung war meiner Ansicht nach unsinnig und nicht beauftragt. Jeder hier, der über den Mann Bescheid wusste, hätte den Täter während der Untersuchungshaft überführt. Die Daten wären an den Staatsanwalt weitergeleitet worden." Irene kratzte sich am Rücken, und Sönke erinnerte sich an einen Pavian, den er vor kurzer Zeit im Zoo gesehen hatte.

„Sorry Kollegin, aber Sie arbeiten hier nicht allein, oder? Wir machen auch unseren Job", protestierte er irritiert, packte seine Kaffeetasse und stampfte in Richtung Büroküche. Dabei ließ er die Anwesenden seinen Unmut über die Kollegin merken.

‚Das hätten wir erledigt', beglückwünschte sich Irene siegreich.

„Mann. Geht mal kalt duschen. Pfeife!", protestierte sie vor sich hin, die Kollegen beachteten sie nicht.

Auf dem Weg aus dem Raum meldete sich wieder Sönkes Handy.

„Was denn?" Dabei löschte er Gilligans SMS mit der Einladung zum Abendessen. Die Lage zwischen ihm und Irene war zu angespannt, und sie schien eine Meisterin in Unfreundlichkeit zu sein.

•

„Pilze aus Südamerika. Eine Frau mit athletischem Körper, die kämpfen kann und einen Hund hat", sprach Irene mit sich selbst.

Auf dem Bürotisch lagen ein Berg Briefe, Berichte und zwei alte Tageszeitungen. Darunter verbarg sich ein Telefon, das Irene suchte.

Nach einer beidhändigen Erkundung unter dem Papierberg traf sie auf das gesuchte Gerät. Einige Blätter flogen über den Tischrand zu Boden und fielen unbeachtet auf das kalte Linoleum. Sie schaute in alle Richtungen im Büro. Dann rief sie am Bildschirm die Akte eines Opfers von häuslicher Gewalt auf, das sie in ihrer Karriere in Köln kennengelernt hatte. Eine Uhr informierte Irene, dass der Computer auf der Suche nach den alten Daten war.

„Verdammt noch mal. Wann bekommen wir modernere Geräte in diese Bruchbude?" Irenes Absicht, alle aus ihrer Nähe zu verscheuchen, gelang.

Die Kollegen, die ihre Kritik an den Gerätschaften hörten, beschäftigten sich woanders und versuchten, ihr aus dem Weg zu gehen.

Ihr Ruf als aufbrausende Furie war allgemein bekannt, und so mieden die meisten, sich mit ihr über irgendetwas zu unterhalten.

Der Computer beendete sein Memento. Da poppte ein Dialog auf und darauf war eine kleine, leicht gebräunte Frau zu sehen. Auf dem Foto waren ihre langen Haare zu einem spröden Zopf gebunden, das linke Auge war zu Apfelgröße angeschwollen. Weitere Aufnahmen mit grauenhaften Verletzungen ließ sie ausblenden. Sie klickte auf ein Icon, worauf der Ordnername ‚persönliche Daten' zu lesen war.

Irene fotografierte den Dialog mit ihrem Handy und überprüfte, dass alle Daten weg waren.

Sie wählte eine Telefonnummer von der Kurzwahlliste ihres Handys und wartete, bis eine hauchende Stimme sich am anderen Ende der Leitung meldete.

„De Santis. Wer spricht?", hieß Jenny das Gespräch willkommen. Das übermäßige Nachziehen von Vokalen und die Betonung mancher Konsonanten waren Jenny de Santis Merkmal. Keiner, der sie je hörte, würde ihre Stimme vergessen.

„Hallo, Frau de Santis. Hier spricht Irene Vogt", sagte sie in ungewöhnlich freundlichem Ton. Sogar etwas theatralisch, würde man dies bezeichnen.

„Irene! Nach so langer Zeit höre ich deine Stimme. Mein Leben ist leer ohne dich." Vertraulich mit einer Spur von Sehnsucht.

„Meins auch."

„Es freut mich, dass du dich meldest. Ich denke immer wieder an uns. Was kann ich für dich tun?" Jenny de Santis besaß Charme und beherrschte einen betörenden Ton, der jeden zum Weiterhören einlud, sogar wenn man vergaß, was man hören wollte.

Nach zwei Sekunden Stille meldete sie sich wieder.

„Irene? Bist du noch da?" Sie erschrak, als sie merkte, dass sie kurzzeitig den Faden im Tagtraum verloren hatte.

„Entschuldige. Ich träumte kurz. Ich …", setzte Irene eine Pause. „Jenny, ich würde gerne mit dir über etwas sprechen, aber ich will dich nicht beunruhigen. Es ist nur ein Gedanke, und ich weiß, dass du mir weiterhelfen kannst." Es klang gestelzt, als würde Irene ihr Gespräch professionell für Zuhörer vorführen.

Im Hintergrund von Jenny de Santis Seite war etwas aus einer Musikanlage zu hören, das ebenso einladend und betörend wie ihre Stimme klang.

„Wie schön, dass ich dir dann helfen kann, nachdem du damals mir so sehr geholfen hast. Wann kommst du?" Freundlich und unbeschwert, wie man sich eine tropische Frau vorstellt, umrahmt vom Takt eines Bossa Nova im Hintergrund des Gesprächs, lud Jenny sie ein.

„Sagen wir bald, aber nicht sofort? Dann kann ich mich besser vorbereiten", bot Irene an.

„Wieder mit Pasteis? Das kann ich schnell zubereiten, und ich erinnere mich bestens, wie gut sie dir schmecken." Das sind brasilianische gefüllte und frittierte Teigtaschen, die Irene fast jede Woche serviert bekam.

„Oh mein Gott, das habe ich vermisst. Gerne." Irenes Bürokollegen lachten beinahe, als sie sie aus der Distanz lächeln sahen. Büroküchenwitze über ihre Stimmungsschwankungen machten immer wieder die Runde, und Irene tat ihr Möglichstes, diese zu ignorieren.

„Ich habe dich auch vermisst", kokettierte Jenny.

„Ach was. Mich vermisst keiner", bagatellisierte Irene leicht errötend und schaute zur Büroküche, wo sie mit scharfer Miene zwei Kollegen bedrohte. Ertappt, husteten sie entschuldigend und suchten etwas zur Beschäftigung.

„Worüber wollen wir uns unterhalten?", fuhr Jenny fort.

„Nichts Wichtiges. Über Südamerika, Pilze und Capoeira und Peter Moers", kam von Irene leise zwischen geschlossenen Zähnen.

Jenny schien auf den Vorschlag vorbereitet zu sein.

„Ich hoffe, es macht dir nichts aus, dass ich mir einen Hund zugelegt habe. Er ist sehr lieb und brav."

„Ich liebe Hunde. Aber das besprechen wir alles persönlich, Jenny."

„Selbstverständlich, mein Schatz. Wir könnten auch etwas über unsere letzten Monate nachholen, oder?"

„Klar", sagte Irene verlegen.

„Am Abend?", schlug Jenny vor.

„Sagen wir lieber morgen. Heute kann ich nicht zu dir kommen", flüsterte sie.

„Vormittags muss ich woanders hin."

„Kein Problem. Ich komme nachmittags zu dir."

Ein warmes Gefühl stieg Irene von der Bauchgrube hinauf, und eine diese Empfindung begleitende Wallung weckte Zweifel, warum sie wieder Kontakt aufgenommen hatte. Ungewollt kam ein Duft in ihre Erinnerung. Es war wie eine Mischung aus Gewürzen, Orangen und Honig wie von einer tropischen Brise im sich neigenden Nachmittag. Sie spürte ein Kribbeln im Rücken. Irene holte einen Taschenspiegel aus ihrer Tasche und betrachtete sich kurz darin. Unsicherheit überkam sie.

Sie legte den Hörer sehnsüchtig ab. Sie schaute auf den ihr vorliegenden Dialog und drückte die Löschentaste. Die Akte Jenny de Santis verschwand wie im Spiel.

Beten

Die Tür des Beratungsraums von Doktor Belvedere schloss sich heftig. Aus Protest stampfende Schritte waren bis auf den entfernten Korridor zu hören.

Emilia holte ihren Klebezettel und notierte:

‚Reizbarkeit und Stimmungsschwankungen weiter untersuchen.'

Sie klebte das neu beschriebene Blatt in die Mappe, die vor ihr lag und klappte diese zu.

Sie stand auf, um die Dokumente wieder in den Schrank einzuordnen, und dabei stellte sie fest, dass ihre Hose an manchen Stellen zu eng wurde.

„Du wirst immer fetter, Doktor Belvedere", sagte sie zu sich selbst. An der rechten Wand war ein hoher rechteckiger Spiegel angebracht. Sie betrachtete sich kurz im Profil, und mit einem Naserümpfen bewegte sie sich zum Aktenschrank.

‚Billiger Stoff geht immer ein.'

Sie holte eine andere Mappe heraus und überprüfte, ob diese die richtige war. Peinliche Verwechslungen könnten ihre Sitzung stören, und sie war zu penibel, um solche Momente zu ertragen.

‚Clara, mein Engel, wieder ein Fehler', sagte Doktor Emilia Belvedere, während sie zwei Mappen reorganisierte.

Zurück an ihrem Arbeitstisch überprüfte sie die Ordnung und korrigierte einige Elemente auf dem Tisch, bevor sie die neuen Dokumente vor sich ausbreitete.

„Kathrina hat sich wieder vorgedrängt. Kannst du sie kurz aufnehmen?" Clara war sowohl elegant als auch einfühlsam in ihrem Ton. Sie klang fast wie eine TV-Werbesprecherin. Emilia genoss ihre Art, und manchmal wünschte sie sich, so eine Tochter gehabt zu haben.

„Gib mir drei Minuten. Ich bin noch mit einem anderen Fall beschäftigt." Emilia setzte eine kurze Pause und überlegte. „Warte, Clara. Lass sie rein. Ist sie zuvor unserer instabilen Jenny begegnet?"

Clara trat ins Zimmer und schloss kurz die Tür hinter sich.

„Leider ja. Ich konnte nichts tun. Deinem nächsten Klienten, Gilligan Kapp, habe ich eine SMS gesendet, damit er fünfzehn Minuten später kommt. Passt?"

‚Gut gedacht', schloss Emilia in Gedanken.

Gilligans Mappe war noch leer, und nur die Markierung für die erste Anamnese war gesetzt. Der Hinweis, dass es sich um einen Mitbewohner von Sönke handelte, wurde von Clara rosa markiert.

Kathrinas mühsame Schritte näherten sich der Türe, und Emilia gab ihrer Assistentin ein Fingerzeichen, sie hereinzulassen.

„Wie geht es uns heute?", wisperte Emilia desinteressiert. Die Beschwerden der Klientin waren immer die gleichen, und etwas anderes beschäftigte ihre Gedanken.

„Peter Moers wurde verhaftet. Er wurd… wur… wurde verf", Kathrina schien wieder einen ihrer Anfälle zu bekommen, und Clara half ihr zur Besprechungscouch.

„Ich komme, wenn du mich brauchst", verabschiedete sich Clara.

Emilia nickte.

„Kathrina. Wir haben bereits besprochen, dass du immer einen Termin ausmachen musst. Ich bekomme nur bezahlt, wenn deine Beratung genehmigt wird." Emilia war ermüdet, solche Verwaltungsformalien zuvor klären zu müssen, aber wie ihre Mutter immer wieder mahnte:

‚Die Miete lässt sich nicht mit Wohltaten bezahlen', schwor sich Emilia.

„Peter Moers", setzte Kathrina fort.

„Erst beruhigen. Atmen. Dann sprechen. Wir haben das mehrmals geübt", tadelte Emilia.

Die flauschige Couch war mit einer eleganten dunkellilanen Decke bedeckt, und Kathrina versuchte, ihre Gedanken zu ordnen und ihren Ruhepunkt wieder zu finden. Sie atmete geräuschvoll, holte ein gelbes Kissen und umarmte dieses mit aller Kraft. Es verging etwas Zeit, und sie schien sich wieder zu beruhigen.

„Peter Moers wurde verhaftet. Jemand hat ihn vermöbelt." Ein ungewöhnlicher Laut kam aus Kathrinas Hals. Mit etwas Mühe verstand Emilia, dass sie lachte.

‚Ach nein. Schon wieder Jenny?', dachte sie.

Kathrina war zwischen melodramatisch und angsteinflößend. Emilia fühlte sich unwohl, allein mit ihr in einem Raum zu sitzen. Deshalb war Clara für irgendwelche Eventualitäten im Wartezimmer.

„Wie?" Peter Moers wurde vor einigen Monaten freigelassen, daran erinnerte sie sich.

„Er wurde verprügelt, und die Beweise, von denen ich immer sprach, wurden mit dem Verbrecher der Polizei geliefert. Er hat das verdient."

Kathrinas Kurzatmigkeit signalisierte Emilia, dass sie kurz vor einem erneuten Anfall stand.

Sie blickte in die Notizen des Psychiaters und die Medikamentenliste, die er verschrieb. Gerne hätte sie

Änderungen vorgenommen, aber als Psychologin war ihr dies nicht möglich.

„Beruhige dich", befahl sie. „Woher weißt du das?", kam professionell und etwas zu kühl.

„Ich hatte recht gehabt. Er hat mich so zugerichtet. Die Beweise waren alle in seiner Wohnung", erwiderte Kathrina, dabei bewegte sie ihre dünnen Hände um ihre Beine und zeigte eindeutig, wo der Verbrecher sie angefasst hatte.

Die Vorstellung der Leiden der Opfer gehört zum Beruf, jedoch die professionelle Distanz muss gewahrt bleiben. Der Psychologe kann sich bei Missachtung solcher Regeln schaden und dann die Folgen der Tortur selbst erleben. Emilia fand es trotz der langjährigen Erfahrung schwierig, dem zu genügen.

„Verstehe. Aber du hast meine Frage nicht beantwortet."

„Seine Arme und Beine wurden verletzt. Er kann sich nie wieder an eine andere Frau wagen."

‚Und was möchte sie von mir?'

Kathrina unter Druck zu setzen, wäre unklug. Daher schaute sie geduldig und wartete ab.

„Wie fühlst du dich jetzt?", lenkte Emilia das Gespräch. Dies war eine Standardfrage, wenn man nicht wusste, was es zu sagen gab. Damit übertrugen Psychologen dem Klienten die Rede. Emilia fühlte sich, als würde sie schummeln.

„Leer. Ich hätte ihn gerne selbst verprügelt. Das Gleiche, was er mir angetan hat. Und seine Eier abgeschnitten." Emilia hob leicht ihre Hand und signalisierte Kathrina, sich zu beruhigen.

„Reg dich ab, Schatz. Wir sollten nicht solche Träume haben. Gewalt hilft nicht immer. Warum kamst du heute zu mir? Was würde dich zufriedenstellen?" Emilia holte ihr Tablet und wollte anfangen zu schreiben, als Kathrina fortfuhr.

„Ich will Peter Moers Tod sehen."

Emilia schluckte erschrocken und schaute, ob sie schreiend aus dem Zimmer rennen musste.

Kathrina saß am selben Platz, aber es war eine Aura um sie zu spüren, die ihr Angst bereitete. Das Unheimliche um sie herum schien dichter geworden zu sein.

‚Dringend Irene Vogt anrufen', schrieb Emilia auf.

Sie schaute Kathrina ruhig in die Augen und versuchte, trotz der Beherrschung sich selbst zu beruhigen.

„Erklär mir das genau, Schatz", bat Emilia.

‚Ich bete, dass dies nur ein Wunsch ist.'

Lesen

Sonnenschein war überall, und Jennys Hund Bogart lief vergnügt an der Seite seiner Herrin. Trotz der blendenden Helligkeit war es kalt auf der Straße, und Jenny fröstelte. Eine der wenigen Momente, in denen sie Sehnsucht nach ihrer Heimat Brasilien empfand. Die Tage, als sie ein kleines Mädchen war, waren zwar in ihrem Gedächtnis etwas verblichen, aber nicht ganz vergessen. Die Jahre, als sie ein friedlicher und fröhlicher Mensch war.

‚Ohne Gewalt oder Rache.'

Sie kamen im Park ans Isarufer. Sie warf einen Stein ins Wasser und sah, wie Bogart ihm nachjagte. Im Park waren kaum Menschen. Jenny kämpfte innerlich mit dem Bewusstsein, dass sie ein Verbrechen begangen hatte, und dies störte ihre Beziehung zu Irene. Und die Auseinandersetzung mit Doktor Belvedere war unnötig. Sie hätte nichts darüber erzählen sollen.

‚Ich muss damit aufhören, oder ich verliere Irene für immer.'

Diese Menschen in Not, ohne Hilfe zu hinterlassen, fiel ihr schwer. Sie selbst war ein Opfer solcher Täter. Jetzt durstete sie danach, für die Hilfe, die sie mal bekam, eine Gegenleistung zu erbringen.

Der Schmerz an ihren Handgelenken von ihrer letzten Begegnung mit Peter Moers zeigte, dass sie sich ernsthaft verletzt hatte.

Sie mied, zum Doktor oder Krankenhaus zu gehen, denn wie Irene ihr beibrachte, würde dies ihre Verletzung dokumentieren.

‚Bloß keine Spur hinterlassen.'

Ihr Telefon klingelte, und sie holte es aus ihrer Manteltasche heraus.

„De Santis."

Ohne abzuwarten, kam ein Redeschwall einer ihr bekannten Stimme aus dem Gerät.

„Wir hatten darüber gesprochen, dass du dich nicht mehr in Irenes Fälle einmischst. Meine Praxis abrupt zu verlassen und die Tür hinter dir zuzuschlagen, ist unter deiner Würde." Emilia klang fast schrill.

Jenny überprüfte die Umgebung, um sicher zu sein, dass keiner ihr zuhörte.

„Nicht am Telefon. Es war notwendig. Er wurde freigesprochen, und er wäre sowieso wieder tätig. Sonst wäre er mir nicht nachgegangen. Er hat sich selbst in Schwierigkeiten gebracht. Ich muss zur Arbeit, Emilia. Lass uns ein anderes Mal darüber sprechen. Ich habe nichts Falsches gemacht. Es war pure Notwehr", entschuldigte sie sich.

„Jenny, bitte. Wir wissen ganz genau, dass du ihn angelockt hast. Zwar ist er ein Täter, aber Selbstjustiz ist verboten. Irene wird nicht weniger Schwierigkeiten haben, aber sie kann eher neue bekommen. Wie bist du auf seine Informationen gekommen?", erkundigte sich Emilia.

„In deiner Praxis. Die alte Frau redet gerne, und sie hat mir alles darüber erzählt. Ich musste nur etwas nachhelfen, und sie redete wie ein Wasserfall. Der Rest ging über E-Mail."

„Jenny, bitte."

Ihr Hund kam ihr nass entgegen, und sie breitete auf dem Boden ein Badetuch für ihn aus.

„Warte. Ich muss Bogart trocknen." Sie legte ihr Handy kurz zur Seite, und Emilia sprach weiter, aber Jenny ignorierte sie mit einem Lächeln.

„Emilia. Ich habe auch dieser Frau geholfen. Übrigens, Irene scheint selbst darauf gekommen zu sein, dass ich diesen Peter geliefert habe." Bogart legte sich müde auf das Tuch.

„Jenny, ich behandle Frauen und Männer, die vom Staat zur Trauma-Arbeit geschickt werden. Wie lange, denkst du, werden sie übersehen, dass wieder eine meiner Patientinnen von einer Rächerin aus meinem Klientenkreis vertreten wurde? Du bringst mich auch in Schwierigkeiten." Emilia klang zum ersten Mal professionell und distanziert, und dies schien Jenny leicht zu verletzen.

„Aber ich habe jemandem in der Not geholfen", entschuldigte sie sich stur. Innerlich fing sie an, wütend zu werden, wie an ihrer geballten Faust erkennbar war. Doch Emilia konnte das nicht sehen.

„Du kannst nicht mehr von mir betreut werden. Ich müsste eigentlich selbst zur Polizei gehen. Du weißt das." Die Situation, wie von Emilia beschrieben, ließ Jenny überlegen, wie sie sich verhalten solle. Ihre Faust entspannte sich kurz.

„Diese Karte spielst du nicht. Immerhin habe ich auch deinen Vergewaltiger in den Knast gebracht, oder hast du das vergessen?" Jenny war kühl und ebenfalls professionell, aber ihre Wut schien wieder von ihr Besitz zu ergreifen.

„Jenny, ich mag dich sehr als Klientin, und ich werde dich vermissen, aber ich will nicht tiefer in dieses Grab sinken." Emilia klang verzweifelt.

„Du bist nicht die Erste, die mich alleinlässt. Keine Sorge. Ich komme nicht mehr in deine Praxis. Ist das alles?"

„Ich habe das nicht gesagt, Jenny. Ich habe zur Sicherheit deine Akte gelöscht. Außer deine Behandlungen, als du dich vom Trauma mit deinem Mann erholt hast, das bleibt eingetragen, sonst ist nichts mehr da. Du musst aufhören, oder du landest selbst im Knast. Du hättest mir das vorher sagen sollen. Jetzt kann ich mich nur um Schadensbegrenzung kümmern", flehte Emilia.

„Danke."

„Dein Mann ist immer noch ein Problem für dich, nicht wahr? Aber er wird dich nie wieder angreifen. Du bist selbstständig und sicher. Du musst dich beruhigen."

„Es sind fast acht Jahre. Aber irgendwann verjährt das. Ich muss gehen. Ohne Geld kann ich nicht leben, und die Arbeit ruft. Auf Wiederhören." Jenny beendete das Gespräch und schrie. Sie ließ ihre Wut so raus. Ihr Hund stand auf und schaute herum, ohne zu verstehen, was mit Jenny los war.

„Komm, Bogart. Wir sind wieder allein."

Unterhalten

Zwei Männer saßen am Tisch zum Abendessen, aber die Stimmung zwischen beiden schien etwas kühler zu sein.

Gilligans Enttäuschung Sönkes aufsässiger Art brachte er in etlichen Formen zum Ausdruck.

„Meine Einladung wäre eine gute Möglichkeit für dich, sich besser mit dieser Irene anzufreunden. Deine abweisende Art ist der Grund, weshalb dich die Kollegen im Büro nicht mögen", sagte Gilligan leicht schroff.

Sönke sortierte sein Essen nach einem System auf dem Teller und gab sich beschäftigt.

„Ich scheiße auf die Größe deiner Kartoffeln, und schaust du bitte, wenn du mit mir redest", explodierte Gilligan.

„Ich kann Besserwisser nicht leiden. Sie hat in meinen Gedanken alles blockiert, und jetzt will sie, dass ich mich aus den aktuellen Ermittlungen raushalte. Ich habe Strafarbeit bekommen." Sönke jammerte und schaute seinen Freund überrascht an.

„Seit wann bist du so aufbrausend?", fragte Sönke mit leichter Reaktionsverzögerung.

„Du scheinst die ganze Zeit abwesend zu sein, und meine Bemühungen, dich im Büro zu integrieren, interessieren dich nicht."

„Aber Gilligan, im Moment hast du mit deiner Gesundheit genug andere Sorgen. Wenn ich dich mit etwas beschäftigen würde, wäre dies mit etwas Interessantem." Sönke war weiterhin überrascht, versuchte aber, einnehmender zu sein.

„Lass meine Gesundheit meine Sorge sein. Ich komme damit klar. Womit ich nicht klarkomme, ist, dass du dich immer weiter zurückziehst. Bald hast du keine Arbeit mehr hier, wie es bereits in Hamburg war.

Du wurdest an deiner alten Arbeitsstelle ausgegrenzt, weil du dir auch dort keine Freunde gemacht hast. Eher das Gegenteil." Der Pause folgte eine zerdrückte Kartoffel.

„Du weißt, dass du in meinen Gedanken immer meine volle Aufmerksamkeit hast. Aber ich würde mit dir lieber über uns reden."

Gilligan war für solche Gespräche noch nicht bereit. Er schaute zur Spüle, als hätte er dort etwas verloren.

„Ich verstehe nicht, warum du so viel Wert auf Irene legst. Ich denke, sie ist nur ein Karrieremensch, und sie will gar keinen Freund oder eine bessere Beziehung zu den Kollegen im Büro haben." Sönke versuchte, Gilligan zur Vernunft zu bringen.

„Sei es drum. Ich muss mich ablenken, und mal zu kochen und Gäste zu haben, wäre eine tolle Gelegenheit. Danke für die Medikamente. Der Arzt will mit mir reden. Ich habe momentan wirklich Schiss." Gilligan klang besorgt, aber weiter mürrisch.

„Wie geht es dir so?"

„Die Symptome plagen immer wieder, und ein Spender ist weit und breit nicht zu sehen."

„Hast du den Termin bei Doktor Belvedere wahrgenommen? Sie arbeitet für unsere Abteilung mit Traumaopfern. Eventuell bekomme ich dort mehr Unterstützung für dich. Die Kasse zahlt solche Behandlungen nicht, aber es wäre nicht schlecht, wenn du mal einen Experten konsultierst. Ich weiß nicht, wie sie sich mit Transplantationen auskennt. Das ist nicht ihr Fach, aber eventuell hat sie Tipps für dich."

Sönke behandelte Gilligan mehr wie einen Bruder, und obwohl er dies genoss, war er sich bewusst, dass dieses Zusammenleben in irgendeiner Form mal enden würde.

‚Oder nicht?', fragte er sich.

„Ja. Ich war bei ihr, und wir haben über meine Kindheit gesprochen und alles über Onkel Sebastians sexuelle Präferenzen. Das tat mir gut, dies aussprechen zu dürfen. Sie schien mit dem Thema gut auszukommen." Gilligan versuchte, die Konversation zu halten, aber seine elende Stimmung zwang ihn, sich zu entfernen. Er bemerkte in Sönkes Gesicht, dass er mehr Zuneigung verlangte, und er konnte diese im Moment nicht geben.

Innerlich hätte Gilligan gerne eine Liebe gehabt, aber seine Beziehung zu Sönke war eine Mischung aus Gewohnheit und Pflicht für einander.

‚Oder war es mehr?'

Eine Garantie für lange glückliche Jahre, konnte er aufgrund seines Leidens nicht bieten.

„Sie ist sehr kompetent. Ich bin etwas entspannter. Glaube ich." Sönke suchte nach Worten, aber es fiel ihm meistens schwer, etwas Lockeres zur Unterhaltung beizutragen, wenn Gilligan so verstimmt war.

Der Gedanke, dass sein Zustand sich bald verschlechtern würde, plagte ihn selbst mehrmals am Tag. Nicht selten wachte er mit der Vorstellung auf, dass der kommende Sonnenaufgang sein letzter sein würde.

„Ich werde mit ihr mehrere Termine haben. Entschuldige, ich muss mich hinlegen. Ich bin wieder in einer schwachen Stimmung."

Gilligan bewegte sich zum Schlafzimmer, und sein Freund aß die geordneten Kartoffeln.

„Darf ich danach zu dir kommen?", fragte Sönke in einem seltenen Moment, wo er Geborgenheit suchte.

„Vielleicht ein anderes Mal", verabschiedete sich Gilligan.

Sönke schaute zum Teller mit den geordneten Kartoffeln. Das war momentan das Einzige in seinem Leben, dem Chaos zu entweichen.

„Scheiße."

Und sie sind weg

Im Wohnzimmer wehte der Wind fast wie am Frühlingsanfang in Bayern. Einige Miniaturen aus Porzellan tänzelten im Regal, und eine Vase drohte eine Pirouette zu vollziehen, als Clara diese fast in der Luft auffing.

„Kathrina!", schrie sie mahnend. „Wenn alles herunterfällt, muss ich die Wohnung noch mal putzen. Bitte lass mich sowas machen und mach das Fenster zu." Beim Sprechen schloss sie die Balkontür.

Clara überprüfte oberflächlich, wie viele Sachen mit dem Wind herumflogen und sammelte einige Papiere wieder auf. Sie beobachtete, dass diese Dokumente zuvor verstreut auf dem Tisch lagen.

„Sor ..." Wollte Kathrina sich entschuldigen.

„Kein Problem. Du bekommst Besuch." Clara klopfte die Kissen auf dem Sofa wieder zurecht und versuchte, die Unordnung zu bekämpfen. Sie sah die Schlagzeilen über die Verhaftung von Peter Moers und legte diese auf den Tisch.

„Die Polizistin." Kathrina war etwas ruhiger am Frühstückstisch.

„Ja. Freust du dich, dass dieser Arsch endlich im Knast landet?", fragte Clara zwischen heftigem Klopfen auf dem Sofa.

Kathrina nickte.

„Wir müssen nochmals lüften. Der Staub hier ist schlimmer als die Luft in Bangkok." Clara lächelte über den eigenen Witz.

„Das hat er verdient. Ich hätte lieber, dass er stirbt. Er wird wieder jemanden angreifen, wenn er aus dem Knast kommt."

‚Die Medikamente schienen zu wirken', stellte Clara fest, dass Kathrina fast normal sprach und nicht mehr so verbissen war. Sie kannte diesen Zustand, aber lieber betäubt von Medikamenten als aufgedreht und unverständlich wie sonst.

„Sag sowas nicht. Der Tod ist keine Lösung. Er soll lieber im Knast seine Sünden verbüßen. Wer weiß, eventuell findet er zu Gott. Ich habe bereits über viele gelesen, die sich in Haft gebessert haben. Nur noch fünfzehn Minuten. Soll ich den Kaffee aufsetzen?" Clara schloss die Tür zum Balkon wieder.

„Du bist bestimmt keine Enzyklopädie früheee..." Kathrina schnappte kurz und suchte Ruhe. „Früherer Häftlinge."

‚Schnippisch. Das Biest wacht auf.'

„Ich hole deine Pille", schlug Clara vor.

„Danke", murmelte Kathrina.

„Ich glaube, dass alles wieder an seinem Platz ist. Wie ich sehe, parkt Irene fast vor der Tür. Ich bringe den Müll hinunter und sie mit."

Bevor Kathrina einen Satz des Protests ausdenken konnte, hörte sie, wie die Tür hinter Clara zuschlug.

Sie schnellte die Treppe hinunter und in weniger als zehn Sekunden war sie am Eingang des Gebäudes. Sie winkte Irene zu.

„Hi, Frau Vogt. Wir haben uns seit einer Weile nicht mehr gesehen. Wie geht es dir?" Clara war freundlich und öffnete die Tür, Irene schaute sie überrascht an.

„Entschuldige", setzte Irene an und überlegte scharf, woher sie sich kannten. Sie schien die kleine Frau nicht wiederzuerkennen.

„Clara! Ich bin die Pflegerin. Ich arbeite meistens mit den Klienten von Emilia Belvedere", erklärte sie leicht enttäuscht, dass Irene sie nicht erkannte.

„Ach ja. Stimmt, Clara. Wie geht es dir?" Klang soweit überzeugend.

„Du weißt schon, dass wir uns kennen, oder?", versicherte sich Clara. Im Unterton schwang ein unbemerkbares Bedürfnis nach Tratsch mit.

„Nein. Wenn du fragst, nein. Ich kann mich nicht an dich erinnern." Irene lächelte verlegen, denn oft vergaß sie Gesichter, Namen oder Personen wie in diesem Fall.

„Ich bin früher bei Jenny gewesen. Ich habe sie nach dem Vorfall mit ihrem Ehemann gepflegt, als ihr nach München umgezogen seid." Irene schaute mal genauer, und da fiel es ihr ein.

Jenny wurde vor einigen Jahren von ihrem Ex-Mann fast totgeprügelt, und Emilia Belvedere hatte sie betreut und klar, Clara war damals Jennys Pflegerin.

„Oh mein Gott. Du hast dich aber verändert. Du warst ..." Irene suchte nach Worten.

„Dünner, jünger, aber bestimmt nicht so gut angezogen. Das kommt mit der Zeit. Als ich hörte, dass du Kathrina besuchst, wollte ich dich unbedingt hier treffen." Clara ließ die Eingangstür des Gebäudes ins Schloss fallen und zeigte Irene den Aufzug.

„Ist etwas los?"

„Ja. Kathrina ist seit einigen Wochen aufgeregt. Sie war in Rage, als Peter Moers frei kam, aber sie ist jetzt noch aufgeregter, weil er nicht gestorben ist. Sie wünscht sich, er würde sterben, und was mir Sorge macht, ist, dass dies fast zum Zwang wird. Wenn sie sich nicht beruhigt, befürchte ich, dass wir mit stärkeren Medikamenten arbeiten müssen. Ich muss zwar noch mit Emilia reden, aber Kathrina kann für sich selbst gefährlich werden. Ich dachte, wenn du ihr klarmachst, dass er nicht wieder rauskommt und die gerechte Strafe erhält, akzeptiert sie eventuell die Situation", fasste Clara zusammen.

„Verstehe. Ich hoffe, dass ich das hinbekomme." Der Aufzug fuhr hinauf, und beide Frauen gingen zu Kathrinas Wohnung.

„Triffst du dich mit Jenny?", fragte Irene.

„Nur wenn sie zur Praxis kommt. Ich arbeite dort donnerstags, und manchmal kommt Jenny noch. Aber selten." Clara log, das merkte Irene.

Kathrina saß am Tisch und winkte beiden zu.

„Ich bin sehr enttt...".

„Ich weiß, Liebes. Aber wir kommen gleich zu diesem Thema", schloss Irene.

Drei Bären

Jemand saß hier

Am nachfolgenden Donnerstag schien in der Praxis von Doktor Belvedere das Chaos ausgebrochen zu sein. Clara hatte sich bei der Klientenbetreuung verspätet. Jedoch das kannte sie wider Erwarten bestens.

„Aber ich versichere, dass ich diesen Zettel von Ihnen bekommen habe. Hier, das ist nicht meine Handschrift", erklärte Gilligan aufgebracht.

„Ich kann mich nur entschuldigen und bitten, dass Sie etwas warten. Ihre Sprechstunde ist erst in neunzig Minuten", flehte Clara freundlich.

„Aber Liebes, mein Termin sollte auch jetzt sein. Das geht nicht auf. Schau her, ich habe das per E-Mail bekommen", erklärte Jenny.

„Herrschaften, bitte. Jenny ist nach Gilligan, und das ist in mehr als zwei Stunden. Ich bin nur eine Mitarbeiterin. Ich kann nur die Termine verschieben oder stornieren" drohte Clara, bewusst, dass keiner einen Storno haben wollte.

Beide holten tief Luft und schauten sie fragend an.

„Es ist ein Café hier unten und auf der anderen Seite des Rotkreuzplatzes ein Einkaufscenter. Wie wäre es damit? Ich kann momentan nichts tun. Ich muss bereits weg, weil eine Klientin eventuell auf dem Boden ihrer Wohnung liegt und meine Hilfe benötigt", setzte Clara der Diskussion ein Ende.

„Wir setzen den Kaffee auf deine Rechnung", witzelte Jenny gut gelaunt.

„Wie wäre es, wenn wir zusammen Kaffee trinken?", schlug Gilligan vor.

„Toll. Wir tauschen uns über Neurosen aus und sparen das Geld für die Therapie." Er brauchte jemand zum Reden. Ob Jenny oder der Doktor wäre für ihn dasselbe.

„Wir könnten uns auch über den besseren Service in anderen Ländern unterhalten", provozierte Jenny. Clara wedelte mit der Hand als Zeichen der Gleichgültigkeit und unterschwelligen Drohung.

„Gewiss." Gilligan war außer sich vor Freude, jemanden kennengelernt zu haben, der ihn auf andere Gedanken brachte. Er war in Frauengesellschaft immer gut gelaunt, und seit er nach München zog, war dies die erste Gelegenheit, eine Freundin zu gewinnen.

Beide nahmen den Aufzug und machten das Beste aus dem Lapsus mit der Terminabstimmung.

„Ich habe heute sowieso nichts vor", eröffnete Gilligan.

„Ich gehe nach meinem Termin zu einer Gründungsberaterin, aber das wird knapp." Jenny war etwas enttäuscht.

„Du kannst meinen Termin haben. Bei mir ist es sowieso aussichtslos." Gilligans Stimme klang depressiv.

Der Verkehr war wie immer geregelt, aber an der Ecke zögerten einige Fahrer abzubiegen, und dies sorgte kurz für Unruhe.

„Ich freue mich auf unseren Kaffee. Wir werden uns mit unseren Depressionen gegenseitig übertrumpfen." Jenny lachte, und mit ihrem brasilianischen Flair lud sie Gilligan ein, sich zu entspannen.

Zwischen persönlichen Vorstellungen und halbherzigen Beschwerden über Claras Unzuverlässigkeit kamen beide im Café am Rotkreuzplatz an.

„Du bist die Freundin von Irene, nicht wahr?", fragte Gilligan unerwartet.

Jenny nickte fast eingeschüchtert.

„Über Sönke habe ich nie etwas Persönliches gehört, aber eventuell ist er der Mann, den Irene ständig als **den Neuen** bezeichnet." Jenny setzte sich an den Tisch.

„Es ist immer noch kalt. Sönke meint, dass sie sich seinen Namen nicht merkt." Gilligan holte die Speisekarte und gab Jenny eine zweite.

„Seid ihr ein Paar, du und Sönke?", fragte sie. Neugier ist eine Tradition in Brasilien, und trotz der vielen Jahre in Deutschland pflegte Jenny diese Eigenart mit Hingabe. Sie merkte, dass Gilligan verlegen schaute.

„Bitte entschuldige. Ich komme aus Brasilien, und persönliche Fragen gibt es bei uns nicht. Wir wollen immer alles wissen, aber das ist nicht böse gemeint." Jenny lachte.

„Ich bin nur eingerostet, was sozialen Kontakt anbelangt. Ich bin nur ein einsamer Mann, den keiner will und dem sehr wenig Zeit bleibt." Dieser Satz erschrak Jenny.

„Wie meinst du das?"

„Ich habe ein Leberleiden. Ich habe mit siebzehn versucht, mich umzubringen. Jetzt warte ich auf einen Leberspender oder auf den Tod. Was zuerst kommt." Dies war für sie zu viel Realität auf einmal.

„Oh mein Gott. Ich dachte, ich hätte eine schlimme Geschichte. Du bekommst heute den Pokal", sagte Jenny, bevor sie ihre Bestellung aufgab.

Die Bedienung entfernte sich, und es wurde still zwischen beiden. Gilligan fühlte sich in seinem Leben mit Sönke in eine Ecke gedrängt, wo er sich selbst unter Druck gesetzt hatte.

‚Wie soll ich dieses Dilemma lösen?', fragte er sich.

„Welches Trauma hast du? Ich mache es wie die Brasilianer und frage dich direkt. Ich hoffe, ich benehme mich nicht daneben." Gilligan versuchte es mit einem Anflug von gezwungenem Humor.

„Ach was. Geheimnisse sind Belastungen, und wir sollten lastfrei leben. Ich habe eine Geschichte von Misshandlungen, Gewalt und unerfüllter Liebe für diese Momente nach drei Caipirinhas. Ich komme zur Therapie, um meine Wutausbrüche zu kontrollieren. Brasilianerinnen sind sehr rassige Frauen." Jenny versuchte, ihre sonstigen Aktivitäten zu verbergen.

„Ich würde eine wütende Brasilianerin meiden. Funktioniert die Therapie?"

„Nicht immer. Ich habe keine Wutausbrüche mehr, aber ich benötige das Adrenalin, das Abenteuer. Es ist wie eine Sucht."

„Seit wann bist du bei Doktor Belvedere? Kommst du in die Gruppensitzungen am Donnerstag?", wollte Gilligan wissen.

„Seit fast acht Jahren mit entsprechenden Pausen. Sie ist teuer. Letzte Woche war ich in einer Gruppensitzung dabei. Da hat eine Frau, ich erinnere mich nicht an ihren Name, über einen Typ erzählt, der am Leopoldpark Frauen belästigt. Die Polizei tut nichts, und er läuft seit drei Jahren frei herum. Aber das ist nur ein Perverser, dem die richtige Frau fehlt." Jenny nahm ihren Kaffee entgegen.

„Ich kann solche Menschen nicht leiden. Sie sind ein Zeichen, dass wir zu viele Menschen auf der Welt sind. Wir degenerieren. Erzähl mir über deine unerfüllte Liebe." Gilligan nahm einen Schluck seiner Schokolade.

„Ich kenne Irene sehr lange, aber sie will sich nicht für mich entscheiden. Irgendwann werde ich zu alt sein, befürchte ich." Jenny nahm eine Decke, die auf dem Stuhl angeboten wurde, und deckte ihre Beine zu.

„Karriere?"

„Nicht ganz. Ich glaube, ich bin das Problem. Sie ist verunsichert und klar, ich will sie nicht belasten." Jenny fühlte sich wohl mit Gilligan.

„Sönke geht mir nicht von der Seite. Er ist neben mir, seit wir elf waren, und insbesondere seit ich nach dem Selbstmordversuch aufgewacht bin. Ich will ihm nicht zur Last fallen, aber ohne ihn wäre es auch schwierig." Gilligan überlegte seine eigenen Worte.

„Er muss dich aber sehr gerne haben." Jenny deutete auf mehr im Hintergrund.

„Du kannst ja irgendwie recht haben. Ich will aber keine Beziehung aus Mitleid." Gilligan machte ein Zeichen für die Rechnung. Die Bedienung schien sich weiter beiden zu verweigern.

„Niemand wird jemanden aus Mitleid lieben. Aber aus Egoismus können manche nicht auf eine Liebe eingehen." Jenny war mit ihrer Zusammenfassung selbst zufrieden.

„Meinst du, dass ich einen Fehler mache?", fragte Gilligan.

„Was hast du davon, wenn du vor dem Tod bereits den Tod auslebst?" Jenny selbst überlegte, wie sie ihre Weisheiten für sich anwenden könnte.

„Ich muss darüber wirklich nachdenken."

„Dann nimm deine gebuchte Zeit. Du brauchst diese mehr als ich. Ich muss mich um eine Freundin kümmern und zu meiner Unternehmensberaterin gehen." Jenny zahlte ihre Rechnung.

„Irene?"

„Nein. Ich will einer anderen Freundin helfen."

Jemand in meinem Bett

Dicke Finger, von harter und rissiger Haut bedeckt, fuhren schwerfällig über eine klapprige Tastatur. Das Hämmern auf die verblassten Buchstaben konnte jedem möglichen Zuhörer den letzten Nerv rauben. Eine einsame Lampe auf dem hölzernen Tisch beleuchtete den Kampf zwischen Fingern und Tastatur, und abrupt hielt der Schreiber inne und überprüfte sein Werk am Monitor.

‚Ich wusste, dass ich irgendwann mal eine Frau wie dich wiederentdecken würde. Liegst du gerne im Park in der Sonne?' Er war überzeugt, dass es diesen Worten an Originalität mangelte, aber mehr konnte er weder in diesem Moment, noch zu irgendeinem anderen Zeitpunkt dichten. Im Hintergrund verriet ihm ein Gedanke, dass er sich lächerlich und naiv benahm. Er ignorierte diese Stichelei seines Gewissens.

Er saß in Unterhosen und massierte sich seinen Intimbereich nach jeder Pause des Tastaturkonzerts. Jetzt drückte er den Sendebutton und wartete auf eine Antwort seiner neuen Bewunderin.

Drei Punkte tänzelten und verrieten, dass auf der anderen Seite des Chats jemand etwas schrieb.

Ein Foto sprang im Dialog auf, und darauf ließ sich das Interesse seiner Gesprächspartnerin an seinen Bemühungen erkennen. Es war eine Aufnahme von bedecktem Busen, wie er zuvor von ihr gefordert hatte. Er suchte eine Frau, die wie die heilige Barbara fromm und gläubig ist, die auch auf der Suche nach einem Mann, der ihre göttliche Keuschheit unterbrechen würde. Die drei Punkte tänzelten wieder und kündigten eine Fortsetzung des Gesprächs mit seiner Bewunderin an.

Sein Herz hämmerte, und seine Finger bewegten sich hektischer über den schmutzigen Stoff seiner Unterwäsche. Das Gericht schrieb ihm vor, dass er sich vom Park fernhalten musste. Aber niemand hatte ihm das Aufgeben von Kontaktanzeigen verboten.

Aus dem Lautsprecher seines Computers kam mit Unterbrechungen ein Rock aus den Siebzigern, und wegen der mangelhaften Internetverbindung war das Lied kaum zu erkennen.

‚Ich werde mich nur dem richtigen gläubigen Mann hingeben, der mir und meinem Gott würdig ist. Bist du dieser?'

Er stand auf, hielt seine Wangen mit beiden Händen und genoss den Geruch seines Körpers. Er war jetzt überzeugt, dass er die Richtige gefunden hatte.

‚Endlich eine, die mit Sicherheit keine K.O.-Tropfen brauchen wird.'

Er jubelte innerlich, aber es war fast zu hemmungslos für seine Ansprüche. Er musste vorsichtiger sein.

‚Daran brauchst du nicht zweifeln. Ich bete jeden Tag, eine passende Braut zu finden, die mit mir ein höheres Ziel sucht. Bist du noch unberührt?' Er las seine desaströs geschriebenen Zeilen erneut und überlegte, ob er sich mit solch einer Frage nicht zu persönlich geäußert hätte. Meistens brachen die Frauen den Dialog bei diesem Thema ab.

Er fasste seinen Mut zusammen und sandte die Botschaft ab. Er entledigte sich seiner Unterwäsche.

‚Dem Geruch nach zu urteilen, wäre Duschen nicht fehl am Platz', stellte er fest.

Nackt bis auf ein T-Shirt mit der Aufschrift „Gott liebt dich" saß er wieder auf seinem Bürostuhl und schaute, wie die drei Punkte tänzelten.

‚In deiner Suchanzeige sagtest du, dass du ein Mädel suchst, die wie die heilige Barbara ist. Du bist ein Naturalist wie ich. Die Perle, die du suchst, bin ich.'

Nach dieser verheißungsvollen Zeile sprang ein neues Foto auf den Monitor. Von einer Frau, mit heller Haut, langen rotblonden Haaren. Ihr nackter Körper war nur von einem weißen, seidenen Tuch bedeckt.

‚Du bist so begehrenswert', holte er aus den Textvorlagen hervor, die er sorgfältig in seinem Computer verwaltete, und sandte es ihr zu.

Ein Bild, ein springendes Herz kam als Antwort.

‚Telefonieren wir?', stand darunter.

Er presste die Liveschaltung an und wartete auf seinem Stuhl auf eine Antwort. Er prüfte sein Bild in der Kamera und stellte sicher, dass man dort seinen nackten Unterleib nicht erkennen konnte.

„Hallo, mein Schatz", kam die Stimme etwas gestört aus dem Lautsprecher. Er regelte die Lautstärke und drückte nochmals fester an den Anschluss, um Unterbrechungen im Gespräch zu vermeiden.

„Haa-eii", grunzte er und versuchte es erneut, da ihm diese Begrüßung kindisch und unangebracht vorkam.

„Sorry. Mein Computer ist etwas alt. Wie geht es dir?"

Auf der anderen Seite war nur das Bild der heiligen Barbara mit den Details eines Turms zu sehen.

„Ich schalte gleich meine Kamera an. Ich finde meinen Anschluss nicht." Sie hatte einen leichten, undefinierbaren Akzent. Er hoffte, dass sie nicht wieder eine Prostituierte wäre. Er hatte kein Geld für sowas.

„Hat dir mein Bild gefallen?", fragte er schamhaft und aufgeregt.

Die Bildübertragung kam kurz und verschwand. Nur eine Silhouette von ihr war dort zu erkennen.

„Klar. Als ich las, dass Du eine gläubige und reine Frau suchst und diese schöne Beschreibung beigefügt hast, spürte ich in meinem Herz, dass wir viele Gemeinsamkeiten haben. Suchst du schon lange nach der Richtigen?" Wieder flackerte das Bild, und dem Geräusch nach zu urteilen, suchte sie mit ihren kleinen Händen weiter den Klemmanschluss. Seine Erregung stieg zu einem fast unerträglichen Druck in seinem Leib, und er begehrte, sie anzufassen und ihren zarten

Körper unter seinem Griff zu halten, und so drückte er seinen Unterleib.

‚Vorsichtig. Wenn du wieder eine verletzt, wird sie dich anzeigen.'

„Was machst du?", fragte sie weiter auf der Suche nach dem Anschluss.

Ertappt holte er seine Hand wieder vor die Kamera und gab vor, als sei ihm etwas unter den Tisch gefallen.

„Nichts Wichtiges, ich habe meinen Bleistift verloren. Ich suche seit Jahren nach der Richtigen, aber bisher nur Fehlschläge." Das Bild von ihr änderte sich zu einem dunklen Video ohne Konturen. „Du hast den Anschluss gefunden, aber dein Zimmer ist zu dunkel. Ich kann dich nicht sehen."

Sie lachte, und auf seinem Monitor leuchtete es kurz blau auf. Dadurch nahm man eine athletische Frauenkontur wahr.

„Ich habe einige Narben, die ich ungern zeige." Sie flüsterte mit betörender Stimme.

„Ich auch. Aber ich zeige dir meine, wenn du mir deine zeigst.", schlug er mit kindischer Anmut vor.

„Gute Idee. Zeig mir erst deine Arme. Ich liebe starke Männer", forderte sie ihn auf.

Er holte die Steckkamera aus dem oberen Teil des Monitors und fuhr damit seinen Oberarm entlang. Einige alte Widerstandsnarben waren deutlich zu erkennen, und eine war, wie Jenny gehört hatte, nicht ausgeheilt.

„Du bist so stark", flüsterte sie.

Von der Straße waren einige Hupentöne zu hören, und ein fluchender Autofahrer forderte einen Transporter auf, zur Seite zu fahren.

„Zeig mir deine Narben", gierte er am Headset.

„Das ist meine Schulter. Ich fiel mal von einem Baum herunter und holte mir diese Narbe." Sie lachte leicht belustigt, und das Bild wurde wieder dunkler. Das Licht wackelte von links nach rechts und zurück.

‚Ich muss noch eins klären.'

„Ich will jetzt deinen Hals sehen. Ich finde Männerhälse immer so anziehend." Sie brachte ihn fast um den Verstand.

Unwissend gehorchte er. Er wollte aufstehen und ihr einen Blick auf seinen ganzen Körper gewähren. So zog er sein letztes Kleidungsstück aus und fuhr mit der Kamera am Hals entlang.

„Du bist der Mann, nach dem ich suche", flüsterte sie wie erleichtert nach einer kurzen Pause.

„Willst du mehr von mir sehen?", fragte er, getrieben von dem pochenden Unterleib. Seine Hoden sprengten seine Leiste, und er war der Ohnmacht nahe.

„Ich dachte, du würdest mich wegen meiner Narben nicht haben wollen." Das Bild auf ihrer Seite wurde hellblau beleuchtet, und nach dem Fall des Seidenschleiers kam eine weibliche Kontur zum Vorschein. Er hatte keinen Zweifel, dass sie ihn ganz sehen wollte. ‚Oder sogar fühlen', dachte er hoffnungsvoll.

„Ich will dich sobald wie möglich nah an meinem Körper spüren, und wenn du betest, will ich dich … begehren."

‚Und mich betäuben und vergewaltigen.'

Es dauerte zwei, vielleicht drei Sekunden, bis sie sich aufrichtete und nahe an die Kamera kam, wo man eine Hälfte ihres Gesichts sehen konnte.

„Darf ich meinen Hund mitbringen? Ich bin in der Nähe deiner Wohnung."

Jemand hat etwas gestohlen

Zu Hause konnte Sönke etwas entspannen. Dort war sein Leben mit Gilligan stabil, und er genoss die benachbarten Biergärten. Sein Interesse an Kontaktbörsen flaute ab, da er befürchtete, Männer anzutreffen, mit denen er kein Gespräch führen würde.

‚Ich hoffe, er verlässt mich nicht so bald', reflektierte Gilligan.

Sönke musste jedoch seine Anwesenheit im Büro zeigen und die Konflikte mit den neuen Kollegen und Irene ertragen. Das erzählte er fast jeden Tag beim Abendessen.

„Ich unterhalte mich wirklich ungern mit anderen Menschen", sagte Sönke neulich.

Eines Abends erzählte er seinem Freund, dass Irene aufgeregt schien. Sie achtete nicht mehr genau auf Vorschriften. Sie überließ ihm einen Großteil der Arbeit. Er befürchtete, dies sollte ihn ablenken, sich erneut mit eigenen, nicht beauftragten Ermittlungen zu beschäftigen.

„Das ist klar. Sie ist verliebt, und diese Liebe hat in ihrem Leben Priorität", sagte Gilligan mit Unbehagen, da er dabei merkte, dass er diese Liebe seinem besten Freund nicht gönnte.

‚Das gehört uns nicht', dachte er beim Lesen von Informationen, die Sönke ihm zum Organisieren brachte. Seine Neugier zu stillen, war ein beliebtes Hobby. Er legte die Dokumente beiseite.

‚Sönke wird das nicht vermissen.'

Die Begegnung mit Jenny in Doktor Belvederes Praxis war ein willkommenes Ereignis in seinem Leben. Zum ersten Mal traf er auf einen Menschen, der sich mit ihm unterhielt und von seiner Depression ablenkte. Clara war zwar hin und wieder eine gute Gesprächspartnerin, aber dies galt eher als berufliche Bindung.

Er beabsichtigte, seine Idee, ein Abendessen mit Jenny und Irene, umzusetzen. Dafür musste er auf Sönke noch positiv einwirken.

Er sandte eine SMS an ihn und wartete auf eine Reaktion. Neben der Einladung zum Dinner teilte Gilligan weiter mit, dass er beabsichtige, die Medikamente abzusetzen.

Jenny wirkte mit ihren Ansichten auf ihn erfrischend. Sie vertrat eine realistische Vision der Welt und konfrontierte ihn mit seiner Verantwortung für Sönkes Wohlergehen. Sie fasste das Leben der beiden Männer in lockere Gedankenzüge. Sie erkannte, dass sein Schuldgefühl wegen der Folgen seines Selbstmordversuchs ihm den Weg zu einer erfüllten Beziehung mit Sönke versperrte.

,Da war sie besser als Doktor Belvedere.'

Das Handy in Gilligans hinterer Hosentasche brummte. Er stand auf und legte die Papiere zur Seite, die er aussortiert hatte, und holte den Apparat aus der Tasche.

„Hallo Sönke. Ich bin mit deinen Sachen beschäftigt", sagte er, nachdem er den Namen des Anrufers auf dem Display abgelesen hatte.

Etwas beleidigt, weil er ungefragt von Irene zu tun bekam, zog Sönke das Telefon zur Seite, damit keiner sein Gespräch mitbekam.

„Sie ist zu rechthaberisch. Sie geht mir auf den Geist und ganz ehrlich, deine SMS vorhin ist die dümmste Idee, die ich von dir je gehört habe."

„Was meinst du? Das Abendessen?"

„Deine Medikamente. Meine Papiere kann ich auch selbst organisieren, aber ohne deine Medikamente kannst du mir auch nicht helfen. Das sollte dir klar sein. Ich gehe nach der Arbeit zur Apotheke und hole deine Rezepte ab."

,Mich wieder umzubringen, wäre nicht klug', dachte Gilligan. Er wollte die Medikamente nicht kaufen, weil diese trotz Krankenkasse eine zu hohe Selbstbeteiligung forderten. Er lies die Kritik unkommentiert, und im Unklaren über sein Argument schnaubte er.

„Jetzt zum Abendessen. Du kennst Jenny nicht. Sie ist so nett. Sie ist Irenes Partnerin oder wäre gerne … es ist kompliziert. Wieso nicht etwas Sozialleben? Du reklamierst immer, dass wir zu wenig unternehmen."

„Irene scheint heute etwas vorzuhaben. Sie kam rein und fluchte herum. Sie geht gerade fröhlich aus dem Büro raus", fuhr Sönke fort, als ein Dialog auf seinem Bildschirm anzeigte, dass eine neue Meldung über eine Tatortuntersuchung hereinkam.

„Vielleicht geht sie zu Jenny und freut sich. Das ist bestimmt Liebe. Sei nicht neidisch."

Gilligan hörte seit dem Umzug nach München täglich, wie Sönke sich über Irene beschwerte.

„Du solltest nicht so viele Dokumente nach Hause nehmen. Ich habe hier Papiere, die du letzte Woche nach Hause mitnahmst, und vergessen hast, wieder in die Mappe aufzunehmen. Wenn Irene deine Schlampereien mitbekommt, bist du nicht bis zum Ende der Probezeit da." Gilligan lenkte vom Thema ab, da er erkannte, dass er sich auf sehr dünnem Eis bewegte.

Sönke erinnerte sich an die Papiere, die er bereits für verloren erklärt hatte. Er schaute sich im Büro um und sah, wie Irene etwas zu vergnüglich den Raum verließ. Er wusste so, dass er der Einzige wäre, der diese Meldung lesen würde. Bis die Kollegen von der nächsten Schicht kommen würden, dauerte es noch zwei Stunden, stellte er fest.

Sönke klickte auf das blinkende Licht, und ein Dialog öffnete sich.

„Gilligan."

„Was?"

„Ich muss noch zu einem Tatort fahren. Ich komme eventuell eine Stunde später, aber sicher mit deinen Medikamenten. Ist das in Ordnung?"

Auf dem Dialog las Sönke, dass sich ein übergewichtiger Mann tödlich verletzte, als er vom Balkon sprang. Die Angaben wurden von einem nicht identifizierten Nachbarn gemacht. Mehr war nicht angegeben.

„Weißt du, wohin Irene geht? Du sagst, dass sie immer verbittert ist, und auf einmal ist sie fröhlich. Das passt nicht zusammen", bemerkte Gilligan.

„Keine Ahnung und besser so. Es kann sein, dass sie zu dieser Jenny fährt. Dann kann ich einen Tag ohne ihre bissigen Bemerkungen ausspannen." Sönke las die Meldung am Bildschirm weiter.

„An welchen Tatort fährst du? Wo ist das?"

„Irgendwo im Münchener Norden. Ich kenne mich dort nicht gut aus. Scheint ein Selbstmord zu sein. Traurig. Aber ich muss hin. Irene hätte mitkommen sollen, aber sie hat die Informationen schlampig abgelesen und herumkommandiert und macht sich jetzt davon." Sönke sprach etwas mehr mit Gilligan als mit anderen Personen, und er wusste, dass man ihn deswegen missverstand.

„Danke für die Abholung meiner Medikamente. Ich muss noch einige Bewerbungen senden. Wie heißt das Opfer?"

„Du wolltest heute früh zur Post. Hast du meine Pakete vergessen? Sie müssen heute zurück. Soll ich diese selbst wegschicken? Ich fahre zuvor nach Hause." Sönke schien die Frage nicht mitbekommen zu haben.

„Wie heißt das Opfer?", insistierte Gilligan.

„Keine Ahnung. Habe noch keine Information." Sönke war in Eile.

„Nicht wichtig. Ich werde mich um eine Einladung kümmern, und du überlegst, wie du dich nett benehmen wirst. Eigentlich habe ich mich bereits um die Einladungen gekümmert." Gilligan sprach rasch und lies keine Möglichkeit für Protest oder Widerrede.

„Mach deine Sache. Ich kann unsere sozialen Aufgaben bestens selbst erledigen."

„Soziales Leben. Bäh", überlegte Sönke mürrisch.

„Bye, bye", beendete er das Gespräch.

„Jetzt schauen wir uns das Raubgut an", murmelte Gilligan feierlich zu sich selbst.

Jemand hat Schmerzen

Die Stille war nur vom Blutfluss an Jennys Ohr unterbrochen. Das Adrenalin von der Begegnung mit dem Perversen vom Leopoldpark floss immer noch durch ihren Körper. Seine bärigen Hände hatten sich in ihren Arm eingraviert. Ihr Herz pochte, und das Gefühl der Schuld übermannte sie.

‚Ich habe einen Fehler gemacht. Man hat mich gezwungen.' Etwas an diesem Fall war nicht wie erwartet. Sie war außer sich.

Auf einer Kommode auf der linke Seite ihres Wohnzimmers befand sich eine Schatulle mit den Zeichen der heiligen Iansan, ihrer Tauf-Patronin. Diese einzige Erinnerung an ihre Kindheit in Januaria bewahrte sie wie einen Anker, der ihr eine unbegründete Sicherheit verlieh.

Sie öffnete die Schatulle und überprüfte den Inhalt. Ein Foto ihrer Mutter, eine Puppe mit den Candomblé-Zeichen ihrer Taufe am Strand von Senhor do Bonfim. Ein Rosenkranz, den sie von Dona Francisca zum achten Geburtstag geschenkt bekam.

Bittere Tränen ließen sich nicht aufhalten, und sie holte mit einer Hand die Puppe und mit der anderen den Rosenkranz aus der Schatulle. Jenny versuchte, gedanklich ein Gebet zu sprechen, aber dies schien vergebens zu sein. Das Gefühl der Schuld überkam sie und wollte sie nicht loslassen.

‚Was wird Irene sagen, wenn sie davon erfährt? Dumme, beknackte Jenny', urteilte sie leicht verzweifelt.

Sie rief Doktor Belvedere zum fünften Mal an, aber sie kam leider nicht ans Telefon.

‚Wenn sie das erfährt, bin ich aus der Therapie raus. Was mache ich?' Eine Konsequenz, die Jenny immer zu spät überlegte.

Ihr Zustand von Megalomanie endete meistens gleich mit einer depressiven Periode, die später wieder in einer erneuten Hochmutsphase mündete. Den Kreis zu brechen, war das Problem.

Ihr Handy klingelte, es war der erhoffte Rückruf von Doktor Belvedere.

„Hallo, Doktor. Ich bin leicht verzweifelt", nahm Jenny das Gespräch an.

Emilia sagte kein Wort und hörte zu, was selten ein gutes Zeichen bedeutete.

„Ich wollte der Frau aus der Gruppensitzung helfen."

„Stopp bereits da, Jenny. Ich hatte dich darum gebeten, alle deine Hilfsprojekte zuvor mit mir oder Irene zu besprechen. Ich habe bereits in den Nachrichten vom Pfarrer vom Nordbad gelesen." Emilias Stimme war etwas ungehalten.

„Welcher Pfarrer?", fragte Jenny absolut ahnungslos.

„Hast du nicht einem Kinderschänder einen Besuch gemacht?" Emilia war direkt, aber besonnen, jedoch nicht alle Erklärungen von Jenny hätten ihr gegen den aktuellen Zorn von Doktor Belvedere geholfen.

„Nein, ich weiß nicht, was du meinst. Ich habe den Perversen vom Luitpoldpark erwischt." Emilia wurde ungewiss, denn die Lage schien etwas außer Kontrolle geraten zu sein.

„Oh mein Gott. Was ist das schon wieder? Wer ist dieser Mann?"

‚Ob ich die richtigen Vorwürfe erhoben habe?'

„Es fing wie sonst alles ziemlich harmlos in einer Gruppensitzung an. Ich hörte mir alle Informationen über den Mann an, der diese Dicke belästigt hat. Ich verkleidete mich für den Täter wie das gesuchte Mädchen. Er hatte das Mal am Hals, wie diese Frau in der Gruppensitzung beschrieben hatte. Sie war sich sicher, dass dies der Täter sein musste."

„Sprich weiter. Ich höre dich."

„Ich ermittelte den Täter über ein Kontaktportal. Im Park wäre gefährlich gewesen, und momentan ist es auch zu kalt. Ich schrieb ihn an und gab mich als leichte Beute. Diese Frau erzählte uns, dass der Täter nach der heiligen Barbara suchte. Sie erklärte, dass er nicht besonders gewaltsam sei, aber zu kräftig, und er benutzt K.-o.-Tropfen." Jenny bekam einen leichten Schluckauf.

‚Heilige Maria Mutter Gottes', dachte Emilia.

„Ich habe ihn besucht, und er versuchte, mich zu betäuben. Ich tauschte die Gläser und habe in seiner Wohnung alle Fotos und sonstiges Material gefunden, aber er ist gar nicht so, wie die Frau beschrieben hat. Er ist zwar pervers, aber er sammelt keine Fotos. Er ist mit Sicherheit der Mann, der sich im Leopoldpark herumtreibt, aber er verprügelt keine Frauen, wie sie gesagt hatte. Es war fast zu einfach. In anderen Fällen suchte ich nach dem Täter sogar zwei Monate. Keiner könnte mir entgehen. Ich glaube, ich war etwas leichtgläubig." Klang von Jenny fast wie eine Entschuldigung.

‚Beschütze uns in der Not', setzte Emilia ihr Gebet fort.

„Ich glaube, die dicke Frau von der Gruppensitzung hat das nur erzählt, weil sie wusste, dass ich zuhören und etwas unternehmen würde. Ich habe Angst", beichtete Jenny.

„Ach jetzt? Wie oft habe ich dir gesagt, dass du nicht kopflos deinem Trieb nachgehen darfst? Was ist mit dem Mann passiert?", fragte Emilia.

„Die Polizei hat ihn zwar für einige Stunden befragt, aber durch seinen Anwalt ist er wieder freigekommen. Eine Anklage wegen Missbrauchs konnte trotz der Beweismittel, die ich dort gelassen hatte, nicht erhoben werden. Ich glaube, man hat mich benutzt", jammerte Jenny.

‚Depressiver Schub. Typisch', diagnostizierte Emilia.

Jenny schluchzte und wischte die Tränen ab.

„Warum hast du mir diesmal alles erzählt?"

„Als ich feststellte, dass etwas nicht stimmte, und die Polizei dort war, dachte ich, dass Irene davon erfahren würde und mit mir sauer sein könnte", jammerte Jenny weiter.

‚In Jesus Namen, hör auf', betete Emilia in Gedanken.

„Du bist keine Superheldin. Du musst damit aufhören. Wir waren gut in deiner Regression. Was ist passiert?"

„Ich habe meditiert und alles wie besprochen gemacht, aber etwas in mir trieb mich dazu. Ich kann dem nicht widerstehen. Ich dachte, er ist ein Täter wie die anderen. Es war ein Missverständnis." Jenny suchte Logik, wo es keine gab.

„Reinige mich von meinen Sünden", wimmerte Jenny in Angst.

„Ich bat dich, zu meditieren oder an etwas anderes zu denken. Warum konntest du in der letzten Sitzung nicht darüber sprechen?"

„Ich dachte, ich tue das Richtige." Jenny war immer aufsässig.

Doch entwickelte sich alles etwas anders, als sie sich vorgestellt hatte. Normalerweise würde sie erst mal die Lage einschätzen, ihn mit ihrer Pilz-Mischung betäuben, ihn dann kräftig verprügeln und eine Beichte verlangen. Aber er ist nur ein psychisch kranker Mann, der eine Behandlung braucht.

‚Befreie mich vom Bösen', sagte Jenny ihr Mantra.

„Als seine Wohnungstür aufging, war ich kaum drin, und er machte die Tür hinter mir zu", versuchte Jenny zu erklären.

„Liebes, versuch nicht, die Zarte zu spielen. Ich muss bezahlen, dass Männer das für mich machen, und ich verprügle sie nicht." Emilia überlegte die Konsequenzen für ihre eigene Praxis.

„Als er mich kräftig umarmte, sprang Bogart auf ihn. Er war erschrocken und bellte, was er in der Regel nie tut. Der Mann küsste mich und nahm mich fest in seine Pranken. Die Luft ging mir aus, und er hob mich vom Boden", leitete sie die Situation ein.

„Jenny, wenn das nicht so ernst wäre, würde ich seine Telefonnummer nehmen. Warum hast du ihn dann verprügelt? Du hättest auch die Polizei anrufen können. Wann wirkten die K.-o.-Tropfen?" Emilia war immer noch besorgt, aber da der Täter sie zuerst in Panik versetzte, war er selbst daran schuld, verstand sie.

„Der Mann hat nach Bogart getreten, und da bin ich ausgeflippt." Den Rest konnte Emilia ohne Hilfe zusammenstellen.

„Lass dich nicht in der Nähe dieses Manns blicken. Mit Irene werde ich sprechen. Aber wir müssen deine Regression fortsetzen, und du hast ab jetzt ein Missionsverbot. Verstehen wir uns?" Emilias Drohung klang noch nie so ernst wie diesmal.

‚Verzeih meine Unachtsamkeit', dachte Jenny, aber sie zog vor, nichts zu sagen.

„Als ich Bogart verletzt sah, verlor ich die Kontrolle."

„Lass mich denken. Kann der Mann dich identifizieren?" Emilia überlegte die richtige Lösung.

„Nein. Ich nutzte meine eigene Mischung mit Pilzen, und ich boxte seinen Bauch. Als er nach Luft schnappte, atmete er ebenfalls das Pulver ein, das ich an ihn warf. Daher konnte er uns nicht mehr verletzen. Er fühlte sich sichtlich benebelt und torkelte kurz. Er blinzelte dreimal und suchte nach Halt. Ich schlug sein Gesicht, und er fiel zu Boden. Ich sagte so etwas wie:

‚Na, Arschloch. Versuch noch mal, mich festzuhalten.' Dann trat ich sein Schultergelenk und beobachtete, wie er vor Schmerz schreien wollte. Doch ich drückte meine Hand fest auf seinen Mund, und er konnte seinen Schrei nur schlucken.

‚Du wolltest mich verletzen?', schrie ich wie eine Furie und schlug die andere Schulter, und anschließend verschloss ich ihm den Mund mit der Hand. Das Ganze eskalierte, als ich sagte:

‚Du willst mich kaufen und missbrauchen?' Ich trat seine Gliedmaßen, und er sagte:

‚Du bist ein Monster.'" Jenny weinte. Sie verlor ihre Stabilität, und Emilia verstand, dass sie hier einen Notfall hatte.

„Nein, Jenny, du bist kein Monster."

‚Zumindest hat sie nichts mit einem Mord zu tun. Hoffe ich.'

Jemand sagt tschüss

Ein Feuerwehrwagen parkte an der Tür des Gebäudes am Leopoldpark, und Sönke blieb stehen und schaute sich den Rest des Geschehens an.

Eine blondierte Frau mit einem überdimensionalen Mikrofon sprach aufgeregt zur Kamera und zeigte mit dem Finger in Richtung des Gebäudes hinter Sönke.

Der eingeschüchterte Kameramann versuchte, den biestigen Aufforderungen der Reporterin nachzukommen, und die Situation eskalierte.

„Was war denn hier los?", fragte er eine Kollegin, die sich um die Absperrung bemühte.

„Nichts Besonderes. Der Dicke dort ist vom Balkon gesprungen." Sie schien zu beschäftigt, die Gaffer zu verscheuchen. Die Leiche wurde mit einer Notfalldecke bedeckt.

Sönke schaute sich die Gesichter in der Menge an und erkannte keinen der Anwesenden. Er holte sein Tablet aus der Tasche und schaltete es ein.

„Wie kamen sie auf die Idee, dass er gesprungen ist?", fragte Sönke und presste den Einschaltknopf erneut.

„Ich war zuvor in seiner Wohnung, und laut Nachbarn war er ein einsamer Mann und Kirchgänger." Sie lehnte eine Leiter an die Balkonbrüstung. „Aber ich kenne mich da nicht aus. Schau bitte selbst nach. Das war meine erste Annahme, aber eine genauere Untersuchung überlasse ich dir." Die Polizistin beschäftigte sich wieder mit einem Gaffer und wies diesem den Platz. Während ein Reporter sich näherte, bewegte sich Sönke weg und versuchte dabei, nicht in Richtung des Mannes zu schauen.

Er fröstelte im feuchten Nachmittag und las betrübt den Bericht seiner Kollegin.

„Weißt du, wann er dies tat? Er scheint etwas länger da zu liegen", rief er in Richtung der Polizistin.

„Ich denke auch. Er wurde nicht vom Nachbarn gemeldet, aber vom Herrn da drüben mit dem Hund." Sie zeigte mit ihrem markanten Kinn in Richtung des Manns mit dem Haustier.

„Danke", verabschiedete sich Sönke und ging zum Zeugen.

Zwei Wagen mit weiteren Kollegen kamen, und die Beamten sprangen schnell heraus und halfen der Kollegin, die Gaffer auf Abstand zu halten. Einer der jungen Polizisten schien etwas weniger beklommen zu sein und sagte laut in der Menge, dass alle Daten aufgenommen werden sollten, und automatisch reduzierte sich die Anzahl der Personen auf einige hartnäckige Bürger.

Als Sönke sich seinem Kollegen näherte, der neben dem Mann mit dem Hund stand, bemerkte dieser ihn und nickte kurz ein stummes ‚Hallo.'

Diese Art der wortlosen Kommunikation schien in seinem Revier Usus zu sein. Die bayerischen Kollegen bemühten sich nicht sonderlich um den Neuen im Bund.

Eine kurze Vorstellung des Zeugen, dem der übliche Namensaustausch folgte. Der Labrador, der alles mit einem scharfen Blick beobachtete, bewegte seine Schnauze von einem zum anderen, und dabei roch er etwas in der Luft, was Sönke als seinen Duft annahm.

„Wann haben Sie das Opfer bemerkt?"

„Vor zwei Stunden. Wir kamen vom Nachmittagsspaziergang, und Cindy roch etwas in dem Gebüsch. Da sie zu lang dort herumschnüffelte, schaute ich nach und bemerkte den Mann", fasste der Zeuge pflichtbewusst seine Erfahrung zusammen.

‚Der Hund ist eine Sie, und er ist offensichtlich Rentner', notierte sich Sönke in Gedanken.

„Das Opfer liegt seit fast einem halben Tag dort", warf der Kollege ergänzend ein.

„Woher weißt du das?"

„Eine Nachbarin machte heute früh eine Meldung und meinte, ihre Nachbarn würden sich wieder nackt in ihrem Garten herumtreiben. Ich habe es hier in meinen Bericht aufgenommen." Der Kollege zeigte die Stelle im Report.

Er schaute sich den Verblichenen an und verstand die Verwechslung der Nachbarin. Die Leiche schien platziert und inszeniert zu sein.

„Riechen Hunde an Toten?" Sönke war unklar, wie die Nachbarshündin darauf kam, sich soweit in der Anlage rumzutreiben.

„Das weiß ich nicht, es ist immerhin eine Leiche, und sie riechen. Ich hatte angenommen, dass sie den Geruch von einem Männchen gewittert hätte. Sie ist wieder läufig." Mit einem kurzen Lächeln beendete der Nachbar den Satz.

„Danke. Ich werde die Wohnung untersuchen", verabschiedete sich Sönke.

Die Treppen schienen kein Ende zu nehmen, und als er den dritten Stock erreichte, schaute er über die fensterlose halbe Mauer. Er stellte fest, dass sechs Meter für jemand mit dem Körpergewicht des Opfers bestimmt tödlich waren. Er erreichte die letzte Tür im Korridor. Dort stand ein Polizist und sicherte die Wohnung.

Eine byzantinische Altarikone stand mit zwei niedergebrannten Kerzen an der linken Wand.

‚Billig', verstand Sönke und ging nur einen Schritt weiter hinein. Ein Kreuz an der Wand etwas über den Ikonen zeigte, dass der Mann ein religiöser Mensch war. Seine Blicke wanderten vom Kruzifix hinunter auf den Tisch, der darunter stand. Einige Fotos waren ordentlich aufgereiht. Sönkes erster Eindruck war, dies sollte an verlorene Freunde oder Verwandte erinnern.

‚Er war sicher depressiv.'

Ein Mann, der die Familie vermisste und an Depressionen litt, flog kurz in seine Gedanken. Doch das vierte Foto zeigte einen kaum bekleideten Jungen an der Isar. Ein Kloß stieg in seinem Hals. Die Vorstellung, dass es sich wieder um einen Perversen handeln könnte, widerte ihn an.

‚Das erinnert mich an etwas.' Der Gedanke brachte Sönke zum Zittern.

Er nahm kurz einen Geruch in der Luft wahr.

‚Gewürze.'

Der Wind blies sanft und lies ihn den Geruch vergessen. Er schaute sich das fünfte Foto an. Dieses wurde vom Luftzug bewegt. Er blickte zu Boden, wo noch drei weitere Bilder zu sehen waren. Ein anderer unbekleideter Junge auf einem Stuhl, der sich sichtlich vor der Kamera schämte. Sönke war sich sicher, es handelte sich nicht um einen Heiligen.

‚Er kommt mir bekannt vor.'

Er drehte das nächste Foto und sah ein altes Exemplar, noch in schwarz-weiß von einem Jungen, der zur Kamera lächelte, und dann das letzte Bild, das auf dem Boden lag. Das Gesicht wurde herausgekratzt, und am Papier waren Falzungen zu erkennen. Scheinbar trug der Mann dieses Exemplar in seinem Portemonnaie oder in der Tasche.

Sönke nahm die Fotos in verschiedene Beutel auf und beschriftete diese. Er wagte sich kurz zum Balkon und sah Zeichen von Unordnung auf dem Weg.

‚Er könnte gekämpft haben, aber er ist so alt. Das scheint nicht wahrscheinlich. Wenn ich meine Theorien hier erwähne, wirft Irene mich persönlich über den Balkon.'

„War jemand hier in der Wohnung?", fragte Sönke den Polizisten an der Tür.

„Ich denke nicht. Seit der Schlosser die Tür aufgemacht hat, bin ich durchgehend hier."

„Hast Du die Nachbarn gefragt, ob jemand da war, Besuch, Paketträger oder irgendwer?", vermutete Sönke.

„Nein. Nur eine Nachbarin meinte, dass ihr Hund einen anderen in der Nachbarschaft oder im Korridor gerochen habe, aber keiner im Gebäude hat ein Haustier."

„Danke."

Sönke knobelte wieder an seinen Theorien.

‚Ob eine Rächerin mit einem Hund in der Umgebung war?'

Er überzeugte sich, dass Irene nicht im Raum war, weil allein den Gedanken erneut zu erwähnen, würde ihm den Kopf kosten.

Jemand wurde überrascht

Die letzten Umzugskartons waren ausgeräumt. Verschiedene Haufen von Papier, Wäsche und nicht Klassifizierbarem lagen penibel davor aufgestapelt.

Gilligans Anstrengungen mit den letzten Spuren des Umzugs hatten ihn an die Grenze seiner Kräfte gebracht. Seit er an Leberinsuffizienz litt, strengten solche Arbeiten ihn ungemein an.

Das Blut zirkulierte spürbar in seinem Körper. Seine Blutkörperchen drangen überall durch. Aber ihre Leistungen waren leider nur minderwertig.

‚Wie lange noch?', überkam Gilligan ein erneuter depressiver Schub.

Die Symptome seiner Krankheit waren stärker geworden, und er bezweifelte, dass er je wieder arbeiten könne.

‚Oder einen Spender finden?', sprach der innerliche Dämon in seinem Kopf.

Jemand war nicht da

Staub und Spinnweben belegten die kleine Logis in Schwabing, wo eine Frau gedankenverloren vor einem Telefon weilte. Jenny schaute sich eine Spinne an, die geduldig ein Netz an ihr kaltes Januarfenster baute. Sie hatte weder Balkon noch Garten, aber sie genoss die Natur und erinnerte sich sehnsüchtig an die Jahre im Bundesland Bahia in Brasilien. Ihr Körper war nass vom Bad, und ein Badetuch umwickelte ihren Kopf. Sie lockerte das Tuch. Sie trocknete ihr Haar und ließ es um ihre Schultern fallen.

Sie stand in der Erwartung des Besuchs auf, der ihr die gute Laune bringen sollte. Die Strapazen vom Tag zuvor waren auf ihrer Haut zu sehen. Sie war furchtlos, aber nicht unverwundbar. Der Spanner vom Leopoldpark war keine große Herausforderung für sie. Die Kampfspuren, die sie mitnahm, könnten Irene verdächtig erscheinen.

‚Ich hatte ihr versprochen, mich mit ihr abzustimmen. Verdammt.'

Nach jedem Kampf verspürte sie den Wunsch, sich gründlich zu waschen.

Sie setzte sich kurz, um sich zu erholen. Aus einem Beitrag in der Tageszeitung erfuhr sie, dass in Brasilien die Drogenkartelle aus Rio de Janeiro ihren Einfluss und ihre Präsenz verstärkten und sich kaum vor der Polizei fürchteten. Dies war mit Sicherheit der Grund für den Unfalltod ihrer Mutter.

Aus Furcht vor den Kriminellen und der in der Region herrschenden Geldnot arbeitete ihre Mutter für das Kartell. Die korrupte Regierung war für sie keine Hilfe, da, wie viele bestätigten, hochrangige Politiker am Drogenhandel beteiligt waren. Insbesondere protestantische Pastoren dienten dem Interesse der Kartelle. Das niedrige Bildungsniveau verdammte die Mehrheit der Brasilianer, das Land nicht zu verlassen oder als Braut vermittelt zu werden.

Angst verspürte sie am Anfang, doch im Lauf der Jahre stumpfte sie gegenüber der stetig steigenden

Aggressivität ihrer Umgebung ab. In der Capoeira-Schule fühlte sie sich frei. Der einzige Vorteil als Tochter eines Drogenkuriers.

‚Ein weiterer Tag, den ich überlebte', rief ihre Mutter immer wieder.

Gegen Ende ihres siebten Schuljahrs wurde ihr eine Verkäuferin-Stelle in Salvador da Bahia angeboten.

Sie hasste zwar ihre Mutter für die Vermittlung als Braut, aber wenn sie dort geblieben wäre, hätte sie einer Karriere im Drogenhandel folgen müssen.

Stefano erwies sich als ein lustiger Mensch, der aber keine Widerrede akzeptierte. Sie bediente Stefanos Kunden im Nachtklub, und hin und wieder verlangte er, dass sie weitere Dienste als Prostituierte leistete.

Kaum lebte sie vier Monate in Köln, als eine Nachricht aus Januaria sie erreichte.

„Jenny?", fragte die gequälte Stimme einer älteren Frau am Telefon.

„Dona Francisca?", antwortete sie. Sie war eine Nachbarin ihrer Mutter, die im Umkreis von zehn Kilometern ein Telefon besaß. Alle Anwohner der Region gingen immer zu ihr, wenn sie Telefonate zu erledigen hatten. Dona Francisca war sozial engagiert, und nicht selten versuchte sie, Jenny andere Möglichkeiten im Leben aufzuzeigen. Jedoch Jennys Mutter hatte einen Plan.

„Menina", rief Dona Francisca, wie es für Brasilianer der Region üblich ist. „Ich muss dir etwas erzählen, Querida." Das Wort mit der Bedeutung ‚Liebes' war auch ein Vorbote für desaströse Nachrichten, von Dona Franciscas Tonlage ahnte Jenny dies.

„Oh mein Gott. Was ist denn passiert?", fragte sie mit einem Adrenalinschub, der sie damals fast zur Ohnmacht trieb. Obwohl sie keine Bindung zu ihrer Mutter pflegte, gehörte das Familienband in manchen Gegenden zu den unlogischen Phänomenen. Während dieses Schicksalsgesprächs nahm Jenny die Medaille des heiligen Sankt Michaels in ihre Hand. Obwohl sie nicht katholisch war, aber im Candomblé geht man offen damit um.

„Es ist ein Unfall in Januaria, bei deiner Mutter passiert", kündigte Dona Francisca an. Es vergingen kaum Sekunden, aber sie wartete auf die Wirkung der Nachricht.

‚Unfall?' In Januaria, wo niemals etwas geschah, war dies nicht anzunehmen.

Wenn es dort einen Unfall gab, merkte niemand etwas, da in der Stadt die Zeit meistens stillstand. Ein Omen vom Äquator. Es ist zu warm, und man bewegt sich auch nicht so schnell wie die Nachrichten in der Region. Doch wenn eine Information bis zu Dona Francisca durchdrang, und sie sogar nach Deutschland anrief, musste etwas daran sehr wichtig sein.

„Erzähl", forderte Jenny.

„Der Hof deiner Mutter ist nachts vor einer Woche abgebrannt. Sie überlebte den Brand nicht. Bitte verzweifle nicht. Ich weiß, dass du da allein bist, aber es macht jetzt auch keinen Sinn mehr, hier herzukommen. Sie ist tot." Dona Francisca weinte unaufhörlich, was es unmöglich machte, auf die Nachricht zu antworten.

Jenny schaute auf ihre Haut und die Narben, die Stefano ihr zufügte wie die Krankheiten, die sie im Laufe der Zeit von Stefanos Klienten gesammelt hatte.

„Scheinbar schlief deine Mutter, als das Feuer ausbrach, und so fern von der Stadt merkte keiner, was dort los war. Als die Feuerwehr kam, gab es nichts mehr zum Löschen. Deine Mutter wurde am nächsten Tag in Brejo do Amparo bestattet."

Jenny wurde fast ohnmächtig, als sie die Nachricht verstand. Sie verspürte keine Trauer, aber Erleichterung.

Viele Frauen lebten unter dem gleichen Fluch wie sie. Misshandelt und bedroht, mussten sie sich den Umständen unterordnen und hoffen, mit dem verdienten Geld die nicht geplanten Kinder zur Schule schicken zu können, damit sie dem gleichen Schicksal entgehen würden.

'Wie gut es mir geht, weil ich nie ein Baby bekam', dachte sich Jenny wiederholt, seit sie zur Frau wurde.

Es war ihr klar, dass dies die Rache des Kartells oder irgendeines Kriminellen der Region war.

Sie verabschiedete sich von Dona Francisca mit einem letzten ‚auf Wiedersehen', das sich niemals verwirklichen sollte.

Ein Erbe hatte ihre Mutter nicht hinterlassen. Die Familie war zerstritten, und so endete dieses Kapitel ihres Lebens.

Anfangs lebte sie dann weiter mit Stefano und betete, dies noch einen Tag aushalten zu können. Aber ein Ereignis hatte sie von Genilda dos Santos zu Jenny de Santis mutiert.

Von einer ängstlichen Frau wurde ein unersättlicher Dämon geboren. Etwas, was Jenny vergaß, gab ihr den Impuls, ständig ihren Übermut herauszufordern.

'Was geschah damals?', fragte sie sich.

Sie schloss das Fotoalbum, stand auf und ging zum Schlafzimmer. Ein buntes Kleid lag auf dem Bett ausgebreitet, und sie warf das feuchte Badetuch zu Boden. Nackt vor dem Kleiderschrank, wo ihre Unterwäsche ordentlich auf sie wartete, schaute sie ihren Körper an und betrachtete die Narben auf ihren Beinen.

Die Bürde der Erlebnisse schien unter dem Wunsch nach Rache zu verblassen. Ihre Erinnerungen wurden kurz durch einen seitlichen Schmerz unterbrochen.

Sie zog sich ihre Strümpfe an und prüfte, dass sie die Narben verdeckten. Das Muster ihrer Netzstrümpfe bedeckte geschickt ihre einst verwundeten Beine. Etliche Schichten Creme hatten nicht geholfen. Sie fühlte sich wie eine Ölsardine.

Das eben geführte Telefonat mit ihrer größten Liebe erweckte wieder Gefühle in ihr, die sie gern vergessen hätte. Irene war die Tochter griechischer Eltern und in Deutschland geboren. Sie war athletisch, selbstbewusst und eindrucksvoll.

Jenny zog ihr Kleid an und betrachtete ihre dann trockenen langen Haare und ließ diese ihre wilde Fülle ausbreiten.

Sie erblickte in ihrem Schmuckkästchen das fast vergessene Medaillon des heiligen Michaels und entschied sich für ein afro-brasilianisches Symbol der Iansan, ein weiblicher Naturgeist, der über Stürme und Winde herrschte. Sie betrachtete das gesamte Bild von Kopf bis Fuß. Zufrieden mit dem Ergebnis zog sie ihre besten roten Pumps an.

„Komm wieder zu mir, meine Liebe", flüsterte sie ihrem Spiegelbild zu.

Das Telefon meldete sich.

„Gilligan", beantwortete er fast ohnmächtig.

„Hier ist Jenny. Die Brasilianerin vom Café, erinnerst du dich? Unsere Gruppensitzung?"

„Ach ja. Hast du meine Einladung zum Abendessen bekommen?"

„Wir wollen vor dem Haus des Perversen vom Leopoldpark protestieren. Er wurde erwischt, und sein Anwalt hat ihn rausgeholt. Die Sybille von der Gruppensitzung hat den Protest organisiert. Wir wollen gemeinsam die Aufmerksamkeit der Öffentlichkeit für unsere Probleme wecken. Ich kann nicht allein hingehen", sagte Jenny mit wehleidiger Stimme.

„Dafür sind die Anwälte aber da. Das wäre keine schlechte Abwechselung. Ich bin nur etwas müde."

„Nein. Du musst mitkommen. Wir sollten alle gegen solche Menschen protestieren. Das würde dich aufmuntern." In der Einladung versteckte sich Jennys

Freundschaftsvorschlag, und Gilligan stimmte zu, dass er eine Aufmunterung im Moment wirklich nötig hätte.

Er fiel mehrmals in tiefen Sekundenschlaf.

„Hörst du mich?", fragte Jenny.

„Ja. Ich bin nur müde. Ich war gestern …"

„Hielt was? Bist du wieder eingenickt?", fragte sie leicht aufgeregt.

„Sorry. Ich bin müde. Ich komme gerne mit, aber lass uns später darüber reden."

Gilligan hörte den Abschied nicht und schlief ein. Als er kurz aufwachte, zog er die Sofadecke über sich und holte die Fernbedienung. Das Fernsehen schaltete ein. Er wechselte die Kanäle und suchte etwas Interessantes und kam zu den Nachrichten. Nach drei uninteressanten Beiträgen über von Größenwahn befallene Politiker kam die Sprecherin zu den lokalen News. Er richtete sich auf und versuchte aufzuwachen.

„In München sprang ein Verdächtiger des mehrfachen Kindesmissbrauchs in den Tod." Die dramatischen Worte von einer überaus künstlich blondierten Frau schienen genug Aufmerksamkeit zu ziehen. Ihr rollendes „R" sollte ein Urbairisch in Erinnerung rufen, aber als guter Hamburger war er für solche Details nicht gehörempfindlich.

„Der Tatverdächtige wurde am frühen Morgen gefunden." Gilligan war etwas müde und kroch unter die Sofadecke. Er sah Sönke hinter der Sprecherin.

‚Ah. Da ist er.'

Er schaltete die Nachrichten ab und holte sein Handy. Dort war eine SMS von Sönke.

Er fiel wieder in Schlaf. Seine Gedanken wirrer denn je. Dies merkte er selbst im Traum.

Er träumte von seinem Onkel, wie er angezogen war, als er ein kleiner Dreizehnjähriger war. Ein Tag, den er geheim hielt. Sein allererstes sexuelles Erlebnis mit einem älteren Mann. Eine Erfahrung, die ihn fast das Leben kostete.

Sein Vater befahl ihm, seinen Onkel Sebastian zu besuchen und einen Bohrer zu bringen. Er fand dies merkwürdig, aber im Traum tat er wie befohlen und leistete keinen Widerstand.

Dort angekommen, schlug der Onkel vor, im Haus seine Schallplatten anzuschauen. Gilligan war nur mit Sönke unterwegs, und allein mit diesem alten Mann fühlte er sich deplatziert. Er folgte ihm, und im Traum erinnerte er sich noch an seine orange Badehose. Sie war so eng, dass seine Onkelsgenitalien darin kaum Platz fanden. Die Tür schloss hinter ihm, und er spürte zum ersten Mal Angst.

‚Papa? Du hast davon gewusst?', schrie er im Traum, aber einige Jahre musste er dies aushalten, bis Sönke die Familie mit dem Geheimnis konfrontierte.

Gilligan wachte auf und merkte, dass er schwitzte.

‚Scheiße! Wann hören diese Albträume auf?' Er fasste sich an die Brust und merkte, dass sein Herz zu heftig pumpte.

Zum ersten Mal verstand er, was ihm zuvor auffiel. Jennys Kommentar, dass sie Adrenalin liebe, und dies ein Problem in ihrem Leben war.

‚Ich spüre die Wirkung.' Gilligan war überrascht.

‚Und ich liebe sie.'

Mädchen, Buben und Bären

Das Abendessen am Vortag mit Irene lief perfekt, und sie schien nicht vom Vorfall im Leopoldpark gehört zu haben.

Beruhigt über diesen Zustand besuchte Jenny Doktor Belvedere am nächsten Tag für eine weitere Sitzung mit der Regressionstechnik.

Zurück vom Termin bereitete Jenny in ihrer Küche Zutaten für ein neues Abendessen mit ihrer Flamme. Schuldgefühle plagten sie, und trotz der tröstenden Worte von Doktor Belvedere fühlte sie sich miserabel.

‚Irene sollte bald kommen.' Jenny prüfte die Uhr an der Wand in Form einer Kaffeekanne.

Ihre Beziehung nahm Gestalt an, aber sie erkannte, dass ihre Sucht diese Liaison beenden könnte, bevor sie angefangen habe.

Anders als Jenny in ihrer Heimat lernte, wurde sie in Deutschland sehr ordentlich. Sie erinnerte sich nicht mehr, wann sie sich so verändert hatte, aber es fiel ihr auf, dass sie eine neue Version von sich selbst erschuf. Bogart lag immer noch auf seinem Bettchen mit dem Bauch leicht nach oben und einem Verband an seinem verletzten Hinterbein.

Sie schnitt Käse in Würfel, und dabei schaute sie auf die Narben an ihrem Arm. Sie erinnerte sich, wie sie Irene zum ersten Mal traf. Sie lag verprügelt auf dem Boden einer Wohnung in Köln, wo sie mit Stefano wohnte. Ihr gegenüber war leblos ihr Ehemann oder der Rest von einem einst großen Mann zu sehen. Sie kam bei der Regressionstherapie bis zu diesem Punkt in ihren Erinnerungen, aber nicht weiter.

Sie wusste nicht mehr, wie viel Zeit damals zwischen Irenes Ankunft und dem Anruf beim Notruf verging oder gar, wann sie aufwachte. Sie erinnerte sich nur, wie sie beim Gespräch mit der Notrufmitarbeiterin erschöpft zusammenbrach.

Irene war damals noch unerfahren, aber immerhin sehr einfühlsam. Tage nachdem sie ins Krankenhaus eingeliefert wurde, kam sie sie wieder besuchen und sprach mit leichtem Witz im Ton.

„Du bist aber sehr widerstandsfähig. Acht Knochenbrüche, unzählige Prellungen, Leberquetschung und eine geschwollene Backe", las Irene aus einem Bericht.

Jennys Augen wurden feucht, und die Angst, dass sie nicht mehr ansehnlich war, machte sich in ihrer Kehle breit.

„Wollen wir uns duzen? Du siehst viel besser aus als ich nach meinem ersten Jahr bei der Polizei", schloss Irene und fasste tröstend Jennys Hand.

„Ich bin am Arsch, glaube ich." Als Jenny zum ersten Mal sprach, vermisste sie zwei Backenzähne. Trotz der mangelnden Eleganz des Moments spürte Jenny Irenes platonische Zuneigung.

„Das glaube ich kaum. Die Misshandlungen deines Ehemanns waren uns bereits bekannt, und wir gehen von Notwehr aus. Das war doch Notwehr, oder?"

Der unangenehme Dunst von altem gereinigten Urin und der aufdringliche Geruch vom Desinfektionsmittel des Krankenhauses waren für sie unvergesslich.

Jenny brauchte ein oder zwei Sekunden, um die Lage einzuschätzen. Sie blickte ins Leere, und als sie den gebrochenen Arm heben wollte, bemerkte sie, dass er an die Armatur gebunden war.

„Ich weiß es nicht. Was passiert ist? Ist Stefano tot?" Kam wie geschoben aus ihrem Mund.

„Er ist tot, er wird dir nie wieder etwas antun."

Jenny fühlte sich unbehaglich, da sie aus Freude weinte.

„Ich kann die Psychologin unserer Frauenabteilung holen. Sie wird dir helfen, dich an alles zu erinnern", schlug Irene vor.

„Nein." Jenny griff mit der noch heilen Hand nach Irenes.

„Keine Sorge. Niemand wird dich je wieder so behandeln. Du hast ein schweres Erlebnis hinter dir. Kannst du dich daran erinnern?"

„Stefano hat mich ..." Jenny bebte, und die Worte kamen schwer heraus.

„Er hat dich ziemlich verprügelt."

„Stefano?", fragte Jenny.

„Ja. Es war pures Glück, dass wir dich am Leben fanden. Er hatte weniger Glück. Er ist an seiner eigenen Spucke erstickt. Keiner konnte das genau erklären, aber scheinbar rutschte er, verletzte seinen

Kopf und fiel in Ohnmacht. Wäre das nicht der Fall, wärst du möglicherweise nicht mehr am Leben." Irene schien etwas nervös zu sein, aber Jenny merkte dies kaum.

„Ich habe mich gewehrt." Jenny weinte, als sie das sagte. Es schien, dass ihr das Geschehene schrittweise bewusst wurde.

„Ja. Du hast dich wirklich gewehrt. Du bist aber sehr klein. Hat dir jemand geholfen? Ein Liebhaber? Ein Freund?" Irene löste ihre Hand und versuchte, eine professionelle Haltung einzunehmen, aber ihr offensichtliches Interesse an dieser Frau im Krankenbett lag fast greifbar in der Luft.

„Ich kenne niemanden. Ich wollte nie einen Mann." Zum ersten Mal stieg Zorn in Jenny hoch, und sie hätte Stefano am liebsten nochmals verletzt.

„Jetzt kennst du mich." Irene nahm wieder ihre Hand. Dies war der entscheidende Moment zwischen beiden Frauen. Von da an wollte Jenny mehr über Irene erfahren.

Jennys Erinnerungen hörten an dieser Stelle auf, und sie schaute auf die Käsewürfel. Sie wurden viel zu klein.

Jenny schob alles in eine Schüssel und machte sich an den Teig. Als sie zum zweiten Mal das Material in der Teigmaschine wälzte, summte ihr Handy, und sie las dort:

‚Ich vermisse dich', schrieb Irene.

Jedoch schien sie wieder etwas Abstand zu nehmen, weil Selbstjustiz einen Interessenskonflikt darstellte. Sie sprachen einige Male darüber, und Irene deckte Jenny, aber sie insistierte, sich von ihren privaten Aktivitäten fernzuhalten.

Jenny überlegte, was am Leopoldpark geschehen war. Sie erinnerte sich nur, dass sie mit Bogart wieder nach Hause kam. Sie musste ihn bandagiert haben. Das konnte sie sehen.

‚Warum hat sich der Mann vom Nordbad umgebracht?', fragte sich Jenny.

Im Gespräch mit Emilia Belvedere erklärte ihr diese, dass ein solcher Fall parallel geschah. Jenny berichtete, dass sie unmöglich dafür verantwortlich gemacht werden könne, weil sie zur Tatzeit den Perversen vom Leopoldpark traf. Sie war nach der Sitzung mit Doktor Belvedere am Tatort und wollte sehen, wie die Polizei vorankam. Jedoch waren dort zu ihrer Überraschung nur ein Reinigungswagen und einige weniger interessierte Polizisten.

‚Ich habe ihn nicht vom Balkon gestoßen', sagte sich Jenny.

Sie schaute sich auf der Straße bei der Wohnung des Pädophilen um. Er lag im Garten, etwas weit vom Balkon entfernt. Sie sah die Markierung am Boden.

‚Er ist tatsächlich gesprungen. Ich hätte nicht die Kraft, ihn so weit zu werfen', fasste Jenny in ihrer Logik zusammen.

Sie griff sich ihr Handy und schrieb eine SMS an Emilia Belvedere.

‚Keine Gedächtnislücke. Ich kann nicht hier gewesen sein. Bitte lass mich nicht hängen. Du bist die einzige Person, der ich anvertrauen kann, was mit mir los ist.'

Sie arbeitete weiter an ihren Gerichten. Fast alle halbe Stunde wechselten ihre Augen vom Teig zum Handy, bis eine Antwort kam.

‚Komm heute Abend wieder zu mir, meine Liebe.'

Realität

Eine Kindheit in Not dauert nur einige Monate, und sobald man auf zwei Füßen läuft und den ersten Sack Mehl trägt, ist diese Lebensphase vorbei.

Jenny wuchs in der Vorstellung auf, dass sie für ein sauberes Haus, für erstklassige Noten in der Schule und andere Pflichten verantwortlich war.

Sie führte alles aus, wie ihre Mutter ihr vorgetragen hatte. Jedoch wurde ihr Leben nicht zu dem, was ihr versprochen wurde.

Einen reichen Mann hatte ihre Mae-de-Santo [1] aus dem brasilianischen Candomblé vorhergesagt. Diesen hatte sie mit Stefano bekommen.

Sie würde glänzen und beliebt sein, wurde ihr ebenfalls vorausgesagt. Als Model stimmte dies auch. Sie war fast eine Ikone in der Branche.

Doch keine dieser Prophezeiungen beinhaltete, was sie gerne gewusst hätte. Nur eine Frage bestimmte ihr Leben:

‚Was ist die Realität?'

Die Liebestante

Trotz der guten Auswahl an Dekor empfand Gilligan das Zimmer von Dr. Belvedere als unangenehm kalt. Er fühlte sich immer noch schwach, aber durch seine

---

[1] Priesterin der afrobrasilianischen Religion

Vereinbarung mit Sönke, dass er zum Besprechungstermin erscheinen würde, entschloss er sich, seinen Part einzuhalten.

„Wie geht es dir heute?", leitete Dr. Belvedere das Gespräch ein.

„Ja, es geht", antwortete Gilligan einsilbig.

„Haben solche Sitzungen bisher geholfen? Erzählen Sie erst mal, wie es Ihnen geht, und was Sie von einer Therapie erwarten."

‚Professionell', urteilte Gilligan.

„Bisher haben solche Gespräche nicht viel geholfen. Ich bin todkrank." Er machte eine Pause und Dr. Belvedere schrieb fast geräuschlos auf ihrem Tablet.

„Das sind wir alle, oder? Keiner von uns wird ewig hier sein. Wie und woher wissen Sie das?" Sie schrieb weiter.

„Meine Leber ist am Ende." Er machte eine etwas zu lange Pause, und Dr. Belvedere entschloss sich, ihn zu motivieren.

„Alkohol?", suggerierte sie.

„Nee. Selbstmordversuch vor acht Jahren." Dies schockierte sie trotz ihrer Erfahrung, konnte Gilligan bemerken.

„Macht es dir etwas aus, darüber zu reden?"

Er schaute sich die ausgewählten Details des Wanddekors an und überlegte, wo die alle herstammten. Scheinbar war Doktor Belvedere auch eine Liebhaberin von Fernreisen. Die Attribute an der Wand zeigten afrikanische oder zumindest so aussehende

Objekte. Insbesondere fiel ihm eine Heilige mit einer Axt in der Hand auf.

„Jetzt nicht mehr. Ich weiß das erst seit einer Woche. Das Wissen hilft auch nicht." Gilligan war wie betäubt, und Emilia überlegte, ob dies an seiner kaputten Leber oder an den Medikamenten lag oder beidem.

„Wie sind deine Pläne?" Ihre Professionalität schockierte Gilligan, aber gleichzeitig öffnete sie seinen Verstand für eine neue Perspektive. Etwas an den Worten der Psychotherapeutin machte ihm Angst, aber im gleichen Augenblick erlöste es ihn von einer Bürde, die er nicht sehen konnte, jedoch sehr wohl spürte.

„Ich … Ich … Es ist Zeit, dies zu beenden." Tränen unterbrachen seine Rede, und Dr. Belvedere kam ihm nicht näher. Stattdessen schob sie mit ihren rundlichen Fingern eine Taschentuchbox zu ihm. Ihr Kostüm war eine Mischung aus Batik und Fernost. Eine undefinierbare Kombination aus Orangetönen. An sich gut anzusehen, aber auch befremdlich.

„Was willst du beenden? Nimm dir Zeit. Wir haben heute eine Doppelstunde." Sie prüfte ihre Uhr.

„Ich will meiner Verbitterung ein Ende setzen. Ein Ende meines Schweigens. Der Grund für den Selbstmordversuch", sagte er in kontrollierter Wut. Doch von Dr. Belvedere kam keine Reaktion. Sie notierte sich etwas auf ihrem Tablet.

„Gilligan. Wenn dir Zeit nicht unendlich zur Verfügung steht, nutze sie und unterstütze mich, dir zu helfen. Welches Schweigen willst du brechen? Falls es dir zu schwer fällt, mich dabei anzusehen und zu sprechen, dreh dich zur Wand." Dr. Belvederes Stimme war warm und einladend. Fast hätte Gilligan sie als erotisch bezeichnet, aber er hatte dafür kein Empfinden. Er drehte sich zum Fenster und betrachtete die Bäume auf der Straße.

„Ich werde meine Familie nochmals kontaktieren und ihnen unter die Nase halten, was der liebe Onkel damals tat. Ich wurde als Minderjähriger von ihm missbraucht, und meine Familie ist extrem traditionell und religiös. So konnte ich mich niemandem anvertrauen." Er machte eine Pause.

„Onkel? Wirklich Onkel?" Dr. Belvedere konnte auch Gilligans Orientierung nicht einordnen.

„Er war oder ist ein Priester und auch mein Onkel zweiten Grades. Eigentlich ein guter Freund meines Vaters. Da ich mit niemand sprechen konnte, vertraute ich die Situation meinem besten Freund an. Wir kennen uns seit Anfang unserer Pubertät." Weitere Tränen brachten seine Stimme zum Stottern.

„Freunde sind dafür da. Erzähl weiter. Was geschah mit dem Täter?", fragte die Doktorin.

„Irgendwann wurde dieser Onkel Sebastian, hieß er, versetzt. In Hamburg habe ich ihn nie wieder gesehen." Emilia schrieb genau diese Information auf.

„Wann denn?"

„Vor sechs Jahren."

„Welche Kirche in Hamburg?"

„Santa Cäcilie. Ich bin sicher, dass er irgendwann für seine Sünden büßen wird." Gilligan sprach jetzt lockerer und zeigte mehr Vertrauen.

„Was in seinem Leben geschieht oder geschah, wird dich nicht betreffen. Reden wir von dir", lenkte Dr. Belvedere ein.

„Meine Familie hat mir nicht geglaubt und sogar Vorwürfe gemacht, dass ich mir das alles ausgedacht und dazu Lügen über den Onkel erzählt hätte, nur um mich wichtig zu machen. Es war erniedrigend. Es war hoffnungslos." Gilligan machte eine Pause und drehte sich wieder zu Dr. Belvedere.

„Warum hast du deiner Familie den Vorfall gemeldet? Hattest du Unterstützung erhofft?"

„Ich habe das nicht meiner Familie erzählt. Sönke, mein bester Freund, konfrontierte meinen Onkel vor meiner Mutter mit dem Vorfall. Er war wütend und meinte es zwar gut, aber es lief verkehrt. Ich fühlte mich verraten und versuchte auszureißen. Vielleicht etwas Dramatik oder einfach Aussichtslosigkeit, ich kann es nicht mehr erklären, aber ich konnte meine Familie nicht mehr sehen, und meinen besten Freund hatte ich beinahe verloren", brach es aus Gilligan heraus.

„Aber er ist der Beamte, der dir geholfen hat, eine Sitzung hier zu bekommen, oder?" Emilia ahnte, dass etwas mehr an der Stelle zu erfahren wäre.

„Ja. Bevor ich das Haus meiner Eltern verließ, holte ich die Schlaftabletten meiner Mutter und bin ziellos mit dem Geld, was ich hatte, zum Bahnhof gefahren.

Ich saß einige Stunden auf einer Bank im Seitenbau. Ich weiß nicht genau, ob ich schlafen oder mich umbringen wollte. Ich denke, ich wollte schlafen und aus einem Albtraum aufwachen. Ich kaufte eine Flasche Schnaps. Heute rühre ich das nicht mehr an, aber damals war Schnaps billiger als die Zugfahrt, und ich mischte ihn mit Tabletten. Ich lag auf der Bank, als Sönke mich fand und einen Krankenwagen rief. Ich war sechs Tage weggetreten." Gilligan beruhigte sich und legte sich auf der Récamiere etwas bequemer hin. Den Vorfall auszusprechen, hatte ihm geholfen.

„Wie ging es weiter?"

„Ich habe von dem Ereignis eine kaputte Leber bekommen, und Sönke hat fast das Jahr in der Schule geschmissen. Als ich aufwachte, saß er neben mir, und unsere Freundschaft ist umso mehr meine Familie geworden."

„Hast du ihm erzählt, dass du dich für deine Tat geschämt hast?"

„Leider ja. Ich schrieb das in einem Abschiedsbrief. Im Lauf der Jahre sind wir wie Brüder geworden, und ich habe meiner Familie nie verziehen. Eventuell sollte ich dies jetzt tun. Solange noch Zeit dafür ist."

Doktor Belvedere las ihre Notizen durch und schaute sich den Gemütszustand von Gilligan an. Nach einer Pause bewegte sie sich in ihrem Sessel vor.

„Welche Gefühle hast du für Sönke?"

„Wir sind die besten Freunde. Wieso?"

„Vielleicht empfindest du mehr für ihn als nur Freundschaft. Wir sollten das vertiefen", schlug sie vor.

Die Wache

Irene fühlte sich aufgrund Sönkes ständiger Verdächtigungen und Theorien etwas unter Druck.

Sie las die E-Mail, die sie unterwegs zum Büro bekam, auf dem kleinen Monitor ihres Tablets.

‚50-jähriger Mann sprang am Nordbad nackt vom Balkon.

Lebensgefährlich verletzt.

Scheinbar ein Kinderschänder.

Er wurde eventuell zuvor verprügelt.

Wir brauchen dich dringend im Büro.'

Irene las die Meldung mehrmals, und ihr war ohne Bestätigung klar, dass Jenny verdächtigt wurde.

‚Ich hoffe nur, dass sie nichts damit zu tun hat.'

Jenny weiter zu decken, schien ihr immer mehr zur unüberwindbaren Hürde zu werden. Sie meldete sich verspätet mit einer SMS auf der Dienststelle, weil der neue Fall von ihrem Kollegen aufgenommen wurde.

„Verdammtes Weib", schrie Irene überrascht im Auto und parkte im Parkhaus in der Innenstadt. Sie war sauer, holte ihr Handy und versuchte erneut, Jenny zu erreichen.

‚Kein Funk. Mist.'

Als Irene auf der Herzog-Wilhelm-Straße ankam, widerten sie die Gerüche von Motoröl und Schmutz von Restaurant und Tankstelle, die nebeneinander liegen, an. Alle anderen Parkplätze waren belegt, und sie war wieder verspätet.

Sie wählte die Nummer von Doktor Belvedere. Kaum eine halbe Sekunde nach dem ersten Ton antwortete sie auf der anderen Seite der Leitung.

„Emilia? Hier ist Irene." Sie schnappte parallel zum Gespräch nach Luft.

„Hallo, Schatz. Danke, dass du anrufst. Wir müssen uns über Peter Moers unterhalten. Ich glau ..." fing sie zu erzählen an.

„Halt, Emilia. Wir haben ein anderes Problem. Ich wollte heute wieder bei Jenny übernachten, aber ein neuer Fall wurde gemeldet, der mir Kopfzerbrechen bereitet. Ein weiterer Mann wurde gestern scheinbar verprügelt, und es kam zu einem Todesfall. Ich habe nur den Titel des Berichts gelesen, aber es ist alles, was wir kennen, dabei. Ich renne zum Büro. Ich hoffe, dass Jenny nicht in den Vorfall involviert ist. Ich weiß nicht, wie ich ihr begegnen soll, wenn das wieder einer ihrer Ausraster ist."

Irenes Stimme war zu schnell und aufgeregt, als dass man sie entsprechend verstehen konnte. Emilia benötigte etwas Zeit, um den Satz mit Kommata und Punkten zu versehen und so das Gesagte zu entziffern.

„Ich sprach mit ihr über einige Vorkommnisse und diesen Fall auch. Sie versicherte mir, dass sie damit nichts zu tun habe. Ich glaube ihr."

„Wieso hast du mit ihr bereits darüber gesprochen? Weißt du mehr als ich?"

„Ich habe im Internet darüber gelesen. Es wundert mich, dass du das nicht bereits gestern mitbekommen hast. Momentan verbreitet sich alles viel zu schnell über Social Media. Jedoch in der Gegend, wo das gemeldet wurde, kenne ich keinen Mann, der mit unseren Patienten irgendwie verwickelt ist. Bei Peter Moers bin ich mir sicher, dass Jennys Heldenwahn wieder zugeschlagen hat. Trotz Therapie kann ich solche Ausbrüche nicht kontrollieren. Ich wollte Jenny nicht weiter betreuen, aber sie hat wieder irgendeine Schwierigkeit, und ich brachte nicht übers Herz, ihr abzusagen. Sie kommt heute Nachmittag zu mir. Ich werde sie nochmals fragen, ob sie etwas damit zu tun hat. Sie versicherte mir am Telefon, dass dies nicht der Fall sei, aber ich will sicher sein. Wir müssen überlegen, wie wir damit verfahren wollen ... oder müssen. Ich will keine zweite Rächerin in meiner Klientenkartei behandeln müssen."

Irene wühlte in ihrer Handtasche. Emilia konnte hören, wie sie sich bemühte, ihr Büro schneller zu erreichen.

„Wollen wir nicht später telefonieren?", schlug sie vor.

„Nein. Warte." Emilia nahm an, dass Irene sich irgendwo hinsetzen musste.

„Ich bin fertig. Wenn du nicht glaubst, dass Jenny in diesen Fall involviert ist, bin ich beruhigt", kam aus Irene, die sich hörbar irgendwo hinsetzte.

„Das habe ich nicht gesagt. Sie zeigt Reue, und daher weiß ich, dass sie keine Psychopathin ist. Ich glaube lediglich nicht, dass sie je soweit kommen würde. Sie ist zwar manisch und kann zu solchen Übertreibungen kommen, aber sie würde niemanden

… töten … Hoffe ich. Ich komme näher an die Wurzel ihrer Veränderung. Wir machen eine regressive Therapie." Der Abschluss des Satzes kam etwas verzögert und weckte ungute Gefühle bei Irene.

„Ich habe ihren Hund kennengelernt. Bogart. Wirklich süß. Was hat es mit ihm auf sich? Hast du ihr einen Therapiehund oder sowas gegeben? Sie wollte mir keine Details nennen. Sie wich ständig aus, woher sie den Hund hat."

„Sie hat den Hund seit zehn Monaten. Bitte, überbewerte die Situation nicht. Sie hatte eine Begegnung mit einem, wie sie sagte, Nachbarn, der sie anzeigen wollte. Angeblich hat er den Hund misshandelt, und sie hat sich auf der Straße auf ihn gestürzt und irgendwie, der Mann gab ihr den Hund. Ich sprach mit ihm. Zumindest in dem Fall hatte sich Jenny an die Vereinbarungen gehalten, und bei Schwierigkeiten gab sie meine Nummer weiter. Aber das kann irgendwann unkontrollierbar werden, muss ich zugeben. Ich bin nur eine Therapeutin und keine Anwältin." Emilia sah in ihren Notizen den Betrag, den sie dem Mann für den Hund geben wollte.

„Hat sie den früheren Besitzer verprügelt?", fragte Irene.

„Fast. Passanten haben ebenfalls versucht, dem Hund zu helfen. Der Mann akzeptierte, ihn gegen Bezahlung abzugeben. Aber wie ich sie einschätze, hatte der Mann nur Glück."

„Jenny hat mir erzählt, dass Sönkes Freund auch bei dir in Therapie ist."

„Der kommt von deinem Kollegen, der Neue. Ich darf über die Beratung nicht mit dir reden." Irene war etwas mulmig, die psychologische Beraterin der Abteilung mit Sönke teilen zu müssen. Das wäre zu viel Nähe zwischen Jenny und ihrem Kollegen.

„Kennst du den Namen des Klienten?"

„Gilligan. Das muss ein Pseudonym sein."

„Nein, ist es nicht. Bitte achte darauf, dass Jenny und Gilligan nicht gleichzeitig im Wartezimmer sind. Ich bin kein Freund davon, Privates und Berufliches zu vermischen. Er hat uns zum Abendessen eingeladen, und das kann Komplikationen hervorrufen."

„Das kann nicht passieren. Ich werde trotzdem darauf achten."

„Wenn ich mehr über den Toten erfahre, rufe ich dich an. Wir müssen ausschließen, dass Jenny damit zu tun hat."

„Jenny ist immer noch ein guter Mensch. Sie ist nur jähzornig und etwas ungewöhnlich, aber mit ihrer Vergangenheit ist das auch kein Wunder. Mach dir keine Sorgen. Ich spreche mit ihr heute in der Sitzung. Du kannst auch abends mehr mit ihr sprechen. Das wäre für dich auch nicht schlecht. Wenn du mir die Bemerkung erlaubst. Jenny scheint den Grund ihrer Probleme mit ihrer Mutter wiederzuentdecken und auszuarbeiten. Mit Jenny bist du weniger schnippisch."

„Danke, Emilia. Schick mir bitte die Adresse von Bogarts früherem Besitzer. Ich will sicher sein, dass ich ihren Zustand auch begreife." Sie legte auf und rieb sich die Finger.

Der Gedanke, dass Jenny außer Kontrolle geraten könnte, war ihr nicht fremd. Jedoch jemanden zu Tode zu prügeln, schien nicht zu ihrem Muster zu passen, aber Unfälle können passieren.

'Wenn sie ausrastet?'

Irene ging ins Bürogebäude, und ein Gedanke folgte ihr wie ein Schatten.

‚Es ist nur ein Hund.'

Die Therapeutin

Emilia hatte bereits zu viel Aufregung für einen Tag. Das Telefonat mit Irene verlängerte den Arbeitstag bis zum Tagesende. Ihre Füße schmerzten unter dem Übergewicht, das sie seit einigen Jahren angesammelt hatte, und sie befürchtete, dass sie bald weitere Schwierigkeiten bekommen würde. Die Fersen waren trocken und schmerzten. Ihr Körper verlangte nach einer Diät.

Sie las Ihre E-Mails durch. Unerwartet wurde ein Klientenantrag angekündigt.

„Oh bitte nicht noch einer", schrie sie in den leeren Raum. Die weißen Wände waren nicht nur mit einem Zertifikat dekoriert. Jedes Diplom war penibel eingerahmt. Alle auf die gleiche Rahmengröße angepasst. Nur in der Größe der Passepartouts unterschieden sie sich voneinander. Sie schaute sich alle kurz an und wiederholte einen Gedanken, der sich fast wie ein Gebet in ihr Gedächtnis eingeprägt hatte.

‚Danke, Mama.' Anschließend berührte sie das Bild ihrer verstorbenen Mutter, das auf der Kommode lag.

„Noch ein Patient. Wo soll ich den unterbringen?", fragte sie sich laut. Die Tür der Praxis ging auf.

„Dein Schreien hört man von draußen. Ich dachte, du vergnügst dich mit dem Hausmeister, und ich könnte beide erwischen", sagte Clara fröhlich.

„Halt die Klappe, Schlampe. Man will, dass ich noch mehr Klienten aufnehme. Wo soll ich die denn hintun? Ich bin müde von der vielen Arbeit."

Emilia trug ein gelbes Kleid, das ihre Figur ungünstig betonte, und sie musste ständig den Stoff mit den Händen glätten.

„Der neue Kollege von Irene hat mir einen neuen Kunden überwiesen. Aber der Staat zahlt mich so mies. Ich hätte lieber mehr Freizeit", meckerte Emilia.

„Sei froh, dass du Arbeit hast. Meine Stunden sind auch überfällig. Beim Bezahlen wirst du für den neuen Auftrag dankbar sein." Clara hängte ihren Mantel auf. Sie trug immer eine Schwesternuniform, obwohl sie sich bewusst war, dass sie keine Krankenschwester war.

„Kathrina geht es nicht gut. Ich musste ihre Medikamente erhöhen. Ich hoffe, die Psychiaterin macht mit. Es könnte auch sein, dass sie die Medikamente ins Klo spült, anstatt sie zu nehmen. Sie hat jetzt eine sehr starke Dosis. Sie musste ruhiger werden." Clara setzte sich Emilia gegenüber, die mit ihrem Kalender rang.

„Sie müsste aber langsam von ihrem Zustand herunterkommen. Das Trauma scheint bei ihr ein Eigenleben zu entwickeln. Ich habe bisher keine Klientin, die so viel Widerstand gegen die Therapie entwickelte. Sie scheint nicht heilen zu wollen. Ihr einziger Gedanke ist Hass. Dieser Hass kann sie irgendwann selbst zerfressen." Emilia suchte am Computer nach Kathrinas Mappe.

„Hier sind die neuen Laborwerte, die per Post gekommen sind. Eigentlich die Werte, die du mir gegeben hast. Sie haben sich nicht verändert. Was ist mit Jenny? Soll ich sie weiterhin beobachten?" Clara holte ihr Tablet und machte sich Notizen.

„Ich hatte sie gebeten, nicht wiederzukommen, aber wegen Irene möchte ich Jenny weiterbetreuen. Ich habe nur Angst, dass mich irgendwann die Polizei nach Jennys Aktivitäten befragt. Was sie tut, ist nicht in Ordnung. Sie hat wieder einen verprügelt." Emilia sprach, aber ihr Gesicht schien andere Gefühle zu verraten.

„Trotzdem Liebes, jede von uns hätte gern den Mut von Jenny gehabt. Diese Frau ist für die meisten von uns eine Heldin. Sie hat nie jemanden getötet. Wie Kathrina sich wünscht. Das wäre für mich eine Grenze, der ich nicht zustimmen würde, aber Peter Moers war hier mehrfach bekannt, und die Polizei ließ ihn zweimal laufen. Wenn du meinst, dem Dicken vom Leopoldpark hat sie gut die Grenzen gezeigt." Clara machte eine Pause. „Jetzt kann er für einige Monate nicht mehr stehend pinkeln. Sie brach ihm beide Knöchel", beendete Clara mit morbidem Humor ihren Satz.

„Ich stimme dir zu, aber sage das bitte nicht Jenny. Ihr Heldenwahn kann irgendwann zu großen Depressionen führen. Sie hat auch nach dem Vorfall eine Stimmungsepisode gehabt. Wir sollten uns dies vor Augen halten. Solange sie manisch ist, können wir sie kontrollieren. Jedoch sind Depressionen schwerer zu überwachen. Wieso weißt du bereits über den Leopoldpark-Mann?" Emilia tippte die neuen Werte in Kathrina Mirovas Mappe.

„Jenny hat mir etwas gesagt, und als ich davon hörte, war mir klar, dass sie darin verwickelt war. Wir hätten vorsichtiger mit dem Wartezimmer und in der Gruppensitzung sein sollen. Ich kam nie auf die Idee, dass Jenny und Kathrina sich über Peter Moers unterhalten würden", kam von Clara fast als Entschuldigung.

„Clara, bitte. Unterhalten wir uns nicht darüber. Ich habe immer noch den Eindruck, dass du dahintersteckst. Du redest zu viel. Jedoch will ich diesmal ein Auge zudrücken. Mach das bitte nicht wieder." Emilia massierte ihre schmerzenden Knöchel.

„Ok. Ich sehe, deine Diät macht dich wieder zickig. Es kann sein, dass ich etwas nebenbei kommentiert habe. Aber du überbewertest, dass Jenny so viel verstehen könnte." Clara wollte aufstehen.

„Sitzenbleiben", protestierte Emilia. „Ich weiß, dass du Jenny angestiftet hast. Die paar Male, dass beide sich im Wartezimmer getroffen hatten, hast du arrangiert. Ich beobachte dich. Lass das. Ich will nicht diskutieren, aber verkauf mich nicht für blöd. Trotzdem gebe ich zu, mit diesem Arschloch hinter

Gittern lebe auch ich besser." Der letzte Satz klang nach einem Friedensangebot.

„Aber Jenny hat selbst ermittelt, dass der Leopoldpark-Täter weit harmloser ist, als Frau Scholz in der Gruppentherapie meinte, das war nicht vorauszusehen." Clara suchte nach einem passenden Unschuldsbeweis.

„Ich bin da unschuldig. Ich komme nicht in die Gruppensitzungen, und was Jenny denkt, weiß nur sie selbst." Clara war sich bewusst, dass Doktor Belvedere ihr nicht glaubte.

„Es war zu gefährlich, auch für Jenny."

„Ich dachte nicht, dass Jenny wieder ein solches Risiko eingehen würde. Der Mann benutzt K.-o.-Tropfen. Das war vielleicht etwas leichtsinnig." Clara glaubte selbst nicht an ihre Aussage.

„Wer hat dir das erzählt?"

Clara fühlte sich ertappt.

„Es war bestimmt irgendein Kommentar im Warteraum. Du weißt, wie die Leute tratschen." Clara versuchte, vom Thema abzulenken.

Doktor Belvedere hob als Zeichen der Ablehnung ihre Augenbrauen.

„Achte darauf, dass nicht zu viele Termine kollidieren. Ich bin sowieso allein hier, und wenn ich dich beim Tratschen und Anstiften erwische, werde ich dich persönlich mit Fußtritten hinausbefördern."

„Mache ich." Clara gab auf. Sie blickte unterwürfig nach unten und versuchte, verletzlich zu wirken.

„Wie dem auch sei. Gilligan muss auch Medikamente nehmen, weigert sich aber. Scheinbar ist er sehr krank. Gilligan lebt in einer Wohngemeinschaft mit einem Arbeitskollegen von Irene." Während Emilia sprach, notierte Clara schweigend die Daten auf ihrem Tablet.

„Schwule?"

„Habe ich eine Kristallkugel hier? Woher soll ich das wissen? Tratschweib", sagte Emilia etwas genervt.

„Schnippisch. Wirklich schnippisch." Clara hob ihre Augenbrauen.

„Ich werde das bestimmt nach der nächsten Sitzung erfahren. Jetzt mach dich fertig. Wir feiern heute einen Mädelsabend. Ich brauche eine Pause bis Montag", lud Emilia ein.

„Tolle Idee. Unterwegs erzähle ich dir über einige meiner Ideen", sagte Clara beim Aufstehen.

„Ich scheiße auf deine Ideen. Ich will heute Abend einen Kerl." Emilia holte entschlossen ihre Tasche.

Der Arzt

Auf dem Küchentisch lagen drei Stapel Papiere. Der erste mit Rechnungen nach Datum geordnet und eine Abrechnung mit der für die Buchhaltung hervorgehobenen Summe. Auf dem zweiten Haufen waren die Beipackzettel der verschiedenen Medikamente, und der letzte Stapel bestand aus zwei Mappen von der Polizei und einer mit seinem Krankenbericht.

,Ich werde zwanghaft. Ich muss damit aufhören, bevor ich anfange, Kartoffeln vor dem Essen nach Größe anzuordnen.'

In solch einsamen Momenten war es unvermeidlich, sich mit Gedanken über sein Leben zu plagen.

Jenny erweckte in Gilligan den Wunsch, sich wieder für etwas einzusetzen, anstatt in Selbstmitleid zu ersticken. Sie war originell, inspirierend und kein Angsthase wie er. Sie kämpfte für ihre Liebe, sie akzeptierte nicht, von anderen unterdrückt zu werden und vor allem: Sie war kein Opfer. Das hatte sie ihm gezeigt, und diesen Mut suchte Gilligan ebenfalls.

Er öffnete die erste Mappe und las die Anweisungen für neue Mitarbeiter im Home-Office, um sich virtuell im Archiv der Polizei anzumelden. Sönke war sehr unordentlich und las nie ein Papier.

,Auch etwas, was ich von Jenny lernen sollte. Was will ich mit Sönke?'

Er kannte seinen Freund bestens und bereitete die Information so vor, dass er ihm diese abends erklären konnte.

Ohne Zeit zu verlieren, öffnete er seinen Laptop und schaltete diesen ein. Als das System hochgefahren war, loggte er sich ein. In der Eingabemaske waren Sönkes User-ID und das erste Passwort hinterlegt, und in der Handschrift seines Freunds war das neue Passwort leichtsinnig dokumentiert. Gilligan versuchte, dies mit einem Radierer zu entfernen, aber leider erfolglos.

Geschickt presste er die Fernbedienung und Carla Andrews, eine unbekannte Berlinerin trällerte vom Internet-Radio. Er suchte nach der Akte der Rächerin, die Sönke sich im System privat angelegt hatte. Diese war ebenfalls ohne Sicherheitsvorkehrungen in Großbuchstaben in der Eingabemaske hinterlegt. Er schüttelte seinen Kopf.

‚Wie naiv.'

Gilligan las die Gedankenansätze und gab sie in eine Tabelle ein. Alle Wiederholungen von Merkmalen, Täterprofil oder Opfer wurden akribisch markiert.

„Wer bist du?", fragte er laut.

Er sandte die Daten zum Drucker und öffnete seine Krankenakte. Dort suchte er nach einer Telefonnummer und wählte diese mit einer Hand auf seinem Handy.

„Praxis Doktor Andersen", klang es wie aus einem Anrufbeantworter.

„Gilligan Kapp. Kann ich mit dem Doktor sprechen?", sagte er mit einer gewissen Autorität.

„Wir sollten einen Ter…", versuchte die Sprechstundenhilfe vorzuschlagen, aber er fiel ihr ins Wort.

„Stopp! Ich habe nur aus Höflichkeit gefragt, wenn ich einen Termin haben möchte, sage ich das. Sofort den Doktor, wenn ich bitten darf", kam barsch und unverhältnismäßig.

‚Pfeife.'

Es dauerte einige Minuten, während Carla aus Berlin ihre letzten Noten röchelte. Der Moderator gab mit erhobener Stimme bekannt, dass ein weiterer Unbekannter aus der Berliner Szene die Zuhörer bezaubern würde.

‚Oh Gott! Der Ansager irrt sich!', monierte er genervt.

„Herr Kapp", meldete sich der Doktor.

„Ich habe den Bericht gelesen. Sieht nicht gut aus, oder?" Gilligan klang etwas besorgt.

Das Ende mit dem Tod begleitet uns jeden Tag, und im Lauf des Lebens gewöhnen wir uns an seine Präsenz. Die Angst verschwindet aus dem Alltag, aber sie erreicht uns wieder, wenn wir wissen, dass der gemeinsame Weg mit denen, die wir lieben, abgeschlossen wird.

„Sie haben immerhin Ihren Selbstmord überlebt, und es sind bereits Jahre vergangen. Ihr Zustand hat sich stabilisiert, aber die Schäden sind irreparabel. Wir müssen positiv denken, und Sie sollten weiter Ihre Medikamente nehmen. Gehen Sie zu einem Münchener Arzt, die können Sie vor Ort betreuen, und ich gehe auch bald in Rente." Doktor Andersen suchte nach Worten, wie in einer solchen Situation zu erwarten war. Sein Arzt betreute ihn, seit er in der Pubertät kam, und er vertraute sonst keinem. Jedoch verstand er ebenfalls, dass auch dieses Bindeglied brechen musste.

‚Die Zukunft ist unaufhaltbar.'

„Ich gehe hier zu einer Psychotherapeutin. Mein Mitbewohner hat das arrangiert. Ich bin sicher, dass ich mit den Umständen klarkomme." Gilligan, leer und beklommen, versuchte, mit Fassung die Folgen seiner eigenen Jugenddummheit zu ertragen.

„Kann ich etwas für Sie tun?", forschte der Doktor, um dem Gespräch ein Ende zu setzen.

„Wie schätzen Sie meine Lebenserwartung ein?", fragte Gilligan den Tränen nahe.

„Herr Kapp, vor acht Jahren dachte ich, dass Sie nur drei Jahre leben würden. Ich kann Ihnen weder eine Prognose geben, noch wissen wir, ob irgendwann ein besseres Medikament erfunden wird. Leben Sie einfach den Moment, und konzentrieren Sie sich auf positive Gedanken. Soll ich Ihre Therapeutin kontaktieren?" In der Stimme des Doktors war ein gewisser Stress zu hören.

„Ja. Ich sende Ihrer Sprechstunde die Daten. Vielen Dank." Gilligan legte abrupt auf.

Er schloss den Krankenbericht und widmete sich wieder dem Ferndialog mit Sönkes Polizeiakte über die Rächerin.

„Besser so", sagte Gilligan laut.

Die Helferin

Für Essen und Trinken blieb keine Zeit, obwohl das Wiedersehen nicht so lange her war. Jenny hungerte nach den Umarmungen ihrer Geliebten. Irene selbst erlebte eine Mischung aus Sehnsucht und Angst. Eine Beziehung zwischen einer Gesetzeshüterin und einer Frau der Selbstjustiz war gefährlich für beide. Das hätte sie lieber ablehnen sollen. Doch diese Gedanken verflogen komplett, jedes Mal, wenn sie sich näherten. Für eine Weile verloren sie sich ineinander. Als das Aufflammen sich beruhigte, lagen sie beide für einige Minuten aneinander und genossen die Anwesenheit der anderen.

„Warum bliebst du so lange weg von mir?", fragte Jenny und schob dabei ihren Kopf an die nackte Brust der Frau ihrer Träume.

Irenes Gedanken kreisten zwischen ihrer Karriere und der Wahrheit, dass sie Angst vor den Folgen der Verwicklungen von Jennys Selbstjustizaktionen hatte.

„Es ist jedes Mal das Gleiche. Ich kann dir nicht widerstehen. Aber ich habe eine Karriere, die für mich auch wichtig ist. Egal. Ich wollte mit dir über etwas anderes reden." Irene zögerte weiterhin zwischen ihrer Verantwortung und ihrer übergroßen Liebe für diese Frau.

„Wenn es um Peter Moers geht, er hat es verdient. Ich habe nur einer Freundin geholfen." Eine Pause folgte, und Jenny hoffte auf Zustimmung, aber Irene schwieg.

„Wer weiß, was dieser Mann noch getan hätte. Kathrina tat mir leid", wollte Jenny sich entschuldigen, aber Irene versuchte, hart zu bleiben.

„Du hättest mich um Hilfe bitten sollen", wandte Irene ein.

„Wie sollte das gehen? Ich rufe dich an und sage, ‚Hey, ich habe den Täter überführt, und du kannst ihn abholen…' Das ginge nicht. Ich brauchte die Beweise und sein Geständnis. Er hat so eine scheiß Angst bekommen, dass er bis zum Lebensende geheilt ist." Jennys Selbstbewusstsein war überzeugend, aber weiterhin illegal, das war Irene klar.

„Er hat Bogart getreten. Du kennst ihn nicht. Warte. Booogart."

„Versuch nicht, mich abzulenken." Irene richtete sich auf dem Sofa auf und zog Jenny an sich. „Du wirst dich irgendwann ernsthaft verletzen. Dieser Mann hat andere Frauen so misshandelt, dass eine bis heute den Kiefer nicht mehr gescheit bewegen kann. Du bist nicht unbesiegbar, und deine Pilze können auch mal fehlschlagen." Irene zog Jenny sanft zu sich.

Bogart kam lächelnd und hinkte kurz.

„Woher weißt du von meinen Pflanzen?", wollte Jenny wissen.

„In einem der letzten drei Berichte wurde dies wieder dokumentiert. Ich habe deine Akte gelöscht, aber wie oft werde ich das noch tun können? Sönke ist jung, und scheinbar hat er zu viel freie Zeit." Irenes Besorgnis war echt, und Jenny genoss es.

„Ich konnte nicht widerstehen. Es war mir eine Ehre, ihn aus dem Weg zu räumen." Jenny blieb wie sonst stur.

„Bogart ist so süß. Hat Peter ihn getreten?"

„Ja. Das brachte mich zum Ausrasten und eventuell bin ich deswegen forscher gewesen, aber ich habe die Arbeit gemacht, die deine Truppe nicht leistet." Während Jenny Bogart vom Boden hochhievte, sah Irene die blauen Flecken unter Jennys Haut.

„Ich habe mit dem früheren Besitzer von Bogart gesprochen", sagte Irene direkt und ohne Floskeln.

Jenny fühlte sich ertappt und suchte nach einer passenden Antwort.

„Bogart ist auch ein Opfer von Misshandlungen", brachte Jenny zwischen einigen Hundeküssen hervor.

„Bogarts vorheriger Besitzer hat Angst vor dir. Er hat keine Anzeige erstattet, weil er bereits von anderen Nachbarn angezeigt wurde. Lass das, Jenny. Irgendwann werde ich dir nicht mehr helfen können, und du wirst dich verantworten müssen." Irene beabsichtigte, dies als Ultimatum klingen zu lassen, aber es misslang ihr.

„Er hat Geld für Bogart bekommen. Viel Geld." Jenny versuchte, unschuldig zu wirken.

„Ja. Ich habe von Emilia davon gehört. Lass das, Schatz. Wir müssen noch über diesen Mann vom Nordbad reden."

„Welchen Mann?", fragte Jenny überrascht.

„Den Toten. Er hat sich umgebracht und lag nackt auf dem Anlagegarten, wo er wohnte. Das hat alles Merkmale der anderen Personen, denen du ... geholfen hast." Irene konnte ein leichtes Lächeln kaum unterdrücken.

„Ich weiß nicht, von wem du redest." Jenny schien kurz zu zittern. Sie ahnte eine Beschuldigung.

„Hast du irgendwen nach Peter ... du weißt schon... Ich sehe, dass du eine Menge Schürfungen und blaue Flecken hast."

Jenny stand auf, ging zum Fenster und inspizierte die Straße. Ein leichtes Misstrauen ließ sich in ihren Augen erkennen.

„Jenny, bitte. Hast du den Mann vom Nordbad verprügelt?", fragte Irene mit Nachdruck.

„Ist das ein Dicker mit einem Tattoo über einer Narbe am Hals?" Etwas an Jennys Stimme verriet, dass sie verunsichert war.

„Warte. Nee. Glaube ich nicht." Irene stand auf und holte aus ihrer Tasche ein Tablet. Sie schaltete dieses ein, und Jenny warf sich noch nackt auf den gegenüberliegenden Sessel und rollte sich in eine Sofadecke ein.

„Mir wird langsam kalt", monierte Jenny.

„Schau hier. Ich habe nichts über ein Tattoo gelesen. Aber in der elektronischen Mappe sind Fotos von ihm." Irene übergab Jenny das Tablet.

„Nein. Diesen habe ich nicht getroffen. Was hat er verbrochen?" Sie gab das Gerät wieder zurück.

„Mein Kollege fand Fotos von Jugendlichen in seiner Wohnung. Eventuell ein Pädophiler", las Irene vom Bericht ab.

„Bombig. Das ist nicht mein Gebiet."

„Erzähl mir über den Mann im Leopoldpark", bat Irene.

Betfrauen

Jenny trug einen dicken Mantel, der für den April ungeeignet war, aber sie fror bei allen Temperaturen unter zwanzig Grad.

„Häng deinen Mantel auf, Schatz. Hier ist warm. Oder bist du erkältet? Wenn ja, wir sehen uns in zehn Tagen." Doktor Belvedere versuchte es mit Humor.

„In dieser Regressionstherapie sollen wir alle unerledigten Angelegenheiten aus der Vergangenheit abarbeiten, oder?"

Emilia überlegte, wohin die Frage führen sollte.

„Grundsätzlich ja, aber auch darum zu erinnern, welches Ereignis das Leben oder Verhalten entscheidend verändert hat. Du behauptest, dass du immer fröhlich und freundlich warst. Das bist du nicht mehr ..." Emilia suchte nach passenden Worten.

„Ich verstehe, was du sagen willst. Ich habe einen Brief von Dona Francisca aus meiner Heimat erst vor zwei Tagen aufgemacht. Es war ein Schreiben, das sie mir sendete, kurz bevor sie starb. Sie war bereits sehr alt, und am Äquator lebt man nicht so lange. Dort erzählte sie, dass sie betete, dass ich meiner Mutter verzeihe. Es war interessant, das von ihr zu lesen, weil wir nie darüber gesprochen haben, aber es ist wahr, ich habe meine Mutter für meine Heirat mit Stefano immer gehasst."

„Warum hast du den Brief nicht früher aufgemacht?"

„Vielleicht weil ich den Inhalt erahnte."

„Erzähl mir davon."

„Sie erklärte auf brasilianische Art, dass meine Mutter mich allein erziehen musste. Wenn Männer in Minas ‚schwanger' hören, verschwinden sie nach Sao Paulo oder sonst wo. Die meisten können das Wort auch nur hören, weil sie nichts in der Schule gelernt haben. So hat mein Vater sich davon gemacht, noch bevor ich zur Welt kam.

Sie versuchte zu arbeiten, aber es gibt nicht viele Abeitsstellen in der Umgebung. Bis auf einige Plantagen oder Hausarbeiten konnte meine Mutter auch nichts tun. Ich glaube, Dona Francisca und sie waren mal gut befreundet, aber ich hielt mich immer allein und fern von allen."

„Das kann ich nachvollziehen. In Deutschland mag es etwas besser sein, aber häufig sind Frauen mit den Kindern allein, und ich kann mir nicht vorstellen, wie es für eine Frau in Minas ist, aber einfach scheint es nicht zu sein."

Jenny suchte eine bequemere Position.

„Nee. Es ist nicht einfach. Aber es war für mich auch nicht einfach, von Stefano alle zwei Tage verprügelt zu werden."

„Das konnte deine Mutter nicht voraussehen. Wenn ja, hätte sie eventuell anders gehandelt."

„Ich würde gerne deine Zuversicht teilen. Dona Francisca erklärte weiter, dass viele Mädchen in Minas dasselbe Schicksal erwarte wie ihre Mütter. Du würdest es kaum glauben, aber für die anderen

Mädchen, laut Dona Francisca, bin ich eine Heldin. Ich habe es geschafft, nach Europa zu ziehen."

Doktor Belvedere hörte ungläubig diese Perspektive und überlegte, wie oft sie sich über Kleinigkeiten aufregte und die Stellung, die sie genoss. Frauen wie Jenny lebten in einem Lottosystem, wo die Wahl ist, ausgesucht zu werden oder ziellos durchs Leben zu wandern.

„Hat das für dich etwas bedeutet?"

„Keine Ahnung. Ich glaube leider nein. Ich hatte sie ganz abgeschrieben, nach dem zweiten Mal, dass ich von Stefano verprügelt wurde. Ich habe den guten Willen von Dona Francisca verstanden. Aber nur die Umstände im Land als Entschuldigung anzuführen, ist für mich dummes Zeug."

„Aber Jenny, das ist nicht nur in Brasilien so. Denkst du, dass die Beziehung zu deiner Mutter dich gewalttätig gemacht hat? Vielleicht die Wut auf deine Mutter?"

Der Vorschlag klang nicht falsch, aber Jenny wusste, dass ihre Veränderung später stattfand.

„Ich kam als friedlicher Mensch nach Köln. In der Hinsicht habe ich sehr viel reflektiert, und ich glaube nicht, dass meine Mutter zu meiner Veränderung beigetragen hat."

„Wie war das Leben mit Stefano danach?"

„Es war akzeptabel. Ich fand ihn sexuell nicht attraktiv. Ich habe mir nie etwas aus Männern gemacht, aber er war lustig und sich dessen bewusst.

Darum ließ er mich auch teilweise allein. Aber im Lauf der Jahre ist er brutaler geworden."

„Bist du auch brutaler geworden?"

„Nein. Ich dachte lange darüber nach. Sogar vor dem letzten Mal, dass er mich verprügelte, war ich friedlich."

Jenny stoppte für einige Momente und schien tief in sich zu blicken. Eine leichte Verwunderung in ihrer Miene verriet, dass sie etwas erkannte.

„Was hast du dann gelernt?"

„Meine Veränderung kam mit dem Tod von Stefano."

Schreiber

Ein Uhr zwanzig leuchtete auf der Zeitanzeige. Gilligan stand auf und bewegte sich zum Wohnzimmer. Ein Nebeneffekt seiner Medikamente war die Schlaflosigkeit.

Das Gespräch mit Dr. Belvedere hatte ihn zu seiner Überraschung so aufgewühlt, dass er kaum zur Ruhe kam. Aber insbesondere war er beunruhigt über den Gedanken, dass er für Sönke mehr als Freundschaft empfinden könnte.

‚Was diese Frauen alles denken.'

Es herrschte absolute Vertrautheit zwischen beiden Männern, und nicht selten war Gilligan in Sönkes Armen. Entweder wegen eines Schwächeanfalls oder einer Ohnmacht.

‚Erotisch ist er nicht', überlegte er.

Sönkes Manieren waren auch nicht besonders feingeschliffen, und er besaß kaum etwas Betörendes an sich.

‚Seine Angst vor Keimen. Oh nein', dachte er mit einer Spur von Humor.

An Sex hatte er in seinem Leben sehr wenig gedacht und wenn doch, war er grundsätzlich allein. Mit Frauen hatte er nur zweimal Kontakt, katastrophale Momente, die fast so erschreckend waren wie seine Vergewaltigung.

‚Onkel Sebastian?'

Er schaltete seinen Computer ein und ging entschlossen an das Schreibprogramm. Er wollte einen Brief an seine Mutter und seinen Vater schreiben.

‚Egal wie sie das aufnehmen, ich will es niederschreiben.'

Unter dem schweren Dunkel der Nacht machte sich sein Computer die Mühe aufzuwachen. Es schien für das alte Modell schwieriger als sonst hochzufahren. Das Ritual von Prozessen, Dialogen und Diensten kam zum Ende, und ein weißes Fenster stand vor seinen Augen.

Der Brief war schlicht. Er bedankte sich für das Geld, was seine Mutter stets sendete, und erklärte nochmals, wie der Missbrauch seines Onkels ihm zusetzte. Der Brief umfasste fast eine ganze Seite, was ihm zu lang vorkam. Er kürzte den Text und druckte ihn aus.

‚Ob ich Sönke dies zuvor zeigen sollte?'

Er ignorierte diesen Hinweis seiner Gedanken. Die Dunkelheit draußen war an manchen Stellen vom Licht der Lampen erhellt, und weder Menschen noch Autos brachen die Stille. Das bevorstehende Ende seiner Tage setzte seiner Stimmung sehr oft zu, und er wusste, wie unvermeidlich dies war.

‚Ob ich Charon treffen werde?', dachte er an den Styx-Fährmann, der die Seelen übersetzte. Doch auch dies lenkte ihn nicht von einem anderen Gedanken ab.

‚Mieser Onkel Sebastian.'

Er gab Name und Nachname in der Suche des Browsers ein und schrieb ‚Priester' dazu. Mit etwas Mühe traf er auf einen Eintrag über einen Geistlichen, der seinem Onkel ähnlich sah. Er markierte den Beitrag und griff kurz einen anderen Gedanken auf, der ihn seit dem Nachmittag mit der Psychologin beschäftigte.

‚Empfinde ich zu viel oder irgendwas anderes für Sönke?'

Diese Vorstellungen erfüllten ihn mit Scham, aber gleichzeitig mit dem Gefühl, dass die Psychologin eventuell an etwas gerührt hatte, das sie lieber nicht antasten sollte. Alle Psychologen, bei denen er bisher war, waren Männer und schienen diesen Zusammenhang nicht ansprechen zu wollen.

Gilligan dachte, ob er in seine Arrangements für sein Ableben auch einen Brief an Sönke schreiben sollte.

‚Was will ich ihm schreiben?'

Es wäre auch möglich, dass er einen Spender fände und eine neue Leber bekäme, aber auf diesen Zufall würde er keine Wette abschließen. Sein Doktor war ziemlich ehrlich.

Ein Geräusch aus dem anderen Raum in der Wohnung unterbrach seine Gedanken. Sönke stand in der Nacht auf und kam zu ihm vor den Computer.

„Was machst du um diese Uhrzeit hier? Geh mal schlafen." Sönke sprach schläfrig, und seiner Aufmachung nach zu urteilen, würde er bald ins Bett gehen. In seinen Boxer gekleidet, sah er wie ein Satyr aus. Er schloss die Tür hinter sich.

Als Sönke wiederkam, stand Gilligan noch immer geistesabwesend vor dem Computer.

„Wir fahren ja in Urlaub."

Sönke kratzte sich wie ein Wilder und gähnte mit weit offenem Mund.

„Ich kann nicht schlafen. Es sind meine Albträume, glaube ich. Diese Frau Doktor ist ziemlich gut", sagte Gilligan unsicher, ob Sönke ihm überhaupt zuhörte.

„Sie ist bei uns in der Abteilung sehr bekannt. Scheinbar hat sie auch bei unserem Boss einen Stein im Brett. Worüber habt ihr gesprochen?"

Sönke setzte sich auf das Sofa nahe am Schreibtisch.

„Dies und das. Ich habe über meine Leber gesprochen, und sie war daran nicht besonders interessiert. Sie sagte, dass jeder mal ein Ende haben wird. Zum Teil hat sie mir die Augen für die Realität geöffnet." Gilligan klappte den Computer zu, ohne die Daten zu löschen.

„Sei nicht so düster. Es kann immer noch passieren, dass du einen Spender findest. Im Leben ist nichts sicher. Ich kann auch von einem Auto überfahren werden oder an einer Erbse ersticken. Wichtig ist, dass wir in Urlaub fahren. Sollen wir dies nicht am Morgen besprechen?", schlug er vor.

„Ja. Ich gehe gleich ins Bett."

Doch Gilligans Unruhe war kaum auszuhalten. Er schaute Sönke kurz an.

„Gibt es etwas, was wir lieber jetzt besprechen sollten? Du schaust so komisch." Sönkes Feingefühl war nicht besonders groß.

„Es ist töricht. Lass uns das lieber vergessen", beschwichtigte er.

„Für wann denn? Gilligan, reden wir, wenn es dir hilft."

Und sie gingen erst drei Stunden später ins Bett.

Nothelfer

Am Morgen war Sönke zeitig im Büro. Das Gefühl, dass etwas nicht stimmte, ließ ihn kaum schlafen. Er versuchte, Gilligan zu Hause zu erreichen, aber der Festnetzapparat roch unangenehm. Er legte den Hörer ab und stellte mit Entsetzen fest, dass sein Telefonapparat mehr Flecken als eine öffentliche Toilette besaß. Angeekelt stand er auf, rannte zur Herrentoilette und wusch sich dreimal die Hände.

Seine Mysophobie war an jenem Tag etwas ausgeprägter als sonst. Diese versteckte er so gut wie möglich vor seinen Kollegen, weil er befürchtete, seine Stelle zu verlieren, wenn es bekannt geworden wäre, dass er eine Macke hatte.

Etwas verschwitzt kam er aus der Toilette heraus und roch an seinen Fingern, um eventuelle Spuren von Schmutz aufzudecken. Zufrieden mit dem Reinigungsritual lief er zum Besucherbereich.

Eine etwas beleibte Frau saß am Fenster und hielt eine Tasche zwischen ihren rundlichen Schenkeln. Er schauderte in der Vorstellung, was dieses Accessoire im Moment ertrug. Sie schien abwesend, und so räusperte sich Sönke laut und dann deutlicher. Da beide Versuche scheiterten, sprach er sie direkt an.

„Frau Mirova", in wohlklingendem Bariton.

„Entschuldigen Sie. Ich war etwas abwesend." Kathrina sah eher verwirrt aus.

Sönke war bereits erfahren mit der menschlichen Natur, und hier erkannte er eine traumatisierte Frau.

„Sie sind eine Bekannte von Frau Vogt, nicht wahr?" Sönke setzte sich neben sie und versuchte, dadurch die Abwesenheit ihrer Freundin zu überbrücken.

„Ja. Wir kennen uns lange." Einige zersplitterte Stellen an ihren Zähnen waren vom Rauchen dunkel gefärbt. Ihre Stimme bebte etwas beim Sprechen, jedoch war sie gut verständlich.

„Frau Vogt ist unterwegs, aber sie meldet sich umgehend bei Ihnen. Ich lasse eine Nachricht auf ihrem Tisch." Sönke lächelte etwas ungewiss.

Der Flur war sonst leer, und keiner hielt sich gerne lange dort auf. Die grünen und cremefarbenen Wände sahen wie Horrorfilm-Kulissen aus, und der Boden war kalt.

„Ich war auch nicht angekündigt. Es war töricht von mir hierherzukommen." Kathrinas Beine drückten die Tasche zusammen und ihre Hand grub sich tief darin ein. Sönke, der etwas schockiert japste, weitete seine Augen. Sie holte ein Kaugummi, und er blies die Luft aus seinen Lungen heraus.

‚Keine Waffe.'

„Ich muss leider wieder arbeiten. Kann ich irgendwie helfen?" Sönke hielt das Benehmen von Kathrina für unbedacht und plump und fühlte sich nicht besonders wohl in ihrer Gesellschaft.

„Ist in Ordnung. Vielen Dank. Ich gehe nach Hause. Irene kann mich später besuchen. Ich möchte bei der Vernehmung von Peter Moers dabei sein." Sie stand auf und gab einen vollen Blick auf ihre gefährlich strammen Leggings, die eine meisterhafte Anstrengung leisteten, nicht an Kathrinas Massen zu zerreißen.

„Auf Wiedersehen", verabschiedete sich Sönke und ging schnell und ohne sich umzudrehen zu seinem Arbeitsplatz.

Seine Unterlagen waren im Gegensatz zu denen seiner Kollegin penibel geordnet, wie Gilligan sie vorbereitet hatte. Seine Computertastatur war sauber und glänzend. Er holte eine kleine Flasche Spiritus aus seiner Schublade, bearbeitete den schmutzigen Telefonapparat und vertiefte sich in Gedanken.

Er schaute von der Seite in den Raum und stellte sicher, dass ihn keiner beobachtete. Er gab Irenes Namen in die Suchmaske ein und drückte auf Start.

Während eine Sanduhr Purzelbäume drehte, wusch er ein zweites Mal seinen Telefonapparat mit Spiritus und roch an seinen Fingern, um dort Schmutzspuren zu ermitteln. Er putzte sich unter den Fingernägeln, und da kam das Ergebnis der Abfrage.

Die Suche listete zwei Zeitungsartikel und eine Vernehmungsakte auf. Sönke rief die Akte auf und las sie durch. Er sicherte sich vorher ab, dass Irene nicht frühzeitig hereinkommen würde.

‚System-Protokollierung an ...', meldete der Monitor.

Die Akte war einige Jahre alt und wurde vom alten Papierbericht gescannt, was das Lesen erschwerte.

‚Das Opfer gab an, sich an nichts zu erinnern. Die Freundin wzrde im Genitalbereich verletzt. Details im Protokoll 2378/22/G/daf zu lesen.

Das Opfer meldete ein verlorenes Handy, zwanzig Euro und ihre Unterwäsche.'

Sönke las diese Bemerkung und stellte sich vor, wie der Vernehmungsbeamte sich eventuell belustigt hatte, dass ein junges Mädchen ihre Unterwäsche verlor. Der Rest des Berichts war schlicht, und eine Untersuchung wurde in Köln nie durchgeführt. Scheinbar nahmen die Ermittler damals an, dass die Mädchen sich lediglich betrunken verfahren hatten und wurden am Kölner Heumarkt abgesetzt. Auf der Party, wo sie angeblich waren, schien sich keiner an sie zu erinnern, und einen DJ gab es anscheinend auch nicht. Über einen Mann mit Glatze wurde noch eine witzige Bemerkung auf die Akte geschrieben, und mehr war dort nicht zu lesen.

Weiter unten im Dialog waren Fotos von einer jüngeren, dünneren und weniger athletischen Version von Irene. Zerzauste Haare und billige Schminke waren leicht wahrzunehmen. Die Qualität der Digital-Fotos war nicht so gut, aber gut genug, um Irene wiederzuerkennen.

‚Ich bin das Opfer', wurde protokolliert. Angeblich schrie Irene diesen Satz so oft im Revier, dass man sich gezwungen fühlte, ihn aufzuschreiben.

Er schaute sich die Zeitungsartikel an, sie waren nur voneinander kopiert. Scheinbar hatte einer ihn geschrieben und zweimal veröffentlicht. Auf die Ermittlungsarbeiten von Reportern konnte man sich auch nicht immer verlassen. Er las durch, was es zu lesen gab.

Die Zeitung warf den Mädchen vor, sich zu besaufen, und eine biedere Soziologin machte ein besorgtes Gesicht vor der Kamera, um ihre angebliche Kompetenz zu unterstreichen, aber von den beiden Mädchen war kein Foto zu sehen. Die Soziologin setzte auf die boshaften Formulierungen der Zeitung noch einen drauf, dass die Orientierungslosigkeit von jüngeren Mädchen sie in Gefahr versetze, während die Familie sich von sinnlosen TV-Serien von der Realität ablenken lasse.

Sönke suchte nach dem referenzierten Protokoll.

‚Keine Ergebnisse', meldete der Monitor.

‚Hat jemand das Dokument gelöscht?', fragte er sich.

Er schloss alle Dialoge und prüfte wieder, ob seine Kollegin da war. Sicher, dass er weiter ungehindert schnüffeln durfte, rief er den Suchdialog erneut auf.

„Machst du Überstunden?", fragte einer der Kollegen, der sich auf den Weg nach Hause machte.

„Ich muss auf die Kollegin warten", lächelte Sönke ohne sichtbare Überzeugung.

Der Dialog kam mit einer Personalakte, die er bestimmt nicht lesen durfte. Doch rief er die Akte und las, wann die Anmeldung zur Ausbildung als Polizistin erfolgte.

Er schaute sich im Raum um und klickte auf den Report. Sie wurde damals mit einer Larissa vernommen. Jedoch wurde Irene erst drei Wochen später befragt. In der Zwischenzeit wurde sie ins Krankenhaus eingeliefert.

Auf der Akte war eine Aufnahme von Irene als Auszubildende zu sehen. Der starre Blick ersetzte das einst existierende Mädchenlächeln. Ergriffen über dieses Geheimnis, presste Sönke seine Hand auf die Augen und bekam einen leichten Knoten im Hals. Er kämpfte kurz mit seinen Gefühlen. Dann streichelte er den Monitor über Irenes Mädchenfoto.

„Scheiße. Du bist nicht allein in dieser Situation", sagte er, und sein Gesicht verfinsterte sich.

Irene fuhr ihr kleines Auto und überlegte, wie sie weiter vorgehen sollte. Der Mittlere Ring war voll, und man kam nur schrittweise voran, als ihr Handy klingelte.

„Vogt", meldete sie sich etwas genervt.

„Hi Irene", sagte ein Mann in einer für ihren Geschmack ungewöhnlichen Oktave.

„Sönke, bitte. Ich bin seit über dreißig Minuten auf dem Mittleren Ring und werde meinen nächsten Termin absagen müssen. Mach schnell. Ich kann momentan kaum denken. Was ist?" Irene war selten so unfreundlich, aber scheinbar war dies ihrem neuen Kollegen egal, und er fuhr munter fort.

„Du warst gestern plötzlich weg. Wir haben eine Menge Hinweise bekommen. Scheinbar haben sich zwei Frauen gegen einen Mann gewehrt. Die Nachricht, dass manche Personen sich wehren, scheint die Runde zu machen." Sönke machte eine Pause und Irene fing zu hupen an, damit sie zur Seite fahren konnte.

„Warte. Ich muss parken. Man darf nicht beim Fahren telefonieren, aber man fährt am Mittleren Ring sowieso nicht. Scheiße!", platzte Irene. Sönke bekam das Zanken mit anderen Autofahrern am Telefon mit.

„Ich habe es dir gesagt. Es gibt keine Täterin, sondern Frauen scheinen die Schnauze voll zu haben, immer als Opfer angesehen zu werden. Warum soll ich davon erfahren? Ich hatte dir gesagt, dass ich eine Informantin besuchen will. Welchen Fall meinst du? Wir haben zwei am Laufen. Nordbad und Leopoldpark", sagte Irene, nachdem sie einen Parkplatz gefunden hatte. Kurz erinnerte sie sich an Jennys Hände, die sich um ihren Körper schlangen. Sie vertrieb schnell den Gedanken und konzentrierte sich wieder auf Sönkes Stimme.

„Es ist eine Frau hier. Sie meinte, sie wäre eine Freundin von dir, von der Schulzeit." Irenes Herz pumpte etwas schneller, und sie durchforstete ihre Erinnerungen, um zu erraten, welche ihrer Freundinnen dies sein könnte.

„Sie ist wer?", forderte sie.

„Kathrina ... warte. Ihr Name war hier." Sönke suchte entschlossen in einem Papierstapel auf ihrem Tisch.

„Ojemine. Ich weiß, wer sie ist. Ich kenne sie. Ist sie noch da?" Irenes unfreundlicher Ton verschwand und wurde von einem kollegialen ersetzt.

„Das war gestern. Sie ist kurz danach weggegangen. Wärst du persönlich involviert? Ich will dich nicht in Schwierigkeiten bringen. Sie bat, bei der Vernehmung von Peter Moers dabei sein zu dürfen." Einige Blätter fielen zum Fußboden, und an Sönkes Atmung war anzumerken, dass er sich bemühte, diese vom Boden wieder aufzuheben.

„Geh sofort weg von meinem Tisch und hör auf darin zu wühlen. Ich rede mit Kathrina, wenn ich wieder Zeit habe, und kümmre dich nicht um mein Befinden." Barsch und unhöflich, schien sie Sönke nicht überrascht zu haben. „Danke", fügte sie mürrisch hinzu.

„Wir lieben dich auch. Sei nicht immer so patzig. Ich mache mit ihr einen Termin aus. Du musst etwas warten." Er ließ leider einen Bürohefter fallen und wurde sofort angeschnauzt. Irene hörte, wie Sönke durch das Büro ging und schaute, wie der Verkehr am Mittleren Ring sich langsam auflöste.

„Irene?", fragte eine weinerliche Stimme auf der anderen Seite der Leitung. Sönke kam sofort ans Telefon. „Fahrt weiter, ich organisiere alles hier. Mein Mitbewohner will wissen, ob du gegen etwas allergisch bist. Er macht sich Gedanken für das Abendessen. Komm bitte. Er bemüht sich, und scheinbar kommt er mit Jenny gut aus."

„Ich bin Vegetarierin. Ciao."

Irene legte auf und schlängelte sich wieder in den Verkehr des Mittleren Rings. Dabei fuchtelte sie mit ihrer linken Hand aus dem Autofenster und forderte die anderen Autofahrer mit ihrer Polizeimarke auf, zur Seite zu fahren. Die meisten konnten aus der Entfernung nichts erkennen, aber der energische Ton und das selbstbewusste Auftreten halfen ihr mehr als die Marke, und sie kam wieder auf ihren Weg.

Kurz darauf übermannte sie die Erinnerung an einen Tag in ihrer Jugend, wo sie sich entschlossen hatte, Polizistin zu werden.

Sie und Larissa, eine Freundin aus Köln, waren damals gerade mal siebzehn Jahre alt, und Partys, Jungs und Mode waren die wichtigsten Themen. Klar, auch der Widerstand gegen die früheren Generationen und die unaufhaltsame Welle der Handys, die alles aufnahmen und peinliche Bilder auf Social Media teilten. Irene war mit ihrer sexuellen Orientierung noch ungewiss, und es war auch nicht klar, ob sie eine hatte.

Während Irene fuhr, schaltete sie das Radio an. Ein Sender, der nur Klassik-Rock spielte, half ihr, ihre Erinnerung an einen Tag in ihrer Jugend zu wecken. In einer Zeit, noch bevor sie sich entschloss, zur Polizei zu gehen.

Es fing ganz harmlos mit einem Lächeln an. Charismatisch, lässig und viel Duftwasser waren die ersten Merkmale, die man an dem etwa vierzigjährigen Mann wahrnahm, der sich als DJ ausgab. Seine Glatze war geölt und sah fast wie eine Billardkugel aus. Sie machte Witze darüber, und Larissa lachte mit ihr.

Er zeigte, dass er auf beide Mädchen aufmerksam wurde und winkte freundlich. Kurz danach übergab er das Pult an seinen Kollegen, der die Kopfhörer übernahm. Er bewegte sich in Richtung der beiden Mädchen und lächelte selbstbewusst. Larissa schlürfte aus ihrem Drink und signalisierte Irene, dass ein Bewunderer auf dem Weg zu ihnen war.

„Gefällt euch die Musik?", stellte sich der DJ vor.

„Cooler Mix", meinte Larissa, ohne jegliche Ahnung von Musik zu haben. Es war für sie als Liebhaberin von romantischen Liedern alles nur Lärm, aber sie wollte dazugehören, und so tat sie ihr Bestes.

„Und du? Sagst du nichts?" Der DJ spielte mit seiner Hüfte und versuchte, seine Wirkung auf das junge Publikum zu verbessern. Irene fühlte sich unwohl und lächelte flach. Sie interessierte sich nicht für Männer und in seinem Alter noch weniger, aber sie wollte Larissa nicht enttäuschen.

„Dein Kopf glänzt", lächelte sie desinteressiert, aber sehr kokett.

„Komm. Ich kann euch in die VIP-Area bringen. Wir haben dort bessere Drinks als dieses Gesöff hier." Er nahm die Cuba-Libre, die die Mädchen seit über zwei Stunden in der Hand hielten, und stellte sie auf einen Tisch. „Dann zeige ich euch, wie ich überall glänze."

Sie lachten lasziv, sogar wenn die Pointe nicht verstanden wurde, und irgendwann brach dieser Gedanke zusammen.

So viel blieb ihr noch in guter Erinnerung, gefolgt von einem klaffenden Loch in ihrem Leben, das sich durch alles durchfraß, was ihr Freude machte.

Doch dann kam der Tag danach.

Sie wachte benebelt und als wäre sie noch betrunken auf. Sie sah eine halb angezogene, schlafende Larissa neben sich.

„Oh Mann. Wo sind wir denn?", murmelte sie und rüttelte Larissa, die kaum ein Anzeichen des Aufwachens von sich gab.

Die Landschaft um beide war kalt und roch nach Kräutern und Wiesenblumen. Der Wind aus dem Norden blies etwas heftiger und trug dabei einige trockene Blätter vom Boden auf beide Mädchen. Die rot gefärbte Herbstlandschaft war grell und still.

„Au!", jammerte Larissa.

„Wo sind wir?", schrie Irene.

Larissa presste beide Hände gegen ihren Bauch und jaulte wieder.

„Was ist letzte Nacht passiert?", fragte sie, als sie langsam wach wurde.

Irene suchte ihre Tasche und sah diese, ungefähr zehn Meter von ihrem Platz entfernt auf dem Boden liegen.

„Ich glaube, man hat uns betrunken gemacht." Irene stand auf und ging auf ihre Tasche zu.

Ihr Handy war nicht mehr zu finden, aber der Rest schien noch in der Handtasche zu sein.

Larissa schrie und präsentierte ihre blutige Hand. Aber es war nicht ihr Blut, auf das sie hinwies. Sie zeigte mit einem Finger auf Irene, der leicht schwindlig wurde.

Eine Hupe von einem grünen Laster brachte Irene wieder in die Gegenwart im Verkehr am Mittleren Ring, und eine Träne rollte ihre Wange hinab. Sie nahm ihre linke Hand vom Lenkrad und fuhr sich damit übers Gesicht.

‚Ich habe etwas für uns kalt gestellt', brummte eine SMS auf ihrem Handy.

Sie lenkte das Auto an die Ausfahrt, fasste sich an den Unterleib, und stellte sicher, dass es dort, wo eine Narbe war, nicht wieder blutete.

Ein Abendmahl

‚Vier Teller, Besteck ist ok. Mist!', fluchte Gilligan über den zum Abendessen dekorierten Tisch.

„Sönke. Wo hast du die Servietten hingetan?", rief er aufgeregt.

„Hier. Meinst du, dass dies eine gute Idee ist? Sie ist immer feindselig."

„Du bist auch kein Kommunikationsguru. Sorry, aber wenn du sie privat kennenlernst, ändert sich vielleicht vieles. Geh dich anziehen." Gilligans Stress war auf dem höchsten Niveau. Sein Freund schaute ihn etwas unsicher an, und er merkte, dass Sönke der Ansicht war, gut angezogen zu sein.

„Ich habe Dein grünes Hemd aufs Bett gelegt. Zieh dies an. Sieht besser aus."

Die Klingel meldete sich, noch bevor Sönke sich bewegen konnte.

„Schnell."

‚Gott, ist er aufgeladen. Ich prüfe, ob er seine Medikamente genommen hat', monierte Sönke in Gedanken, während er den Anweisungen folgte.

Gilligans Stimmung hatte sich seit einigen Tagen verändert, und Sönke hielt es für besser, ihn zu unterstützen.

‚Das ist bestimmt seine Verzweiflung. Ob es einen Spender geben wird.'

„Jenny!", begrüßte Gilligan sie freudig.

„Es war schwirig, Irene aus dem Haus zu holen. Aber ich danke dir für diese tolle Idee."

„Irene. Endlich sehen wir uns. Ich kenne dich zumindest durch Dritte." Gilligans Lachen klang etwas schrill, aber man konnte dies noch ignorieren, nicht aber seine gelbliche Hautfarbe.

Irene übergab eine Flasche Wein, und sie gingen zum Wohnzimmer. Klein und gemütlich. Sie merkte, dass besser aufgeräumt war als in ihrer eigenen Wohnung.

‚Warum schaffe ich das nicht?'

„Wo ist Sönke?", fragte sie.

‚Sie hat sich seinen Namen gemerkt. Punkt für mich.' Gilligan erfreute sein Erfolg.

„Er kommt gleich. Wein?", fragte er, als sein Freund wieder ins Wohnzimmer kam.

„Hallo, Irene. Du bist Jenny." Sönke kam mit dem grünen Hemd in die Runde.

„Für dich auch Wein?", wollte Gilligan wissen.

„Ich mache das, und du hast Pause. Er kochte den ganzen Nachmittag."

„Ich hätte gerne geholfen. Aber ich werde Unternehmerin. Heute um drei war ich bei einer Gründungsberaterin. Es klingt teurer, als das ist, aber wenn ich gewusst hätte, dass es so kompliziert ist, hätte ich es sein gelassen." Jenny war gesprächiger, als Sönke erwartet hatte, und er fühlte sich fremd in dieser Umgebung. Obwohl sein Freund endlich eine Möglichkeit zur Ablenkung gefunden zu haben schien.

„Irene erzählte mir, dass du neu in ihrer Abteilung bist", begann Jenny die Unterhaltung.

„Ich bin nicht mehr so neu, aber der jüngste Mitarbeiter des Bereichs."

Sönke schien die Grundsätze von Small-Talk nicht zu beherrschen. Wenn er keine Frage zurückgibt, stirbt die Konversation. Das hatte Gilligan besser im Griff.

„Jenny ist ein Model. Was für eine Firma beabsichtigst du zu gründen?"

„Es ist noch zu früh darüber zu sprechen. Ich weiß es selbst nicht, wie man meine Firma bezeichnen soll. Aber alle werden zur Eröffnung eingeladen. Es ist momentan einiges bei euch im Büro los. Ich habe gehört, dass du am Nordbad-Vorfall arbeitest."

„Ich hörte von Irene, dass du im Fall der Parktriebtäter ermittelst. Das muss aber aufregend sein. Ich kann mir vorstellen, dass diese Aufgabe sehr anspruchsvoll ist."

Sönke nickte und blieb stumm wie ein toter Fisch. Schüchternheit oder mangelndes Kommunikationsgeschick waren Teil der Hintergründe, aber auch die Tatsache, dass er Irene nicht verärgern wollte, zwang ihn, seine Worte abzuwägen.

Gilligan ließ ungeschickt etwas in der Küche fallen.

„Ich wäre als Model nicht zu gebrauchen. Aktuell sind nur Muskeltypen angesagt, und wenn sie nicht eine Top-Frisur haben, werden die Fotos von der Welt ignoriert. Du bist wirklich exotisch. Für dich muss es einfach sein, Anfragen als Model zu bekommen. Du kommst aus Brasilien, habe ich gehört", versuchte Sönke, das Gespräch zu beleben.

„Oh mein Gott. Das ist schon so lange her, aber ja. Ich stamme aus einem kleinen Kaff im Norden Brasiliens. Wo kommst du her? Du bist nicht aus Bayern, das hört man." Jenny war eine Meisterin im Small-Talk, erkannte Sönke verlegen, aber das Eis schien zu brechen.

„Gilligan und ich sind aus Hamburg. Wir sind neu in München. Hier ist einiges los." Sönke zeigte hinter seinem dichten Bart ein Lächeln, aber Irene schien die Richtung des Gesprächs etwas unbehaglich zu sein.

„Wie meinst du das?", fragte sie trotz des unangenehmen Gefühls und schenkte sich Rotwein ein.

„Das mit dem Toten vom Nordbad und der Perverse vom Leopoldpark am selben Tag. Ich gebe zu, dass Hamburg nicht wenige Meldungen pro Abend bekommt, aber diese Fälle in München häufen sich." Sönke überprüfte Irenes Reaktion und befürchtete, sie würde ihn wieder zurechtweisen.

Jenny fühlte sich ertappt und merkte, dass sie das Thema nicht vertiefen sollte.

„Sönke hat diese Theorie über eine Frau oder eine Frauengruppe, die Triebtäter aufspüren und sie verprügeln. Ich meine, dass das Unsinn ist, und hier sind nur Frauen und eventuell auch Männer satt, immer das Opfer zu sein." Irene klang, als hätte sie etwas zu tief ins Glas geschaut.

„Wie aufregend. Wie kommst du auf eine solche Idee?" Jenny legte ihre Hand auf Irenes Glas und signalisierte, dass sie sich mit dem Nachschenken zurückhalten solle.

„Per Zufall kam ich auf zwei Fälle wie der Vergewaltiger vom Grünwald. Dann verglich ich die Aussagen der Täter, und mir scheint logisch, dass ein System dahintersteckt, und Selbstjustiz ist ein Problem." Sönke versuchte, sich durchzusetzen, aber sein Satz endete erbärmlich, als er Irenes gerötete Augen mitbekam.

„Ich denke, die Problematik ist, wenn diese Täter noch frei in den Parks und Straßen der Stadt herumlaufen und weitere Fälle liefern würden. Lieber Selbstjustiz, als in einem Polizeibericht statistisch erwähnt zu werden." Jenny war konfrontativ und zeigte sich für einen Augenblick anders als ein Model.

Überrascht von Jennys Überzeugung, schaute Sönke sie genauer an und bemerkte, dass ihre Arme und Beine viele Narben trugen. Sie waren geschickt unter Strümpfen und Make-up versteckt, aber für geschulte Augen bemerkbar.

„Ich hörte, dass Frauen in Brasilien sich wehren müssen, weil solche Triebtäter dort ziemlich häufig vorkommen." Als Sönke dies sagte, bemerkte Jenny, dass er sie aufmerksam beobachtete.

„Keine Ahnung. Ich verließ das Land als Mädchen." Sie nahm einen Schluck von ihrem Wein und schaute in Richtung Gilligan in der Küche.

„Bitte keine Arbeitsgespräche. Ich organisiere seine Papiere die ganze Woche, und ich kann diese Probleme der verkommenen Gesellschaft nicht mehr hören. Erzähl uns über dein Leben in Brasilien. Das ist interessanter. Du darfst durchaus die schärferen Details bunt vortragen. Hier sind alle über achtzehn."

‚Gilligan ist wirklich aufgedreht. Hoffentlich nimmt er keine Drogen', dachte Sönke besorgt.

Der Abend verlief fröhlich. Irene schwieg fast die ganze Zeit unter dem leichten Einfluss des argentinischen Shiraz, aber ihre unruhigen Augen schienen Notizen über alles aufzunehmen. Um zehn Uhr stand sie auf und signalisierte Jenny, dass es Zeit sei, nach Hause zu gehen.

„Ich muss früh arbeiten", entschuldigte sie sich.

„Bist du morgen im Büro?"

„Nein. Ich habe eine Sitzung mit Doktor Belvedere."

„Bist du auch in Therapie?", fragte Sönke.

„Nein. Wieso?" Sie war überrascht.

„Ich dachte nur. Danke für euern Besuch."

Sie verabschiedeten sich, und als die Tür sich hinter ihnen schloss, überlegte Sönke einige Sekunden.

„Du hättest nicht erzählen sollen, dass Du meine Papiere organisierst."

„Sie haben das kaum wahrgenommen."

„Du bist etwas aufgedreht. Was ist los mit dir?"

Das Schweigen war kein außergewöhnlicher Vorfall in ihrer Gemeinschaft, aber das Verschweigen war etwas Neues.

„Ich glaube, es war zu viel Wein. Ich muss mich hinlegen."

‚Er hat gar nichts getrunken. Was ist mit ihm los?'

Racheengel

Gilligan

Die Tür zum Wohnzimmer knackte zweimal, und Gilligan hörte, wie Sönke mit dem Schloss rang. Er fühlte sich etwas benommen. Der Mangel an Schmerzmittel und seine Medikamente waren für ihn schwer zu ertragen. Die brasilianischen Kräuter, die Jenny ihm schenkte, waren mehr als anregend. Er empfand sich wie im Rausch.

Die Heizung in der Wohnung war zwar auf eine hohe Stufe eingestellt, doch seine Füße waren kalt, als würde er in Eiswasser baden.

„Hallo Gilligan. Ich war in der Apotheke. Hier." Sönke warf seinem Freund die Einkaufstasche zu.

„Noch mehr? Ich will mich von diesen Medikamenten befreien. Ich habe nicht den Eindruck, dass sie mir helfen", quengelte Gilligan. „Sie bekommen meinem Magen nicht. Ich versuche einige Kräuter von Jenny."

„Du jammerst aber eine Menge, Junge. In manchen Ländern gibt es nicht mal Medikamente. Was hast du den ganzen Tag gemacht? Hier sieht es saumäßig aus." Sönke warf sich auf das Sofa.

„Hier sind die Papiere, die in dein Büro gehören. Hör auf mit solchen Schlampereien. Das Letzte, was wir brauchen, ist, dass du gekündigt wirst." Gilligan legte eine Akte mit verschiedenen Papieren von Sönkes Untersuchungen auf den Tisch und tippte mit seinem Finger darauf, um den Fund zu zeigen.

„Du hast Recht. Ich möchte keinen Ärger mit Irene. Sie ist witzig. Hätte ich nicht gedacht. Ich wollte mehr Einsatz zeigen, aber ich bin zu müde, wenn ich nach Hause komme. Das Büro ist zu schmutzig. Ich benutze die Hälfte meiner Zeit dort mit der Reinigung von Küche, Telefonapparaten, und die Toiletten sind eine Herausforderung. Brr. Widerlich." Sönke rollte auf dem Sofa und legte die Sofadecke über seinen Körper.

„Was war das für ein Tatort vom Nordbad, wo du letztens hinfahren musstest?"

„Ich denke, dass es sich um einen Sexualstraftäter handelte. Auf den ersten Blick warf er sich vom Balkon hinunter, aber er war nackt, und ich komme immer wieder auf Hinweise, dass eine oder ein paar Frauen involviert sind." Sönke richtete sich auf dem Sofa auf und schaute, wie die Medikamente inspiziert wurden.

„Scheiß teuer das Zeug. Ich habe dir gesagt, ich muss das sein lassen. Irgendwann kratzt jeder mal ab." Gilligan überlegte kurz und fuhr dann fort. „Wenn es sich um einen Straftäter handelte und der sich umgebracht hat, was interessiert dann, ob irgendwer ihm vielleicht mit der Entscheidung geholfen hat? Wir haben zu viele solcher Perversen in der Gesellschaft." Gilligan ging zur Küche, um sich Wasser zu holen.

„Mach mir einen Tee."

„Ja."

„Irene insistiert, dass ich zu viel an der Sache vermute, aber ich denke, sie sieht nur die Opferseite, weil sie selbst mal ein Opfer war. Das ist im Polizeicomputer in ihrer Personalakte." Sönke war bedrückt und suchte Unterstützung, doch Gilligan hielt sich neutral.

„Wie kommst du auf so eine Idee, in ihrer Personalakte zu wühlen? Du wirst Ärger bekommen. Die Täter sind bisher große Männer, und du denkst nicht, dass ein Mädchen Männer verprügeln würde und einen Fettsack über eine Brüstung werfen kann. Das ist alles mehr als absurd, und du machst dich mit solchen Theorien unbeliebt." Gilligan kam mit einer Tasse heißen Tee ins Wohnzimmer.

„Du könntest Recht haben. Wie läuft es mit deiner Diagnose?", wechselte Sönke das Thema.

Für kurze Zeit sahen die Augen von Gilligan etwas glasig aus und so, als wären alle seine Emotionen verschwunden.

„Es sieht nicht gut aus. Ich habe weitere Sitzungen bei Doktor Belvedere bekommen, und ich hoffe, sie kann mir etwas helfen. Die Pillen sind nur teuer."

„Irene hat auch eine Freundin, die total von der Rolle ist. Sie ist irgendwie nervenkrank. Sie wurde vor Jahren von Peter Moers vergewaltigt. Scheinbar sind sie gute Freundinnen. Die war wieder im Büro und suchte nach Irene." Sönke probierte etwas vom Tee.

„Du solltest dich nicht so über andere Menschen äußern. Es würde mir nicht gefallen, dass irgendwer so über mich sprechen würde. Wer weiß, was diese Frauen alles ausgehalten haben, und wie sie so wurden. Hör lieber auf Irene und mach keinen Ärger."

Sönke war enttäuscht über Gilligans mangelndes Mitgefühl. Eine Stimme in seinem Kopf flüsterte, dass er etwas übersah.

Hernando

Auf dem hölzernen Bürotisch lagen Papiere ausgebreitet. Der Dunst von Minztee und alten Dokumenten behinderten Sönkes Inspiration. Er beschäftigte sich mit seinem Verdacht.

‚Irene muss mir leider verzeihen.'

Seine Hartnäckigkeit lag mehr an dem Wunsch, Anerkennung zu bekommen, als am Interesse an einem eventuellen Selbstjustizakt.

Ein gewisser Hernando wurde nach eigener Aussage vor einem Jahr von einer Asiatin verprügelt. Fotos seiner Verletzungen waren am Computer zu sehen. In der elektronischen Akte waren nur einige Dokumente einer anderen Abteilung. Der Mann war ein zwielichtiger Drogenhändler, der eine Freundin hatte.

Sönke blätterte die Fotos durch und traf auf eine kleine Thailänderin. Sie trug einen roten Rock mit zerrissener Bluse. Die blauen Flecken auf ihrem Körper waren in weiteren Fotos dokumentiert. Die gebrochenen Rippen auf der linken Seite ihrer zarten Figur waren blau umrandet. Sönke schaute auf ein anderes Dokument der Liste der Verletzungen, und bei der zehnten Position sprang er wieder zur Fotosammlung.

„Du lieber Himmel!", schrie er, als die Beine des Mädchens zu sehen waren. Die unerträglichen Bilder waren zu kraftvoll für sein Gemüt, und er schloss angewidert die Augen.

‚Ich frage mich, ob ich diesen Beruf weitermachen soll.'

Sönke senkte seinen Kopf zur Tastatur und suchte nach der Blättern-Taste. Nachdem er diese auslöste, schaute er wieder am Bildschirm.

Das Mädchen nannte sich Gina, aber ihr Originalname war fast zu kompliziert zum Nachlesen. Zufrieden mit dieser westlichen Anpassung, las Sönke weiter.

Gina suchte nicht nach polizeilicher Hilfe, da sie befürchtete, ihre Aufenthaltsgenehmigung zu verlieren. Hernando hatte weiteren Mädchen die Reisepässe konfisziert und hielt diese wie Sklavinnen in seinem Massagesalon in München-Süd.

Sönke dachte kurz über die Zustände in dem beschriebenen Salon nach. Wie er weiterlesen konnte, hatte Hernando den Laden zugemacht, und laut Einwohner-Meldeauskunft, zog er zurück nach Madrid.

Bei seiner Verhaftung behauptete er, dass eine Bewerberin ihn etliche Wochen bedrängt habe, bis er einem Vorstellungstermin zustimmte. Er gab zu, dass dies ein privater Termin sein sollte.

‚Ich musste die Ware testen', protzte er in einer Befragung.

„Widerlich", sagte er zu sich selbst.

Nach seinen Aussagen hatte die Frau alles wie eine professionelle Verbrecherin abgehandelt.

Sie gab sich als harmloses Mädchen. Sie versicherte sich, dass beide allein im Massagesalon waren. Sie hatte einen schwarzweißen Hund dabei, den sie an der Tür postierte. An den Wachhund erinnerte er sich, weil ihm auffiel, dass die Farbe des Fells nicht echt war.

Als beide allein im hinteren Raum waren, gab er an, dass Baihu, wie das Mädchen sich vorstellte, sich auszog.

Sie hielt ihr Gesicht während der ganzen Vorstellung von ihren langen Haaren verdeckt. Hernando verstand dies als Scheu. Viele Mädchen, die neu in sein Geschäft kamen, waren unerfahren und schüchtern. Jedoch stellte er fest, dass sie graziös vor ihm tanzte, sogar ohne Musik. Das Stampfen ihrer Füße auf dem Boden des Massagesalons war rhythmisch, und sie zeigte bei ihrer Nacktheit alles, aber keine Scheu, was ihn verunsicherte.

Dem Transkript nach machte sie eine Pause in ihrer Vorstellung, um ein Massageöl aus ihrer Tasche zu holen. Sie massierte seinen Nacken. Er meinte, dass er vom Öl benebelt wurde und unvermutete, die Frau wurde zur Bestie und schlug mit ihrer rechten Hand seine Wange.

Sönke stellte die Verletzung in einer anderen Datei fest und bestätigte die Wahrheit seiner Aussage. Baihu zog ihn vom Stuhl und warf Hernando zu Boden. Etwas, was er bis dahin selbst mit anderen Frauen tat, aber niemals dachte er, dies als Opfer zu erleben.

Baihu sprang in die Luft wie ein tanzender Dämon, und als sie den Boden erreichte, brach sie ihm den Knöchel.

„Autsch. Scheiße, das hat aber wehgetan." Sönke schaute im Büro, ob keiner dies hörte. Er stellte fest, dass er weiterhin allein war.

Nach Hernandos Aussagen waren alle Pässe aus seinem Aktenschrank gestohlen, und sein Tresor wurde ausgeraubt. Der Autor des Berichts fragte erfolglos nach weiteren Inhalten des Safes.

Es war anzunehmen, dass sich dort illegales Bargeld und andere Dokumente befanden, was der Verbrecher verstecken wollte.

Er wurde mit zwei gebrochenen Knöcheln, einem Schulterbruch und ein paar Prellungen vom Krankenwagen abgeholt, und sechs Frauen, die in seinem Massagesalon gearbeitet hatten, waren verschwunden.

Eine Frau namens Baihu mit einem gefärbten Wachhund war nirgends zu finden. Hernando wurde befragt und war für zwei Wochen im Krankenhaus. Er bat die Polizei, in den Knast gehen zu dürfen, da er einen erneuten Besuch der unbekannten Frau befürchtete.

Im Polizeibericht schrieb Irene, dass Hernando vermutlich von einem Wettbewerber verprügelt worden wäre und aus Angst sein Geschäft in München geschlossen hätte. Die Vorstellung einer Frau namens Baihu, verstand sie aus ihrer eigenen Ermittlung, wäre aus Hernandos erhöhtem Drogenkonsum entstanden.

Sönke war müde und wollte endlich nach Hause. Er schaltete seinen Computer aus und brachte die Mappen wieder zum Aktenschrank, wo er diese aufbewahrte. Er näherte sich dem Ausgang des Großraumbüros und legte seinen Finger auf den Schalter.

„Danke, Baihu."

Castro

Jenny holte sich eine weitere Zeitschrift aus dem vergangenen Jahr aus dem Regal und schaute auf die Uhrzeit.

‚Noch zehn Minuten. Mist', ging durch Jennys Gedanken.

Die Tür zum Wartezimmer von Doktor Belvederes Praxis war immer offen, und Jenny kannte sich bestens aus. Sie bediente sich an den verschiedenen Kaffeesorten und den Keksen am Kaffeetisch. Sie war immer zu früh, aber es war ihr bekannt, dass Emilia, selbst wenn sie keine Patienten hatte, nie die Tür eine Minute früher aufmachte. Das war Dr. Belvederes Prinzip.

Jenny blätterte gelangweilt in der Zeitschrift und blieb auf einer Seite stehen. Sie erkannte, dass dieser Artikel der erste war, den sie in diesem Wartezimmer vor zwei Jahren gelesen hatte.

„Jenny", rief Emilia Belvedere, nachdem sie die Tür zum Besprechungsraum aufmachte.

Man konnte erkennen, dass Frau Doktor am Tag zuvor etwas zu tief in einige Gläser geblickt hatte, aber sie wusste, dies vor Klienten gut zu kaschieren.

„Setz dich auf die rote Récamiere bitte. Ich will heute etwas anderes ausprobieren." Freundlich aber bestimmend befahl Dr. Belvedere ihre Klientin zum roten Sitz.

„Ich hasse dieses Sofa", meckerte Jenny.

„Schuhe ausziehen und leg dich hin. Das ist besser für uns beide." Emilia überprüfte, dass Jenny die Anweisungen befolgte und drehte die klassische Sanduhr auf ihrem Tisch. Sie meinte, diese sei beruhigend, und damit würde sie die Sprechstunde besser kontrollieren.

„Warum wolltest du mich nicht weiter behandeln?", fragte Jenny etwas beleidigt.

„Eventuell unnötige Panik. Ich weiß, dass du es gut meinst, aber manchmal müssen wir dem System vertrauen. Peter Moers wäre bestimmt im Knast gelandet. Der Prozess sollte wiederholt werden. Aber lass uns etwas Produktiveres machen. Ich möchte vorschlagen, dass wir über das erste Mal sprechen, als du dich veranlasst fühltest, solche Selbstjustizaktionen durchzuführen." Emilia suchte nach dem Tabletstift und verfehlte diesen mehrmals.

„Das war Castro."

„Ja, Jenny. Das war ein gewisser Castro. Wie kamst du auf die Idee, ihn zu zwingen, sich zu stellen?" Der Stift war nicht der richtige, so stand Emilia auf und untersuchte mit Erfolg ihren Schreibtisch.

„Mein Ex, Stefano, starb. Ich kam vom Krankenhaus, Irene begleitete mich damals. Wir lernten uns bei der Frauennothilfe kennen. Wir waren in meiner Wohnung, ich sah eine Sendung über Fitness, und diese motivierte mich. Ich war sehr gut in meiner Jugend und dachte warum nicht. Die Knochenbrüche waren geheilt, und meine Muskeln benötigten Übung. Castro führte ein Fitness-Studio in Lehel." Jenny schob sich wieder hinauf. Sie rutschte immer von diesem Sitz herunter.

„Bis dahin war er kein Täter. Nur ein Fitness-Studio-Betreiber."

„Ja. Er war auch sehr sympathisch und nicht schlecht aussehend, aber nichts für mich."

„Wem hast du da geholfen?" Emilia schrieb alle Reaktionen von Jenny auf.

„Ich erfuhr, dass einige Frauen im Studio von ihm erpresst wurden. Er war ein mieser Gigolo. Er verlangte Geld für Sex und machte dabei kompromittierende Fotos oder Videos von seinen Kundinnen. Eine dieser Frauen nahm sich das Leben. Ich dachte, diese könnte ich gewesen sein. In meiner Ehe war ich mehrmals nah am Selbstmord. Das Leben mit Stefano war schrecklich." Jennys Finger kreuzten hektisch übereinander.

„Jenny. Versuche, mit Distanz darüber zu sprechen. Bewerten wir diese Fakten nicht. Bemühen wir uns nur zu erinnern."

„Ich verstand, wie er arbeitete, und ich war zu dieser Zeit nur eine von vielen, die dort eine Mitgliedschaft hatten. Dann kam mir wie eine Epiphanie, dass alle diese Frauen die gleichen Merkmale besaßen. Sie waren unsicher, sie hatten einen reichen Ehemann oder hatten einen wichtigen Vorstandsposten, und alle waren unattraktiv. Ich verstehe etwas von Frauen."

„Das weiß ich, Jenny. Deine Gesinnung ist mir nicht entgangen. Bleiben wir beim Thema", lenkte Dr. Belvedere ein.

„Castro liebte Champagner. Feiner Stoff. Nichts vom Supermarkt. Ich war in Rage. Der Gedanke, dass eine Frau sich wegen ihm umbrachte, machte mich wütend."

„Ich verstehe. Du hast dich mit dem Opfer identifiziert."

„Genau. Nach sechs Monaten dort unterhielt ich mich zum ersten Mal mit ihm. Er fragte, ob ich verheiratet sei. Das war eine sehr günstige Gelegenheit. Ich wollte diese nutzen. Ich sagte: ‚Ich bin Finanzdirektorin einer Modelagentur. Das Tal in München.'

Dr. Belvedere wusste, dass Jenny als Model für die Agentur arbeitete, aber sich als Chefin auszugeben, war dreist. Sie nickte wissend und lächelte über die List.

„Alles lief nach Plan, bis er mich in sein Zimmer führte und mit seinen männlichen Diensten überzeugen wollte. Mir war klar, dass Kameras versteckt waren, und ich wollte diese für meine Zwecke nutzen. Ich schaffte mir Zugang zum Videoraum. Das war ziemlich einfach. Dort waren alle Beweise, die ich benötigte, und die Polizei hat ihn erwischt."

Dr. Belvedere war mit dieser Kurzfassung nicht zufrieden und blätterte auf ihrem Tablet.

„Du hast nicht erwähnt, dass er acht Knochenbrüche erlitten hat. Du hast auch nicht gesagt, dass nur die Videos von der Erpressung der toten Frau gefunden wurden. Du hast auch übersprungen, dass von dir kein Video, Vertrag oder sonstige Dokumente dort gefunden wurden. Jenny, du musst dich der Wahrheit verpflichten und nicht die Geschichte vereinfachen, wie du willst. Du hättest ihn beinahe getötet. Wie er jetzt aussieht, wird er nie wieder eine Frau ins Bett bekommen." Emilia konfrontierte Jenny mit dem Bericht über Castro.

„Aber du kennst das alles. Von mir gibt es nichts, weil Irene alles entfernt hat. Es ist wahr, dass der Selbstmord der Frau vor meinem Vertrag mit dem Fitness-Studio geschah. Ich weiß nicht mehr, warum ich das gemacht habe, aber ich fand, dass Gerechtigkeit nur über die Polizei nicht möglich sei. Irene selbst hat das bestätigt. Mag sein, dass ich etwas heftig reagiert habe, aber er hat mich provoziert." Sie schaute zu Boden, was deutlich als Verlegenheit zu deuten war.

„Jenny, bitte. Du bist mit einer falschen Identität dort hingegangen und hast all diese unschuldigen Details deiner Geschichte erfunden."

Jenny fühlte sich ertappt. Auch etwas Scham, aber sie wollte nicht über die Beweggründe sprechen. Sie richtete sich auf.

„Ich muss nach Hause", erklärte sie und wollte von der Récamiere aufstehen.

„Jenny. Wir arbeiten seit Jahren zusammen. Wir kommen nicht an den Kern deiner Motivation, weil du dich immer dagegen sperrst."

„Nicht heute", verabschiedete sich Jenny.

Siegfried

Am Leopoldpark sammelten sich eine Gruppe von Frauen mit Plakaten und einige Männer mit Regenbogenfahnen. Die Polizei wurde von der Protestaktion informiert, und entsprechend hielt sie die Menge unter Kontrolle.

„Er gehört eingesperrt", schrie eine beleibte Frau in den Fünfzigern.

Gilligan hob auch ein Schild zum Protest gegen die Freilassung des Manns, der aus einem Polizeiwagen ausstieg. Sein Telefon klingelte zum wiederholten Male, er ignorierte es.

„Perverser", schrie eine andere Frau aus der Gruppe.

Die Presse in Bayern kommt für gewöhnlich in solchen Fällen immer rechtzeitig und selten zu früh. Ohne Massenandrang wollen die Fotografen nicht arbeiten, und die Redakteure fühlen sich unterfordert.

Das Polizeiauto parkte, und zwei Polizisten stiegen aus.

„Knast ist das mindeste, was diese Sau verdient", feuerte die beleibte Dame die Menge an. Neue Personen kamen hinzu und fragten herum, was los sei.

„Wer ist der Organisator der Proteste?", fragte ein Polizeibeamter.

Viele gingen aus dem Weg, bis der Beamte sich bis zur Mitte bewegte.

„Ich habe das organisiert", beantwortete Gilligan die Frage.

„Die Personen dürfen nicht auf dem Fahrradweg stehen. Kümmern Sie sich darum, sonst müssen wir den Protest abbrechen." Der Beamte war ebenso beleibt wie eine schreiende Dame in der Gruppe, und sie schien auf Konfrontation zu setzen.

Wieder rief jemand Gilligan an. Er kümmerte sich, dass die Beteiligten des Protests sich nach den Anweisungen des Sicherheitsbeamten richteten und verteilte weitere Pamphlete. Er holte sein Handy aus der Hosentasche und kämpfte mit den Papieren in der anderen Hand.

„Was ist? Ich bin beschäftigt", Gilligan gab sich patzig am Telefon.

„Ja, davon habe ich gehört. Wie konntest du das machen? Du hast amtliche Informationen preisgegeben. Das ist ein Verbrechen", flüsterte Sönke auf der anderen Seite.

„Das ist es nicht. Ich habe nur einen Protest organisiert. Die Tatsache, dass dieser Mann trotz nachgewiesener Übergriffe auf Frauen hier im Park wegen ungültiger Beweise freigelassen wird, ist ein Verbrechen. Ich muss mich beschäftigen. Momentan sind andere Probleme da, die mich vom Leben abhalten. Ich fand das wichtig und mache dies gerne, und Jenny hilft mir", konterte Gilligan.

In all den Jahren, in denen die beiden Freunde zusammenlebten, hatten sie sich selten gestritten, und meistens achtete Sönke aufmerksam auf die Stimmungsschwankungen seines Kumpels, aber diesmal war er überrascht.

„Nur weil eine Frau ihn verprügelt und seine Fotos und Indizien dagelassen hat, bedeutet das nicht, dass diese Beweise sind. Sein Anwalt hat das gut erkannt, und wir müssen das akzeptieren. Auch dieser Mann hat Rechte." Sönke versuchte, Gilligan Vernunft einzutrichtern.

„Wie kannst du sowas sagen? Du weißt, wie ich mir selbst das Leben fast beendet hätte wegen einem solchen Perversen." Auf das Wort reagierte die beleibte Dame und feuerte die Menge an. Gilligan entfernte sich etwas, um am Telefon besser zuhören zu können.

„Wenn man mitbekommt, dass du meine Akten gelesen hast und in den Computern der Polizei herumfummelst, landen wir beide in einer Zelle. Schau, dass du da verschwindest", versuchte Sönke.

„Der Mann muss wissen, dass wir ein Auge auf ihn haben. Wir sind keine Schafe. Wir lassen uns nicht schlachten." Gilligan sprach eigentlich in Richtung der Dame, die sich umso bestätigter fühlte.

Ein Auto parkte nahe der Menge. Ein Mann stieg mit einer Decke bedeckt und an beiden Seiten von Polizisten flankiert aus dem Wagen. Sie bewegten sich zu einer Wohnanlage unweit des Parkplatzes.

„Irene hat geschrieben, dass alle Fotos der Missbrauchsopfer am Tatort gefunden wurden. Es gab keinen Zweifel, dass er sich hier im Park austobt. Es ist in den Akten vermerkt, und das habe ich gelesen. Ich will nicht passiv sterben und eine solche Ungerechtigkeit akzeptieren. Du solltest das auch nicht. Ich wäre nicht am Leben, wenn du mich nicht in letzter Minute gerettet hättest. Wollen wir, dass einem anderen Menschen das Gleiche wie mir geschieht?", fragte Gilligan aufgebracht.

Der Mann unter der Decke konnte offensichtlich nicht alleine gehen. Die Beamten halfen ihm mit einem Rollstuhl. Die Menge buhte die Polizisten und den Täter aus, der in der Wohnanlage verschwand.

„Unsere Aktion kommt bald zum Ende, und ich gehe nach Hause. Ich fühle mich zu müde." Gilligan litt unter der Aufregung, und seine Medikamente schienen momentan weniger zu wirken.

„Toll. Das auch noch. Du benimmst dich wie ein Idiot. Du kannst und darfst solche Aktionen nicht mitmachen. Das System kümmert sich um diese Menschen, und du gehst nach Hause. Ich hoffe nur, dass Irene keinen Wind davon bekommt." Sönke lief beim Telefonieren. Er spürte, dass er zu lange Gilligans Sorgen ignoriert hatte, und diese schienen jetzt zu explodieren.

„Es ist gut, Leute. Der Protest wurde gehört und ist vorbei", rief der Polizeibeamte in der Menge.

„Wann wolltest du mir sagen, dass du diese Aktion organisiert hast?", setzte Sönke Gilligan unter Druck.

„Gar nicht. Es kümmert dich nicht besonders."

„Was soll das heißen?"

„Du solltest nicht gegen imaginäre Rächerinnen gehen, sondern gegen solche Monster ermitteln", sagte er, und sein Handy fiel zu Boden.

„Gilligan, was ist denn da los?", fragte Sönke, aber niemand hörte ihn.

Stopp Jenny

Die Wahrheit ist nicht verhandelbar. Das wurde Irene klar, und als sie vor Jennys Wohnung ankam, gestand sie sich, dass sie sich nicht mehr von Jenny und ihren verrückten Aktionen distanzieren könne. Sie liebte diese Frau zu sehr. Es war keine Lust oder Begierde, aber Geborgenheit und Erfüllung, die sie empfand. Jennys Spontanität und Mut waren wie ein schwarzes Loch, das alles an sich zieht und keiner wusste, was sich auf der anderen Seite befindet. Sie betrachtete den Schlüsselanhänger aus Bahia, mit einer schwarzen Puppe, die in Brasilien sehr traditionell ist.

Als Irene die Tür aufmachte, blickte sie in die leere Wohnung und schloss die Tür hinter sich. Auf dem Küchentresen fand sie eine Nachricht.

‚Ich bin bei Dr. Belvedere.'

Als sie sich am Morgen verabschiedeten, bat Jenny Irene, die Wohnungsschlüssel mitzunehmen und wiederzukommen. Sie fühlte sich kindisch und zum Teil unerklärlich unprofessionell. Jedoch ihr wurde klar, dass sie keine zweite Person wie Jenny je in ihrem Leben treffen würde.

‚Wir haben eine Chance. Da bin ich mir sicher.'

Irene zog ihre Schuhe aus und erinnerte sich, dass Jenny meistens barfuß herumlief. Der Teppich fühlte sich unter ihren Füßen so angenehm an, dass sie sich fast draufgelegt hätte.

Sie schaltete das Internet-Radio an und wusste, dass Jenny die brasilianischen Lieder gerne hörte, und machte sich zur Küche. Sie wollte mit einem Abendessen überraschen.

Das Telefon ertönte zweimal und wurde aufgelegt, bevor Irene dieses erreichen konnte. Als sie den Kühlschrank aufmachte, fand sie Gemüse und andere Zutaten, aber nicht alles, was sie wollte. Sie holte sich den Orangensaft, und der Apparat ertönte wieder zweimal, dann wurde aufgelegt. Dies irritierte Irene etwas. Dann ging sie zum Wohnzimmer.

Wieder ertönte das Telefon, und sie wartete ab, doch beim vierten Mal nahm sie das Gespräch entgegen.

„Jenny?", fragte eine asiatische Stimme.

Irene bekam einen leichten Adrenalinstoß.

„Ja", versuchte sie, wie ihre Freundin zu klingen.

„Hernando kommt raus, und wir wollen, dass er uns nicht wieder bedroht. Kannst du etwas … wie damals unternehmen?" Die Stimme flüsterte am Ende des Satzes.

Irene fürchtete, entlarvt zu werden und überlegte, wie sie reagieren sollte. Da sie zu lange nachdachte, legte die Anruferin nach.

„Wir bezahlen dich gut!"

Irene wollte den ersten Satz sagen, wurde nervös und legte auf.

‚Oh mein Gott. Jetzt bekommt Jenny Aufträge', flog durch Irenes Gedanken.

Sie vergaß alle Vorbereitungsideen, nahm ihr Tablet aus der Tasche und loggte sich in den Polizeicomputer. Sie kannte die Akte von Hernando und seinem Massagesalon. Jedoch sie vergaß seinen echten Namen. Dieser war nur ein Spitzname. Kleine Schweißperlen bildeten sich auf ihrer Stirn.

‚Worauf hast du dich wieder eingelassen?', fragte sich Irene in Gedanken.

„Hilber", erinnerte sie sich.

Sie rief die Daten auf, und die Maske erschien langsam auf dem Gerät.

„Mach halt", protestierte sie.

Irene stand auf und stellte sicher, dass Jenny nicht bereits fast zu Hause war. Sie könnte sie von der U-Bahn bis zum Eingang des Gebäudes auf der Straße sehen, aber es war kaum jemand auf dieser unterwegs.

Als der Dialog sich öffnete, sah sie ein Dokument über den Verbrecher. Er sollte am nächsten Freitag auf Bewährung freigelassen werden. Weitere Verbote für geschäftliche Tätigkeiten und Einsatz von Fremdarbeitern waren dort auch notiert.

„Fremdarbeiter. Du Sau", fluchte Irene.

Sie holte ihr Handy und wählte die Nummer von Emilia. Nach einer kurzen einleitenden Musik war sie selbst am Telefon.

„Belvedere."

„Hier ist Irene. Ich muss etwas über Jenny und ihren Zustand fragen."

„Hallo, meine Liebe, ich habe noch eine Klientin. Ich habe nur deine Nummer gelesen und dachte, es wäre dringend", gab Dr. Belvedere etwas schnippisch zurück.

„Es ist dringend. Hat sie über einen Mann namens Hernando gesprochen?"

„Warte." Es folgten Tastaturschläge und wütende Klicks und nach einem heftigen Druck auf die Auslösertaste kam sie wieder.

„Nein. Wir machen derzeit Regression."

„Was heißt das?" Irene war überfordert mit solchen Fachbegriffen.

„Ich will, dass Jenny sich an den Ursprung ihres Drangs nach Selbstjustiz und Gewalt erinnert. Etwas an der Wurzel des Problems hindert sie, rational zu agieren. Können wir das später besprechen?"

„Klar, klar. Sorry." Irene wurde kreidebleich und hob den Zeigefinger zu den Lippen.

Im Flur waren Schritte zu hören. Schnell prüfte sie, ob der Telefonapparat von Jenny wieder am Platz war und schaltete ihr Tablet ab. Dann setzte sie sich in die Küche. Da ging die Tür auf.

„Bist du schon da?", stellte Jenny fröhlich fest.

„Ich wollte gerade anfangen zu kochen", entschuldigte sich Irene etwas außer Atem.

„Gehen wir zum Restaurant. Ich habe eine Fotosession morgen und vier Tage nächste Woche. Ich muss noch ein Peeling und eine Massage ertragen, damit die blauen Flecken verschwinden", erklärte Jenny.

‚Ja. Die Model-Agentur', erinnerte sich Irene.

„Sollen wir nach deiner Fotosession morgen für drei Tage nach Bad Baiersoien fahren? Ich brauche einen Tapetenwechsel." Irenes Stimme stotterte leicht.

„Tolle Idee. Dann haben wir mehr Zeit für uns", suggerierte Jenny und kokettierte zum Bad. An der Tür angekommen, drehte sie sich zu Irene.

„Versteckst du etwas vor mir?"

„Mach dich fertig. Gehen wir raus." Irenes Augen verrieten jedoch, dass sie doch etwas verbarg.

Adieu, Hernando

Die Sonne schien wieder über München, Sönke kam mit ernster Miene ins Büro. Er setzte sich an seinen Tisch, murmelte Unverständliches und blickte zweimal in Irenes Richtung, die sich damit etwas unwohl fühlte.

Sie stand auf und ging auf ihren Kollegen zu.

„Was ist denn los? Hast du eine zu enge Unterhose? Wieso bist du so unruhig?" Sie waren keine guten Freunde, aber sie versuchte, freundlich zu wirken.

„Ich bin etwas überarbeitet." Sönke holte einen Wischlappen aus seiner Schublade, der sauberer war als die meisten Küchentücher, die Irene je in ihrer Küche gehabt hatte.

‚Habe ich Küchentücher?', fragte sie sich.

„Wir haben mit dem Selbstmord vom Nordbad zu tun." Sönke machte eine Mappe auf seinem Computermonitor auf.

Irene schaute das Foto an und bekam einen Kloß im Hals.

„Er wurde zuvor angezeigt." Irene stolperte in die eigene Sprache und befürchtete, dass Jenny ohne ihr Wissen wieder Ärger gemacht hätte.

„Ja. Das hat er. Keiner hat sich seine Akte je angeschaut. Hätten wir ernsthaft ermittelt, hätten wir die Drecksau verhaftet", platzte Sönke heraus. Er putzte heftiger an seiner Tastatur und erzeugte damit ein Wirrwarr auf dem Monitor.

„Hör auf. Ich kann nichts lesen", monierte Irene.

„Ist wieder eine nackte Frau mit Hund da gewesen?", fragte Irene vorsichtig. Sie wusste, dass Jenny teilweise involviert sein könnte, aber sie hoffte, dass diesmal keine Spuren übersehen wurden.

Sönkes Putzfimmel wurde auf den Tisch umgeleitet. Während er das Putztuch mit Reiniger befeuchtete, schaute er etwas überrascht zu Irene.

„Ich dachte, du wärst der Meinung, dass dies nur ein Hirngespinst von mir wäre." Irene fiel ein Stein vom Herzen, und sie war durch Sönkes Aussage beruhigt.

„Das ist der Beweis. Straftäter brauchen keine Rächerinnen. Sie finden von alleine ein Ende. Wieso bist du so unruhig? Freu dich. Er hatte einige Personen auf seiner Liste gehabt. Ich bin sicher, einige Mütter in der Kirche werden froh sein", lenkte Irene vom Thema ab.

„Ich bin bereits seit dem letzten Fall davon ausgegangen, dass die Theorie mit der Rächerin nur eine

Fata Morgana ist. Der Dicke ist über den Balkon gesprungen." Sönkes Lässigkeit war für Irenes Vorstellung etwas merkwürdig.

„Warum hast du die Akte dann noch bei dir?"

„Gilligan war mit Jenny in einer Protestaktion gegen einen Perversen am Leopoldpark. Das ist nicht weit vom Nordbad, und ich wollte nur die Täter vergleichen. Ich wollte sicher sein, dass dies nicht nur ein Zufall ist." Sönke schien nicht an Gesprächen zwischen Kollegen interessiert zu sein und begann seine Schubladen zu putzen.

„Gut. Ich lasse dich allein. Es freut mich, dass du dich jetzt um vorhandene Fälle kümmerst. Davon haben wir genug." Selbstzufrieden verließ Irene Sönkes Schreibtisch und ging zur Küche.

Sie schaute in alle Richtungen, und da niemand in der Nähe war, holte sie ihr Handy und rief den SMS-Dialog auf.

‚Wo bist du?', schrieb sie an Jenny.

Drei-Pünktchen tänzelten und gaben an, dass Jenny eine Antwort verfasste.

‚Ich bin zu Hause', sprang in dem Chat auf.

‚Sönke schaute sich den Fall vom Nordbad an. Hast du etwas damit zu tun?'

‚Ich habe den Kerl nicht über den Balkon geworfen.' Irene las das und verstand nicht, also rief sie Jenny an.

„Woher weißt du darüber?", fragte Irene.

„Damit habe ich nichts zu tun. Gilligan hat mich informiert. Wir waren zusammen bei einer Demo gegen einen Triebtäter. Ich habe einen kostenfreien Abend beim Restaurant Marcello bekommen. Ich denke, ein Kunde der Agentur hat das spendiert, und das nutzen wir aus. Komm, es wird besser sein, als nur herumzutexten und zu telefonieren." Jenny benutzte ihren ganzen Charme beim Sprechen.

„Gut. Bis später." Irene legte auf, und die Aufregung stieg unaufhörlich. Sie wusste, dass sie sich an einer Wende in ihrem Leben befand, und Jenny schien dies auch zu wissen.

Marcello

Das Restaurant war immer vornehm besucht, und seine besseren Tische waren stets reserviert. Jenny war als Model bekannt und genoss eine besondere Stellung als Gast bei Marcello.

Jenny schaute sich die Weinkarte an und wies der Bedienung ihre Wünsche an. Als diese sich entfernte, bemerkte sie, wie Irene auf das Restaurant zukam.

„Hi, Irene", begrüßte sie die Freundin.

„Was hast du gemacht?", flüsterte Irene.

„Hey, setzt dich zuerst und begrüße mich richtig. Wir sind nicht in einem Kuhstall", monierte Jenny charmant. Ein leichtes Zittern war ihr kaum anzumerken, aber die Fragen über den Tod des Kirchenmanns vom Nordbad hatten sie überrascht.

„Ich bin absolut außer mir. Dieser Selbstmord scheint unseren Neuling aus dem Häuschen zu holen.

Er nervt die ganze Zeit. Hast du wirklich nichts damit zu tun?", sagte Irene leise, während sie sich setzte.

„Das Töten ist gegen meine Prinzipien. Ich würde sowas nie tun", beschwörte Jenny leise.

„Aber es ist kein Zufall, dass wir parallel zu deinem Besuch am Leopoldpark einen Toten haben, oder?" Irene schenkte sich etwas Wein ein, der mit der ergrauten Bedienung kam.

„Zufälle gibt es!", lächelte Jenny.

„Lass den Mist. Ich sehe mich schon als deine zukünftige Knastbraut. Das gefällt mir ganz und gar nicht", überlegte Irene laut.

„Ich bin mir sicher, dass dieser Fall von jemand anders zur vollen Zufriedenheit der Opfer beendet wurde und habe weiter ermittelt. Das wollte ich dir nicht am Telefon sagen." Jenny suchte etwas in ihrer Tasche.

„Was hast du herausgefunden?", fragte Irene.

„Clara und Emilia waren gestern unterwegs. Ich habe mit Emilia telefoniert. Sie scheint noch nicht über den Fall vom Leopoldpark gehört zu haben." Irene war sichtlich nervös.

„Wer war der Mann?", wollte Jenny erfahren.

„Ein Diakon. Das ist alles, was wir wissen. Er war auch ein Pädophiler, so weit ist klar. Es kann nicht ausgeschlossen werden, dass er sich wirklich umgebracht hat, nur das Detail, dass er nackt ausgezogen war, ist für mich nicht nachvollziehbar." Irene winkte dem Kellner.

„Ich ziehe meine Klamotten nur aus, damit ich keine Spuren hinterlasse, und wenn einer blutet, kann ich dies gut von meiner Haut abduschen", erklärte Jenny technisch.

„Hör auf. Ich kriege Gänsehaut. Hey!", schrie Irene, und die Bedienung kam endlich.

„Was darf es sein?", versuchte sie der genervten Dame zu sagen, aber ihr Deutsch war etwas unverständlich.

„Zwei Bier. Heute noch, wenn es geht", fügte Irene hinzu. Die Bedienung ignorierte die böse Bemerkung und zog eine Schnute.

„Irene, sei nicht so aggressiv", monierte Jenny.

„Ach ja. Ich? Egal. Sönke vermutet, dass du dort warst. Er kennt deinen Namen zwar nicht, aber die Frau mit dem Hund." Irene blätterte auf dem Tablet und zeigte Jenny den Bericht.

„Ups! Das hat er heute geschrieben", bemerkte Jenny.

„Ja. Er will nicht aufgeben. Ich glaube, dass er noch in der Phase ist, wo er Karriere machen will. Ich habe bereits nach zehn Jahren die Schnauze voll." Irene bekam die bestellten Biere, und die Bedienung entfernte sich unbemerkt.

„Wir könnten endlich zusammenleben", fügte Jenny mit einem Lächeln hinzu.

„Mit dir zu leben und jeden Tag unsicher zu sein, ob du noch am Leben bist? Jeden Tag vermuten, dass du wieder jemanden vermöbelst? Wir müssen uns eine bessere Basis für ein Zusammenleben überlegen. Ich will nicht jeden Tag denken, ob ich am Abend Witwe bin." Irene war von ihren eigenen Worten bewegt, und um dies zu verbergen, trank sie einen großen Schluck von ihrem Bier.

„Hey, sachte. Ich will auch nicht eine Zukunft mit einer Säuferin haben. Du machst dir unnötig Gedanken. Solange ich jung und bei Kräften bin, kann mir keiner etwas tun. Doktor Belvedere ist der Ansicht, dass ich irgendwann das Trauma mit Stefano verarbeiten und diesen Drang nicht mehr haben werde. Ich kann das nicht kontrollieren." Der Übermut wuchs an Jennys Selbstbewusstsein.

„Nimm eine Pille. Du steigerst dich wieder rein. Sollen wir diesem Fall nachgehen? Nur zur Sicherheit, dass dir keiner etwas anhängen will?", schlug Irene vor.

Jenny tauschte das kaum getrunkene Bier mit ihrer Partnerin und schien gründlich zu überlegen.

„Ganz ehrlich, ich kann dir nicht sagen, ob das klug wäre. Wir könnten bei der Ermittlung auf jemanden treffen und das, was bisher nicht spruchreif war, zum Gesprächsthema machen. Kannst du mir folgen?" Jenny war sehr strategisch in ihren Schritten.

„Sicher. Du hast ja Recht. Aber bitte mach das nicht wieder, ohne dass ich davon weiß. Könnten wir uns da einigen?", flehte Irene.

„Warum ziehst du nicht endlich zu mir? Dann kannst du selbst sehen, wo ich mich befinde", kokettierte Jenny.

„Ich sollte dich wegen Erpressung verhaften." Irene rief wieder die Bedienung.

Castro verschwand

Der Computerbildschirm glänzte zu hell, und Sönke dachte, wie alt dieses Gerät sein mochte. Er suchte nach Regulierungsknöpfen und fand keine. Er nahm etwas Abstand und schaute sich seinen Urlaubsantrag wieder an.

Vier Wochen konnten nur im Ausnahmefall genehmigt werden, aber er hoffte, sein Vorgesetzter würde seine Situation verstehen.

‚Wenn Gilligan stirbt, und ich nicht an seiner Seite bin, das wäre für mich unerträglich.'

Er presste den Sende-Button und ging vom Monitor weg. Seine Gedanken kreisten um die Wahrscheinlichkeit, dass er von den Strahlungen sterben würde oder vielleicht Krebs bekommen könnte.

In den Jahren, die er mit Gilligan wohnte, schien er für hypochondrische Anfälle noch empfänglicher geworden zu sein. Er kam auch zu dem Entschluss, dass eine andere Liebesbeziehung ihn nur nervös und zu einem leichten Opfer für Psychoterror machen würde.

Sönke öffnete eine seiner Mappen am Computer. Sicher, dass Irene ihn nicht überraschen würde, ging er die persönlichen Daten eines Täters namens Castro durch. Ein Foto von diesem zeigte einen sehr attraktiven dunkelhaarigen Mann. Kaum denkbar, dass eine Frau ihn so zurichten konnte. In der elektronischen Mappe befanden sich Castros Werbefoto für sein Fitness-Studio und ein zweites Album über die Verletzungen, die ihm zugefügt wurden.

Keine der Frauen des Etablissements konnte eine Aussage machen, und alle behaupteten, ihn nur flüchtig von der Bar im Foyer zu kennen. Castro selbst erklärte noch im Krankenhaus, dass er nur einen kleinen Streit mit einer Kundin hatte.

‚Scheiße, Mann. War diese Kundin Godzilla?', fragte sich Sönke.

Laut Bericht wurde er von einer Putzkraft beim Aufschließen des Studios bewusstlos bei den Hantelgeräten gefunden. Sein Safe war fast leer. Jedoch behauptete er, nichts Wertvolles wäre entwendet. Eine Anzeige gegen die angebliche Kundin hatte er nicht erhoben, und er weigerte sich, ihren Namen zu nennen.

Auffällig war, dass Castro zuvor zweimal wegen Erpressung bestraft wurde. Er schien eine Gigolo-Masche zu benutzen. Die meisten der aufgelisteten Kundinnen waren prominente Damen und alle über vierzig. Eine Telefonnummer des Fitness Studios war registriert, und diese wählte Sönke an.

‚Kein Anschluss unter dieser Nummer', sagte die mechanische Stimme.

Nicht damit zufrieden, suchte Sönke das Fitness-Studio in seiner Suchmaschine. Außer einigen alten Einträgen war nichts zu finden. Offensichtlich hatte Castro die Branche verlassen.

Einen weiteren Eintrag fand er in der Polizei-Mappe. Seine private Adresse und eine Telefonnummer. Es war eine Mobilnummer. Sönke wählte diese.

„Ja", kam ein langer müder Ton.

„Guten Morgen. Ich suche Castro Leinfeld", sagte Sönke, ohne sich zu identifizieren.

„Herr Leinfeld ist fast über zwei Jahre weg. Wieso? Wer sind Sie?" Der Stimme nach zu urteilen, handelte es sich um eine etwas ältere Dame.

„Sie sind als Kontaktperson bei der Polizei registriert." Sönke blieb noch vorsichtig.

„Polizei? Dann können Sie Ihre Daten korrigieren. Ich war nur die Putzfrau in seinem Laden. Mein letztes Gehalt habe ich sechs Monate, nachdem er geschlossen hatte, bekommen, und seitdem habe ich von diesem Mistkerl nichts mehr gehört." Die Dame mochte Castro bestimmt nicht.

„Kannten Sie die Kundinnen des Studios? Herr Leinfeld wurde von einer verprügelt, steht hier", versuchte Sönke etwas mehr Informationen herauszulocken.

„Ich glaube, alle Frauen in diesem Studio hätten ihm gerne eine Lektion verpasst. Ich hörte, was man so über ihn redete, und ich will mich nicht einmischen, aber er schien nebenbei viel Geld mit diesen Damen zu verdienen."

‚Aha, sie spricht gerne.'

„Davon steht hier nichts, aber ich habe darüber gehört", log Sönke.

„Nur eine war kräftig, aber sehr schlank, und ich kann mir vorstellen, dass er sie nicht beeindrucken konnte, aber sie war nur ein paar Mal im Studio. Ich weiß nicht, ob sie überhaupt eine Kundin war. Ich war nur zum Putzen da." Klang leicht nach einer Beschwerde.

„Wissen Sie, wohin er gezogen ist?"

„Nein. Ich musste wegen meines Gehalts lange nach ihm suchen. Irgendwann bekam ich eine Überweisung, aber weder Brief noch Kontakt. Er hat das Studio schnell weitergegeben. Der neue Inhaber hat eigene Putzkräfte. Aber das sind schlampige Leute. Das weiß ich. Es riecht alles sehr penetrant."

„Wer ist der neue Besitzer?", wollte Sönke erfahren.

„Besitzerin. Das ist eigentlich eine ehemalige Kundin des Studios. Sie führt eine Modelagentur und ist ziemlich betucht. Ach, ich plaudere zu viel."

„Nein, das ist nichts Offizielles", ermunterte Sönke.

„Es ist jetzt ein Ladys-Studio. Keine Männer mehr. Auch nicht im Personal."

„Vielen Dank", verabschiedete sich Sönke.

Er eröffnete neben Castros persönlichen Daten ein Notizfeld und schrieb eine Bemerkung:

‚Verschwunden.'

Alles dazwischen

Indizien

Die Wiederbegegnung mit Irene hatte in Jenny erneut das Gefühl geweckt, geliebt und beschützt zu werden. Im Radio lief eine Schnulze aus den fünfziger Jahren und brachte Jenny anders als sonst immer wieder zum Lächeln. Das Bittere unter ihrem künstlichen Grinsen verschwand, und sie bewegte sich fröhlich in die Wohnung, begleitet von Bogart, der das Tänzeln als Spiel missverstand.

Die Sitzung mit Doktor Belvedere, wo Jenny die Wurzel ihrer Wut auf Kriminelle suchte, Menschen, die sie dazu brachten, gewalttätig zu werden, hinterließ Spuren. Sie bemerkte, dass sie sich tatsächlich nicht mehr erinnerte, wie dies einmal angefangen hatte. Einer Sache war sie sich jedoch sicher: Sie griff niemanden an, bevor Stefano, ihr Ex-Ehemann starb.

Seine Fotos waren auch nicht mehr im Haus. Er war ein sehr eitler Mann und Krimineller, daran gab es keinen Zweifel. Als er sie von ihrer Mutter in Bahia abkaufte, war er in den ersten vier Wochen ein netter Mann und zeigte ihr vieles, was sie nicht kannte. Die richtige Gabel zu benutzen. Sie lernte, pausiert und graziös zu sprechen. Er bezahlte den Intensivunterricht mit einer Frau, an deren Namen Jenny sich nicht mehr erinnerte. In den sechs Jahren, die sie zusammenlebten. Jedoch mit der Zeit stiegen die Ansprüche, und die

Kunden, die Stefano ihr brachte, waren grausamer und sogar brutaler. Alles reiche Männer, die für ihre Dienste viel bezahlten. Begleitung nannten sie das, aber sie wollten nicht nur eine Begleiterin, die sie nicht blamierte, sondern auch eine gefügige Frau, die alle Spinnereien mitmachte.

Jenny wurde katholisch erzogen, vergaß jedoch nicht die Wurzeln ihrer Omas im brasilianischen Candomblé. Sie verstand die Ehe mit Stefano als ihre Aufgabe, die sie für ihre Mutter leisten sollte. Aber alles veränderte sich, als sie lernte, dass sie nur eine Ware in den Händen ihrer Gebärerin war. Nach ihrer Vermittlung an Stefano war ihre Mutter nicht mehr zu erreichen, und in all den Jahren hatte sie sich nicht mehr gemeldet.

Der Traum vieler Mädchen in solch kleinen Städten ist weltweit der gleiche. Sie wollen einen Mann mit Geld heiraten, der in einer großen Stadt lebt. Aber wenn sie in der Realität aufwachen, ist es zu spät, und sie können nicht mehr zurück.

Die meisten dieser Mädchen werden Mutter und verbringen zwanzig Jahre mit der Last der Kinder und stets auf der Suche nach Unterhalt bei den Männern, die sie durch eine Jüngere tauschten. Sie traf Vorkehrungen, nie schwanger zu werden, und sie trainierte, um eines Tages frei zu sein.

In diesen Gedanken vertieft, setzte sie sich auf ihren Lieblingssessel und holte Bogart, der erfreut seine Schlafposition einnahm. Sie deckte sich mit einer schweren Sofadecke zu, die mit Symbolen des Candomblés bestickt war. Sie plagten die Einsamkeit und Unsicherheit, ob sie irgendwann erwischt werde.

‚Was soll aus Bogart werden?', fragte sie sich.

Sie vermisste Irene, die meinte, sie brauche neue Wäsche aus ihrer Wohnung und nicht zurückkam. Jedoch versprach sie am nächsten Tag wiederzukommen.

‚Was soll aus mir und Irene werden? Wenn sie zwischen mir und ihrer Karriere hin- und hergerissen ist?' Jenny spürte in diesem Moment große Unsicherheit. Eventuell machte die melancholische Melodie im Radio sie verwundbar. Sie wollte die Fernbedienung erreichen und die Musik wechseln und nicht weiter in einem depressiven Moment zerfallen. Bevor ihre Hand den Apparat erreichte, hielt sie inne.

Eine Erinnerung überkam sie. Stefanos Hand auf dem Boden. Er blutete. Ja, das geschah. Jenny erinnerte sich nicht mehr, wann sie ihn verprügelt hatte. Er war sehr gefährlich, und er hätte sie ohne Gnade oder Rücksicht erschossen, das wusste sie. Jedoch sie sah ihn blutend auf dem Boden liegen.

‚Was habe ich getan?', dachte Jenny mit einem leichten Anflug von Schuld.

Sie war mal ein zartes und lustiges Mädchen. Mit dieser Erinnerung überflog sie alle Männer und Frauen, die auf ihrer Liste waren. Es waren bereits zwölf. Alles gläubige Personen, die gegen jegliche Moralvorstellungen verstoßen hatten. Sie verprügelten Frauen wie sie. Sie erpressten andere wie sie.

‚Du identifizierst dich mit den Opfern, mit diesen Personen', erinnerte sich Jenny an Doktor Belvederes Worte.

‚Darum habe ich Bogart zu mir genommen.' Jenny betrachtete den unschuldigen Hund auf ihrem Schoß und dachte, wie entschlossen er sie immer verteidigte.

Trotz allem Nachdenkens blieben Doktor Belvederes Fragen unbeantwortet.

„Wann habe ich angefangen, Jenny zu sein?", sagte sie laut, als würde sie sich vergewissern wollen, dass sie wach war.

Der Erste auf ihrer Liste, sofern ihre Erinnerung reichte, war der Ehemann einer Freundin in Köln. Sie bekam eine Anzeige, aber der Mann landete wegen häuslicher Gewalt im Knast. Die Anklage gegen sie wurde fallen gelassen und die Meldung gelöscht.

Jenny konnte alle zwölf einigermaßen einordnen, aber womit der erste Mann sie aus der Fassung brachte, blieb ihr in der Tiefe ihrer Gedanken weiterhin verborgen.

Ihr erster Name war der einer Frau. Keine nette Person. Auch in Drogen und Prostitution involviert. Sie war eine Freundin von Stefano und der Grund, warum sie Köln verlassen musste. Teilweise war sie dieser Person dankbar, denn wegen ihr traf sie Irene in München.

Sie war müde und wollte kurz schlafen. Eine Frage begleitete sie in der Traumwelt:

‚Was geschah mit Stefano?'

Eine verbotene Liebe

Das Auto gab verschiedene Geräusche von sich, bis der Motor zum Stillstand kam. Irene holte ihre Tasche vom Rücksitz und sprang raus. Noch spürte sie Jennys Hände während der Liebe der letzten Nacht auf ihrem Körper.

„Mist", gab Irene laut von sich. Sie wollte diesen Gefühlen widerstehen, aber sie empfand, als würde sie sich selbst nur mehr verletzen, wenn sie Jenny von sich fernhielt.

Jenny meinte, immer jemandem helfen zu müssen, aber Aufträge entgegenzunehmen, war weit mehr als nur Selbstjustiz. Ob Jenny dies verstand, war ihr auch nicht klar. Trotzdem wollte sie eine Lösung für all diese Probleme finden, und insbesondere wollte sie leben. Durch ihre Karriere hatte sie zwar eine sichere Arbeitsstelle, aber dafür hatte dieselbe Karriere ihr Leben geraubt.

Jetzt noch dazu mit dem neuen Kollegen, der nichts Besseres zu tun hatte, als gegen Jenny zu ermitteln. Das könnte sowohl ihre Karriere als auch ihre Liebe gleichzeitig zu einem tragischen Ende führen.

Irene erreichte den Aufzug, und eine leichte Panik überkam sie.

‚Was würde passieren, wenn der Tote vom Nordbad etwas mit ihr zu tun hätte?' Trotz Jennys Beteuerungen war Irene nicht klar, ob sie ihr die ganze Wahrheit erzählte.

Sie erreichte ihre Wohnung, und beim Öffnen der Tür zitterten ihre Hände.

‚Doktor Belvedere suchte nach der Wurzel von Jennys Störungen. Wie weit wird sie dann forschen?' Dieser Gedanke plagte Irene, weil sie unsicher war, inwiefern die Ergebnisse dieser Forschungen Jenny helfen würden. Oder ob diese Aufdeckung ihre Beziehung verändern würde.

Eine SMS erreichte ihr Handy. Ein Bild zeigte, dass Jenny sie vermisste.

Die Unsicherheit in dieser Situation konnte nicht fortbestehen. Irene wollte einen klaren Schnitt. Ihre Karriere, Jennys Selbstjustiz und Sönkes Ermittlungen könnten zu einer Bombe werden, und viele würden darunter leiden.

Sie schaltete die Dusche im Badezimmer an und schaute sich um. Der Mangel an Zier und Dekor würde nicht so auffallen, wäre sie nicht weiter von den Geistern der Nacht zuvor so besessen.

Sie ließ ihre Kleider fallen, das Raumklima brachte sie zum Frösteln, und einmal mehr vermisste sie Jennys Hände, die sie sich wie eine geliebte Frau fühlen ließen. Sie hatte wegen ihrer Karriere auf alles verzichtet. Der Liebe hatte sie in den letzten Jahren ebenfalls entsagt, weil man ihr etwas versprach, was sie im Endeffekt nicht erreicht hatte. Sie wurde nie befördert. Auch mehr Geld war nur eine Fata Morgana, womit man sie zur Arbeit lockte, und die sich immer mehr als eine nicht erreichbare Oase entpuppte.

Das Wasser glitt über ihre Haut, aber mehr verlangte ihr Körper nach den zarten Berührungen Jennys starker Hände. Sie ließ sich lange vom Wasser berieseln und hoffte auf eine Lösung. Als sie entschloss, dass diese mit der entspannenden Wirkung der Dusche zu erreichen war, lief sie zu ihrem Schlafzimmer.

Sie hatte sich zu lange von Jenny entfernt, und in den letzten acht Jahren, die sie in München wohnten, trafen sie sich immer wie Freundinnen. Jedoch im Lauf der Jahre verlangte Irene mehr nach einer festen Beziehung oder einer Erfüllung in ihrem Alltag, was in dieser Situation nicht zu erreichen war.

‚Wie viel erinnerte sich Jenny?', fragte sich Irene.

Als sie sich kennenlernten, waren beide viel jünger, und andere Ziele schienen wichtiger als das, wonach sie jetzt verlangte.

Irene erinnerte sich noch an die erste Begegnung mit Jenny in Köln. Noch am Anfang ihrer Karriere bei der Polizei leistete Irene dort Dienst in der Abteilung für häusliche Gewalt. Jenny wurde dem Tode nahe aufgenommen. Blaue Flecken überdeckten ihre zarte zimtfarbene Haut, und ihre welligen dunklen Haare waren zerzaust.

Die Dame, die Jenny ins Krankenhaus einlieferte, war eine Nachbarin.

‚Wie hieß sie denn?', wusste Irene nicht mehr.

Irene blickte auf ihre Hände, und wieder erfasste sie ein Schauder. Der Gedanke, den zu erinnern, sie mied, kam wieder, und sie lenkte sich ab, indem sie einige Wäschestücke aufstapelte.

Jenny blieb im Krankenhaus mehrere Tage stumm und erteilte ihrem Ehemann Besuchsverbot. Sie konnte sich kaum auf Deutsch ausdrücken. Sie hatte gute Manieren, und mit ihren geringen Deutschkenntnissen konnte sie sich einigermaßen gewählt ausdrücken.

Die erste Begegnung war sehr professionell, und außer Daten und Statistik zu dokumentieren, war nichts zu tun, jedoch Jenny erweckte in ihr den Be- schützerinstinkt.

‚Ob Jenny heute noch einen Beschützer bräuchte?' Irene schüttelte ihren Kopf und wusste, dass Jenny alles brauchte, aber niemanden, der sie physisch beschütze, aber der sie vor weiterem Ärger bewahre.

Sie kamen sich an dem Tag näher, als Jenny im Krankenhaus aufwachte und zum ersten Mal Besuch bekommen durfte. Der Doktor informierte sie als verantwortliche Beamtin über den Fall. Sie wahrte professionelle Distanz, aber Jennys Art riss ihre Mauern einfach nieder. Jenny war für sie wie eine Sirene, die sie unwiderstehlich zu ihrem Verderben ruft. Sie wurde so bezirzt von Jenny, dass bald die Formalitäten beiseitegelegt wurden. Sie wurden Freundinnen und besuchten sich gegenseitig in den kommenden sechs Monaten. Jenny war fast ganz genesen und begann, wieder ins Studio zu gehen, um sich zu erholen und wieder Kraft zu gewinnen.

Alles lief harmonisch, und Jenny wohnte nicht mehr bei ihrem Ehemann.

‚Stefano.' Sie erinnerte sich an ihn.

Es lief alles perfekt bis zu jenem Tag, als sie zum Abendessen zu Jenny fuhr. Jennys Kochkünste waren jede Fahrt wert, und sie war froh, diese wieder kosten zu dürfen.

Die Nacht war perfekt. Wein, Kerzen, brasilianische Musik. Unvergesslich bis auf den Moment, als jemand laut an der Tür pochte. Die Wände schienen zu beben, und eine dunkle Stimme rief Jennys Namen. Sie kroch voller Angst in die Ecke. Nicht zu vergleichen mit der Frau, die Jenny heute war. Sie weinte und rief nach Hilfe, und Irene fühlte sich aufgefordert, ihre Rolle zu übernehmen und für Ordnung zu sorgen.

Sie traf eine Entscheidung. Sie machte die Tür auf.

Eine Katastrophe

Der Tag schien perfekt zu sein. Jeder Mensch erreicht seinen zweiten Frühling um die vierzig, und damit geht einher, dass man neue Werte entwickelt. Irene schlenderte zufrieden nach Hause, lächelte und sang die ganze Zeit und vergaß dabei sogar, Sönke zu terrorisieren. Ohne Zweifel würde er sich für diese hormonelle Veränderung bedanken, wenn er davon erfahren hätte. Sie verließ das Büro, und zum ersten Mal seit Wochen räumte sie sogar ihren Arbeitstisch auf.

‚Zumindest hat sie gute Laune.'

Aber in seinem Leben waren die Umstände nicht so erfreulich wie bei seiner Kollegin. Gilligans Depressionen stabilisierten sich, seit er die Psychologin besuchte. Er akzeptierte sogar, in Urlaub zu fahren. Doch eins fehlte noch.

,Eine neue Leber.'

Die Gespräche mit Gilligan in der Nacht zuvor hatten ihn sehr aufgewühlt, und er kämpfte mit seinen eigenen Vorurteilen.

Seine Gefühle für seinen Mitbewohner wurden nie erwidert, und selbst er war verunsichert, in welcher Form er ihn liebte, als Freund oder als Mann. Die Schuldgefühle, die er bei Gilligans Selbsttötungsversuch entwickelte, verleiteten ihn, sich selbst zu vergessen und sich stets mehr um seinen besten Freund zu kümmern. Es war ihm auch bewusst, dass nur sein Schuldgefühl sie beide zusammenhielt. Hätte er damals geschwiegen, wäre Gilligans Familie die Krise erspart geblieben.

,Wie geht das weiter?'

Er hatte sich seit einigen Jahren gewünscht, beide würden sich näherkommen, aber jetzt schaffte Doktor Belvedere, Gilligan von seinen Komplexen zu befreien, und er wollte darüber reden.

Er entschloss sich, dieses Problem aufzuschieben. Er widmete sich seinen Theorien. Er stellte dabei fest, dass seine Suche nach einer möglichen Rächerin ihm half, seine eigenen Probleme zu umgehen.

Er klappte seinen Computer auf und überprüfte, dass Irene ihn nicht wieder erwischen würde. Peter Moers, Castro Leinfeld und Klaus Hilber, der Hernando genannt wurde.

Nur drei der jüngsten Fälle nannten die Anwesenheit eines Hundes. Das ist seit ungefähr einem halben Jahr.

Alle Berichte hatten nur gemeinsam, dass eine Frau sich wehrte. Er überlegte, wenn sich gegen einen Aggressor zu wehren, ein Verbrechen wäre, würden die Friedhöfe eine Menge stummer Opfer beherbergen.

‚Wo ist das Problem hier?' Es schien nicht logisch, aber wenn diese Rächerin oder Rächerinnen eine Grenze überschritten, musste die Polizei eingreifen. Er verstand auch die Ansicht seiner Kollegin.

‚Entweder sich wehren oder eine zweite Kathrina werden. Keine erstrebenswerte Lösung.'

Der einzige Anhaltspunkt im Nordbad-Fall, der auf einen Racheakt hinwies, wäre die Tatsache, dass diesmal der Betroffene starb und dabei zugab, ein Pädophiler zu sein. Die Fotos am Tatort waren eindeutig, und der Brief, mit zittriger Hand geschrieben, bestätigte, dass er sich schuldig bekennt.

Die sonstigen Indizien ja, glichen denen in den anderen Fällen zuvor.

‚War hier wieder eine Frau involviert? Wer waren die Opfer?'

Sönke konnte keins der Fotos identifizieren. Seine Karriere würde von einer Entdeckung profitieren, aber das Leben von jemand anderem würde unter einer Aufdeckung leiden.

‚Ich sollte nach Hause gehen und meine Unterhaltung mit Gilligan fortsetzen. Warum will ich jetzt nicht darüber reden?'

Er war sich seiner, wenn doch gering ausgeprägten Sexualität bewusst, die mit seiner Erziehung und seinen moralischen Werten kollidierte.

‚Ich sollte mit Doktor Belvedere darüber sprechen.'

Das System verlangte seine offizielle Identifizierung, damit registriert wird, wer auf die Akte Zugriff erlangte.

Bei der Durchsicht der persönlichen Daten des Verstorbenen fand er doch etwas Interessantes.

‚Hamburg.'

Der Täter kam aus seiner Stadt. Dadurch fühlte er sich umso mehr mit diesem Fall verbunden. Frühere Eintragungen in seinem Führungszeugnis teilten mit, dass der Mann vor fünf Jahren nach München zog, und er war Angestellter der Kirche.

‚Noch eine Gemeinsamkeit mit Peter Moers.'

Ein Eintrag wurde aus seinem Führungszeugnis gelöscht. Höchstwahrscheinlich durch einen Gerichtsentscheid.

‚Da komme ich nicht mehr ran.'

Die dritte SMS klingelte in seinem Handy, und er schaute sich diese an.

‚Wann kommst du nach Hause?'

Gilligan war gewiss sprachlos wegen der abrupten Verabschiedung in der Frühe, als Sönke sich weigerte, über das Thema Sex und Liebe zu sprechen.

‚Agnesstraße?'

Ein Schauder durchfuhr seinen Körper. Er wurde beinah schwindlig, und sein Herz raste.

„Onkel Sebastian?", erkannte Sönke den Mann, den er selbst beschuldigt hatte, seinen Freund missbraucht zu haben.

Er durfte sich in diese Angelegenheit nicht einmischen.

‚Soll ich meinen Boss darüber informieren?'

Sönke bestätigte alle Informationen, und es gab keinen Zweifel an der Identität.

‚Ich darf in so einem Fall gar nicht ermitteln. Wie wird Gilligan das aufnehmen?'

Das System zeigte die Liste der gelesenen Dokumente an. Er wollte das zu Hause besprechen.

‚Wie sollte Gilligan das erfahren, wenn ich es ihm nicht erzähle?'

Seine Suche konnte er nicht mehr löschen, da seine Sicherheitsstufe dies nicht erlaubte. Jedoch kannte er jemanden, der sich besser mit dem System auskannte.

‚Ob Irene mir hilft?'

Ein Verbrechen

Das Auto raste unter Irenes Kommando. Nach dem Telefonat hatten beide entschlossen, dass sie wieder zusammenwohnen sollten.

‚Lesbisches Klischee? Nach acht Jahren garantiert nicht.'

Erfreut wie ein Teenager stieg sie die Treppe hinauf und verzichtete auf den Aufzug. Kein Versteckspiel, keine Unsicherheiten mehr. Es war Zeit für Veränderungen, und wenn sie sich für Karriere oder ihre Liebe entscheiden sollte, war sie jetzt überzeugt, dass Jenny an der ersten Stelle lag. Beim hastigen Türöffnen fiel ihr der Schlüsselbund aus der Hand. Auf der anderen Seite der Tür hörte sie, wie Bogart sie spürte. Als Irene wieder aufstand, brummte ihr Handy. Sie las eine Nachricht von ihrem Kollegen.

‚Können wir uns dringend unterhalten?'

Zum ersten Mal schien Sönke ihre Hilfe außerhalb der Bürozeit zu suchen, und sie fühlte sich geschmeichelt. Sie wollte Jenny nicht mit ihren beruflichen Angelegenheiten belasten, daher lief sie zum Ende des Flurs, wo eine Tür zum Gemeinschaftsbalkon des Gebäudes führte. Als sie die Tür aufmachte, fröstelte sie.

Sie presste die Anruftaste und erreichte, wie erwartet, einen etwas aufgeregten Mann.

„Hi Irene, hier ist Sönke. Dein Kollege. Der, dessen Namen du dir nie merkst", versuchte er, sympathisch zu wirken.

„Hi Sönke. Es ist nicht wahr, dass ich mir deinen Name nicht merke. Was kann ich für dich tun?"

„Ich weiß nicht genau, aber es handelt sich um ein extrem persönliches Problem bei der Untersuchung des Falls neulich. Du weißt noch, hoffe ich, der Selbstmord vom Nordbad." Er schien extrem verunsichert zu sein und teilweise auch verzweifelt.

‚Was hast du getan?' Wollte Irene fragen.

„Klar", gab sie kurz zurück.

„Ich würde dies lieber mit dir persönlich besprechen, es ist kompliziert", beichtete Sönke etwas kindisch.

„Was hast du getan?", konnte Irene der Frage nicht widerstehen.

„Du hast gesagt, dass ich den Fall nicht verfolgen sollte, weil das, wie es schien, ein Selbstmord ist etc."

„Und du hast doch weitergeforscht. Mann! Warum verplemperst du Zeit mit solchen Lappalien? Fehlt es an Arbeit? Ich kann dir alle Mappen von meinem Tisch geben. Was willst du von mir?" Sie rastete etwas aus. Der Junge schien stets herumzuwühlen, und sie befürchtete, Jenny könne in Schwierigkeiten geraten, wenn dieser Mann weiterforschte.

„Ja, ich weiß. Bitte flippe nicht wieder aus. Ich brauche Hilfe", monierte Sönke.

„Sprich", forderte sie.

„Nun. Ich habe ... sollen wir das nicht lieber ..."

„Rede", befahl Irene.

„Gut. Ich habe doch den Mann untersucht, um … Verwandte zu benachrichtigen."

„Das ist nicht unsere Aufgabe", intervenierte Irene barsch.

„Das ist mir klar. Jedoch dabei stellte ich fest, dass ich diesen Mann kenne." Sönke machte eine Pause. Irene schien aufgeweckt. Er wartete auf die Wirkung.

„Inwiefern kanntest du ihn?", fragte sie langsam. Eine Brise blies, und Irene fröstelte.

„Es ist alles sehr persönlich und …", leitete Sönke ein und wurde wieder unterbrochen.

„Hör auf zu winseln. Rede. Ich bin deine Vorgesetzte, und außerdem kann ich eine Information vertraulich behandeln. Sprich, weil ich friere hier."

Durch ihre Liebe zu Jenny kannte Irene sich mit Geheimhaltung bestens aus.

„Dieser Mann missbrauchte vor acht Jahren meinen Mitbewohner, und ich habe ihn vor seiner Familie der Tat beschuldigt. Ich dachte, dies wäre das Richtige, aber es lief alles ziemlich schief, und mein Freund hat sich mit Schlafmitteln und Alkohol schwer vergiftet. Ich konnte ihn retten, und stell dir das vor: Der Täter hat sich jetzt umgebracht." Sönke sprach in doppelter Geschwindigkeit, was seine Aufregung belegte.

„Ja und?" Irene blieb stur und verstand nicht, warum er ihr das erzählte.

„Ich habe unseren Bürocomputer benutzt, um nach den Daten dieses Manns zu suchen. Meine Anfrage wurde dokumentiert. Muss ich das dem Boss erzählen? Ich hätte lieber nichts davon gewusst."

‚Ach das', verstand Irene und wusste, wie oft sie das bereits wegen Jenny erlebt hatte.

„Bitte, sag etwas", flehte Sönke.

„Sei keine Memme. Klar kann ich dir helfen. Aber du schuldest mir etwas. Wann war das?", fragte Irene.

„Ungefähr um 19:00 Uhr."

„Ab nach Hause und denk daran, dass wir nie darüber gesprochen haben. Ich erledige das. Geh zu deinem Liebhaber, Klaus." Irene legte auf.

Sönke, der den Witz mit der Namensverwechslung nicht verstand, wollte protestieren und erklären, dass er nicht diese Art von Freund wäre, aber dafür blieb keine Zeit. Irene fror und kam wieder herein. Jenny stand an der Tür.

„Bogart hat dich gespürt, und ich kam heraus." Jenny war sehr zufrieden, und ihr Begleiter stand an ihrer Seite.

„Es war etwas vom Büro. Ich muss kurz etwas am Computer regeln." Irene küsste Jenny, und damit schien eine Beziehung beschlossen zu sein.

Jenny trug den kleinen Koffer hinein, den Irene mitbrachte.

„Ich habe im Schrank Platz für dich freigemacht."

„Das hast du bereits vor vier Jahren getan", sagte sie mit Humor.

Jenny legte den Koffer neben ihren Sessel und umarmte Irene.

„Aber jetzt bist du endlich die Meine."

Ein Umzug

Es waren bereits zwei Tage vergangen, seit Irene bei Jenny eingezogen war. Nachrichten verbreiten sich für gewöhnlich in einer kleinen Gruppe sehr schnell. So war es auch zwischen Doktor Belvedere und Clara, wenn sich bei den Klienten etwas änderte.

Als Emilia die Neuigkeit hörte, war sie etwas beunruhigt, weil Irene zu viel Einfluss auf Jenny hatte. Dies würde sich auf ihre Therapie ungünstig auswirken. Jedoch überlegte sie, dass sie andererseits besser auf Jennys spontane Einfälle und ihren Übermut aufpassen könnte.

„Denkst du, dass sie das Zusammenleben ertragen werden?", provozierte Clara einen guten Tratsch. Sie besaß einige Eigentümlichkeiten, die Emilia Belvedere nur zu gut kannte. Zum einen log sie oft, um ihre Intrigen zu verharmlosen, andererseits besaß sie eine gute Beobachtungsgabe, was die Klienten anbelangte. Wäre nicht dieses letzte Merkmal, hätte Doktor Belvedere sie längst gekündigt.

Bevor Emilia irgendetwas beantwortete, überlegte sie, warum Clara dies ansprach. Unentschlossen hinsichtlich einer unbefangenen Antwort, entschloss sie sich zu einem therapeutischen Zug.

„Wie würdest du dich fühlen, wenn sie das Zusammenleben gut hinbekommen?" Emilia prüfte ihre Termine und überlegte, wie sie Clara loswerden könnte. Nach dreißig Minuten Plausch war sie bereits in Verzug mit sämtlichen Vorbereitungen.

„Es wäre eine sehr positive Entwicklung, aber so verrückt wie die beiden aufeinander sind, bekommen wir es nicht mit einer Rächerin zu tun, sondern mit einer weiblichen Version von ‚Batman und Robin.' Ich möchte dich nicht mit Tratsch beschäftigen, aber du weißt, Jenny ist sehr instabil und könnte sich mit der Unterstützung von Irene bestätigt fühlen. Es könnte sehr schiefgehen." Clara bewegte ihre Hände auf und ab, als würde sie bald durchs Fenster fliegen.

Emilia musste zugeben, dass es eine gewisse Logik in diesem Gedanken geben könnte, aber sie würde sich niemals in eine Beziehung einmischen, wenn keine Notwendigkeit bestünde. Jedoch Clara sprach dieses Thema heute Morgen an und schien sehr besorgt zu sein. Sie musste dringend über die Konsequenzen nachdenken. Klar, mit Irene in der Wohnung würde sie auch vermeiden, dass sich weitere Schwierigkeiten ergäben.

„Hat Jenny neulich irgendetwas über diesen Mann vom Nordbad gesagt?" Noch war nicht aufgeklärt, was sie unweit dort unternahm, und wenn die Polizei diesen Fall tiefer ermitteln würde, könnte dies auch für sie Probleme bedeuten.

„Sie sprach nur über den Mann vom Leopoldpark. Das war ein Perverser, der eine Frau suchte, die wie die heilige Barbara aussieht. Er wird angeklagt, aber ich bin mir sicher, dass er keine Chance haben wird. Der Mann wurde vorübergehend freigelassen. Eine Frau hat eine Demonstration gegen ihn organisiert, und am Leopoldpark war einiges los. Ungefähr dreißig

Personen mit Plakaten forderten, dass er wieder eingesperrt wird", gab sie sich redselig.

„Wann war das?"

„Ach ja. Letzte Woche schon." Clara spürte, dass sie diese Information früher hätte mitteilen sollen.

„Wieso hast du mir nichts davon erzählt?" Emilia holte ihre Brille und ließ ihre Kalender für einen Moment ruhen.

„Keine Ahnung. Das war einfach so. Wir haben die ganze Woche nicht zusammengesessen. Ich dachte, es wäre unwichtig. Hoffentlich habe ich mich nicht vertan, oder?"

‚Verlogenes Miststück', hätte Emilia gerne gesagt.

„Nein, klar nicht, Liebes. Das ist fast unwichtig. Aber erzähl mir, woher du das erfahren hast." Emilia versuchte, kein Interesse zu zeigen. Dies reizte Clara meistens umso mehr zum Reden.

„Ich würde mich nie in sowas einmischen, das weißt du."

‚Nein, das weiß ich nicht, und ich glaube dir kein Wort', dachte Emilia amüsiert.

„Ich weiß nicht, wer mir das mitgeteilt hat." Clara tippte mit dem Zeigefinger mehrfach auf Ihre Lippen und überlegte etwas.

‚Du weißt es ganz genau, da bin ich mir sicher.' Emilia hätte beinah gelacht.

„Ach ja. Der neue Gil, nein, Gilligan. Ja, er hat mir das erzählt und klar, ich hatte Zeit und bin dort hingegangen, um zu sehen, ob Jenny sich da eingemischt hat." Clara wurde unruhig.

„Gilligan? Wann hast du ihn angesprochen? Ich hatte keinen Auftrag gegeben." Emilia war empört, dass Clara sich eigenmächtig mit Klienten unterhielt.

„Als er hier herkam, um einen Termin auszumachen, haben wir uns etwas unterhalten, und da habe ich ihn getroffen. Ein trauriger Junge." Clara wollte dem Thema ausweichen.

„Stimmt. Ich hoffe, er findet einen Spender für seine Leber." Kaum hatte Emilia dies ausgesprochen, folgte dem Satz ein Gedanke.

‚Mist. Sie hat mich wieder manipuliert.'

Zufrieden mit ihrem Ergebnis stand Clara auf.

„Ich muss gehen, und du musst arbeiten." Sie zog ganz schnell ihren Mantel an, trippelte zur Tür und versuchte, die Unschuldige zu mimen.

Emilias Protest konnte sie nicht erreichen, als die Tür hinter Clara schloss.

‚Was war das jetzt?' Sie ärgert sich über diese Manipulation. Ihre Assistentin hatte irgendetwas organisiert und sie nicht involviert.

Emilia öffnete ihren Browser, durchsuchte die Zeitung nach Meldungen der vergangenen Woche und wurde fündig. Auf einem Foto sah sie eine Traube Menschen mit Plakaten am Leopoldpark, und sie meinte, Gilligan erkannt zu haben.

‚Ist das nicht der Ort, wo dieser Mann Selbstmord beging?', fragte sie sich.

Sie sah keinen Zusammenhang zwischen beiden Fällen, aber zwei solcher Meldungen im gleichen Viertel innerhalb einer Woche sollten irgendwen beunruhigen.

Sie wählte Irenes Nummer, die ihre beste Informantin war, aber sie antwortete nicht.

‚Wer hat eine Demonstration organisiert?', überlegte Emilia mit dem Gefühl, dass an diesem Szenario etwas nicht stimmte. Entschlossen holte sie ihr Handy und schrieb eine SMS.

‚Schatz, komm am Ende des Tages zu mir. Wir müssen unbedingt über diese Demonstration sprechen.' Sie sandte die SMS an Clara.

Ein Spiel

Das Büro war bereits von einigen Kollegen besetzt, als Irene ankam. Sönke saß zum ersten Mal ruhig auf seinem Stuhl und sah aus wie ein gebadeter Pudel. Weit aufgerissene Augen und ein hoffnungsvoller Blick sahen Irene entgegen.

„Warum schaust du mich so an?", begrüßte Irene ihn in ihrer schroffen Art.

„Was denn? Ich habe dich nur freundlich angeschaut. Mein Gott! Wo sind deine ..." Da erinnerte er sich, dass er von ihr einen Gefallen benötigte.

Irene schaute ihn an und wartete, wie er seinen Satz beenden wolle.

„Du hast Recht. Ich bin immer noch wegen der Suche etwas verunsichert. Du weißt schon", flüsterte er.

„Ich bin weder älter noch dementer als du. Wir haben uns gestern unterhalten, und ich habe alles im Griff. Jetzt hör auf, dich wie eine Memme zu benehmen." Irene legte eine Pause ein und schaute ihn leicht belustigt an. „Hol mir einen Kaffee."

Sönke sprang freudig vom Stuhl und lief zur Küche. Er kam mit einer Tasse zurück und legte sie ordentlich auf einen seiner Untersetzer.

„Ich glaube, dass wir hier demnächst eine Menge zu tun bekommen", flüsterte Sönke.

„Der Selbstmord vom Nordbad ist zwar soweit abgeschlossen, aber kurz davor wurde ein Exhibitionist nur vier Blocks entfernt davon verhaftet." Sönke zog einen Besucherstuhl neben Irene. Sie befürchtete, dass er über Jennys neuste Missetat sprach. Doktor Belvedere rief sie früher am Morgen an und avisierte das Problem.

„Machen wir uns das Leben nicht schwerer, als es bereits ist. Selbstmord abgehakt, und Exhibitionisten schauen wir uns später an. Ich hoffe, das Thema ‚Rächerin' ist auch vom Tisch, oder?" Irene sagte damit indirekt, aber unmissverständlich, dass seine Theorien ad acta gelegt werden sollten.

„Klar", kam etwas eingeschüchtert von Sönke.

„Aber es wäre für uns von Vorteil …", versuchte er es trotzdem.

„Haben wir uns in irgendetwas missverstanden?", befahl Irene.

„Selbstverständlich nicht." Sönke stand auf und wollte zu seinem Tisch gehen.

„Setz dich wieder."

„Was?"

„Erzähl mir das mit dem Priester genauer", wollte Irene wissen.

„Als mein Mitbewohner und ich noch minderjährig waren, wurde er von seinem Onkel, der Priester war, jahrelang missbraucht. Ich habe damals in meiner Naivität den Onkel mit seinem Verbrechen vor der Familie konfrontiert. Sie nahmen das nicht gut an und beschuldigten mich der Intrige. Gilligan versuchte, sich daraufhin umzubringen." Irene schien nur oberflächlich interessiert zu sein.

„Verstehe. Pädophiler. Er hat nie Frauen misshandelt, oder?", fragte Irene.

„Nein. Er war wirklich vom anderen Ufer. Bestimmt nicht, garantiert. Na ja, schwul könnte man eigentlich auch nicht sagen. Keine Ahnung, aber mit Frauen verkehrte er nicht. Es ist lange her, daher kann ich auch nicht sagen, ob sich da etwas verändert hatte", versuchte Sönke zu erklären.

„Du bist wirklich nicht sehr erfahren, oder? Man ist oder ist nicht, man wird nicht zum Homosexuellen. In welchem Kaff bist du aufgewachsen?", protestierte Irene.

„Wandsbek."

„Was ist mit deinem Mitbewohner?", setzte Irene die Befragung fort.

„Er hat jetzt ein Leberleiden. Wenn er nicht sehr bald einen Spender bekommt, ist er Staub. Ich betreue ihn, seit wir zusammengezogen sind, und er ist sehr schwach. Er hat gewiss nichts damit zu tun. Er kann sich kaum auf den Beinen halten." Er wollte auf jeden Fall vermeiden, dass irgendein Verdacht auf seinen Freund fiel.

Sönke überlegte kurz, ob diese Möglichkeit bestand, aber er hielt diesen Gedanken für absoluten Unsinn.

„Hat er Freunde in München?"

„Wir haben kaum Bekannte, und wir wohnen erst seit sechs Monaten hier. Er kennt jetzt Jenny. Sie scheinen sich sehr gut zu verstehen. Er hatte bestimmt keine Möglichkeit, überhaupt zu erfahren, dass sein Onkel hier wohnte. Ich halte das für einen Zufall." Sönke wurde leicht nervös, merkte Irene.

„Ich hoffe, dass andere Ermittler auch auf diesen Gedanken kommen. Es muss schwer sein, jemanden in dieser Situation zu trösten. Ich kann kaum mit einer Erkältung leben." Irene trank etwas von ihrem Gebräu und verzog entsprechend das Gesicht.

„Unser Kaffee hier ist wirklich mies. Ich habe ihn zu Doktor Belvedere geschickt. Ich hoffe, in dieser Situation kann sie ihm mehr Trost spenden als ich." Irene wurde blass, und bevor ihr die Kinnlade herunterfiel, trank sie den Rest des Kaffees.

„Mädchen, bitte. Das Zeug ist schrecklich. Wenn du so trinkst, kann es dir schlecht werden", wandte Sönke ein.

„Ich kenne Doktor Belvedere. Sie ist gut. Wie lange ist er in Behandlung?" Irene schaute auf ihren Kalender und versuchte, der Zeitlinie zu folgen.

„Zwei oder drei Wochen. Wieso?" Sönke war unsicher, warum Irene so viel fragte, aber es könnte auch die Berufserfahrung sein.

„Nichts. Das ist nur meine Art. Ich muss immer alles genau wissen. Schau, dass du diese ganzen Mappen auf deinem Tisch einordnest. Das darf nicht so lange im Archiv fehlen. Du bekommst noch mehr Schwierigkeiten, wenn man diesen Haufen vorfindet, den übrigens keiner beauftragt hat." Sönke schien verstanden zu haben, dass er sich nicht korrekt verhielt und mit dem Gedanken, dass noch vier Akten in seiner Wohnung lagen, stand er schnell auf und rannte mit den Mappen zum Archiv.

Irene wartete, bis er im Aufzug war. Dann nahm sie ihr Handy und wählte Doktor Belvederes Nummer.

„Hi Emilia. Wenn du das hörst, kannst du für mich etwas Zeit am Ende des Tages reservieren? Ich muss mit dir über einen Klienten reden. Er heißt Gili… irgendwas. Das ist ein Freund von diesem Mann, der bei mir arbeitet. Der … mit dem ausländischen Namen. Bis später." Irene holte einen Klebezettel und ging zum Tisch ihres Kollegen, suchte sein Namensschild und schrieb auf: ‚Sönke.' Sie konnte sich einfach keine fremden Namen merken.

‚Scheiße. Was für ein Name. Das merke ich mir nie', brummte es in Irenes Gedanken.

Das Ungewisse

Freiheit

Zehn Stunden im Büro und der Stress, den Irene erzeugte, schafften Sönke gründlich. Er dachte nicht an alle Konsequenzen seiner Untersuchungen, und es war kaum möglich seine Entdeckung lange vor Gilligan zu verbergen. Er musste dies erzählen, und eventuell hätte auch er dadurch einen gewissen Trost.

Viele Gedanken gingen ihm durch den Kopf, und Sönke überlegte, wie er diese Nachricht mitteilen sollte. Hinzu kam der Verdacht, dass es zwischen ihm und Gilligan mehr zu besprechen gab als diese Entdeckung. Beide hatten in München keine Freunde, und wenn Sönke tief darüber nachdachte, auch in Hamburg gab es kaum Personen, die ihn als Kumpel beschreiben würden. Die wenigen Schulfreunde hatten sich wie in einem Traum in Luft aufgelöst.

Als sich herumsprach, dass Gilligan missbraucht worden wäre und sich fast das Leben genommen habe, verschwanden die ersten. Andere, Narzissten, wollten sich als gute Seelsorger auf Social Media präsentieren. Das war eher ein Hilferuf, damit andere diesen dann Trost spenden würden.

‚Arschlöcher', urteilte Sönke in Gedanken.

Keiner hatte sich wirklich für Gilligans Zustand interessiert. Eine dieser Bekannten von der Schule hieß Hannah. Sönke selbst musste diese bitten, sich nicht mehr zu melden. Sie machte viele Selfies im Krankenhaus neben Gilligan, und an einem besonderen Tag wechselte sie in seinem Zimmer die Kleider, während er noch im künstlichen Koma lag. Sie meinte, sie wolle für ihre Follower entsprechend aussehen.

Sönke analysierte die damalige Situation und überlegte, welche Gefühle er hatte, als er die halbnackte Frau durch die Korridore des Krankenhauses hinausbeförderte.

‚Schreckliche Menschen.'

All diese Enttäuschungen führten dazu, dass er sich entschloss, für sich und Gilligan woanders eine Zukunft aufzubauen. So akzeptierte er die Bitte seines Freunds, eine Versetzung nach München zu beantragen.

In den vergangenen Monaten hatten sich beide auch kaum darüber unterhalten und das Thema eher gemieden. Sönke fühlte sich für den Selbstmordversuch verantwortlich, und Gilligan litt unter den Folgen seiner eigenen Dummheit.

Ein einziges Mal unterhielten sie sich über dieses Thema, kurz bevor sie nach München zogen. Gilligan war wegen des Umzugs aufgeregt. Er übernahm die ganze Organisation. Das Einpacken der wenigen persönlichen Gegenstände. Die Umzugskartons beschriften. Sogar die Wohnungssuche und die amtlichen Formalitäten, alles wurde von Gilligan erledigt. Der Umzug wurde zu seinem Projekt.

„In München werde ich frei sein. Meine Familie wird nicht in der Nähe sein. Unsere Pseudofreunde werden nicht zum Besuch kommen, und eventuell finden wir neue Freunde. Da bin ich mir sicher", erklärte er kurz vor dem Umzug.

Sönke nahm dreißig Tage Urlaub, und Gilligan hatte nach wie vor keine Arbeit. Seine Mutter sendete monatlich Geld und hin und wieder ein Geschenkpaket mit Kaffee, Kuchen und sonstigen Sachen vom lokalen Markt.

‚Ich habe nie von Hannahs Verhalten erzählt.'

Sönke war kurz vor ihrer Wohnung. Letzte Nacht war er spät nach Hause gekommen und heute sehr früh ins Büro gegangen.

‚Es ist kindisch, ihm so aus dem Weg zu gehen', warf ihm sein Gewissen vor.

Sein Herz pumpte etwas frenetischer, und so hielt Sönke und stützte sich an der Wand. Er holte tief Luft und versuchte, seine Aufregung zu beherrschen. In diesem Moment fiel ihm ein, wie er auf die Idee kam, nach München zu ziehen.

Er kam in die damalige Wohnung in Hamburg, und in den herumliegenden Zeitungen fand er Artikel über Sommer in Bayern. Die Mondparty an der Isar und irgendwo stand, dass München junge Arbeitskräfte benötige. Gilligan war scheinbar nicht interessiert, aber die Zeitungen waren Sönke aufgefallen, und er las diese an jenem Tag.

Kurz danach war in der Presse, wie das Oktoberfest einen Besucherboom versprach. Dies alles geschah ungefähr zehn Tage, nachdem seine Mutter ein Care-Paket sandte. Das war kurz vor Ostern, erinnerte sich Sönke.

Seine Aufregung nahm zu, und er konnte sich nicht erklären, was mit ihm los war. Er konnte sich kaum vergiftet haben. Er aß sehr sorgfältig.

‚Die Keime haben mich erwischt.' Er bekam noch mehr Angst, nahm seine Hand von der Wand und suchte schnell nach seinem Desinfektionsgel in der Tasche.

Von der Idee des Umzugs bis zur Umsetzung vergingen keine drei Monate. Sönke kam seiner Wohnung näher, und seine Hände zitterten. Ein Gedanke plagte ihn. Eine Vermutung, die er nicht aussprechen wollte, oder die ihm selbst nicht bewusst war.

‚Wie soll ich in diesem Zustand mit ihm sprechen?'

Er öffnete die Wohnungstür, Gilligan war noch nicht zu Hause. Als Sönke in die Küche kam, las er einen Zettel.

‚Bin beim Einkaufen', kündigte dieser an.

Sönke warf seine Tasche an den Bürotisch und ging in die Abstellkammer, wo noch das Paket von Gillians Mutter lag. Darin war Wäsche für die Küche, ordentlich gebunden und nicht ausgepackt. Dazu ein Brief.

Seine Hände zitterten leicht. Er öffnete diesen und erkannte die Handschrift von Gilligans Mutter. Innerlich wusste Sönke, was er dort lesen würde, aber ihm fehlte die Gewissheit, dass er Recht hatte.

Gilligans Mutter war unfähig, einen Computer zu bedienen, und in dem Dorf, wo sie mal wohnten, brauchte kaum jemand ein solches Gerät. Mit zierlicher Handschrift erzählte sie, wie weh es ihr tat, dass die Familie auseinandergerissen wurde, und sie bat erneut, dass Gilligan zu ihr zog. Sie schrieb, dass es auch einen Platz für Sönke gäbe. Seine Mutter schien mehr über die enge Beziehung der beiden Jungs zu verstehen, als er sich zugestehen wollte.

Die warmen Worte leiteten zu einem Kapitel über, wo sie zugab, Sönkes Beschuldigungen geglaubt zu haben. Jedoch sein Vater war Ziehbruder von Onkel Sebastian, und dies verpflichte ihn zu einer unbegründeten Treue zu diesem. Sie erklärte, dass mittlerweile sogar sein Vater bedaure, dieses Thema nicht ausgesprochen zu haben, und sie bat auch im Namen des Vaters, dass er sich die Sache überlegen möge.

Dann finalisierte sie den Brief mit einer Nachricht, die Sönke ahnte. Onkel Sebastian wurde nach München versetzt und sei in Hamburg keine Gefahr mehr.

‚Ich wurde manipuliert.' Ergriffen von seiner Entdeckung bekam Sönke Schluckauf und schlug mit der geballten Faust gegen die Wand.

„Nein", schrie er.

In diesen Moment ging die Tür auf, Gilligan kam mit den Einkäufen hinein und erwischte Sönke mit dem Brief seiner Mutter in seiner Hand.

„Oh! Du hast das entdeckt." Gilligan sprach mit einem Anflug von Scham.

„Hast du deinen Onkel selbst getötet, oder hast du ihn gezwungen, vom Balkon zu springen? Verdammt noch mal, lüg mich nicht an." Seine Enttäuschungstränen waren kaum zu bändigen, und Sönkes Gesicht lief rot an.

Ungläubig legte Gilligan seine Einkaufstasche beiseite und bewegte sich zu Sönke. Er ging in die Hocke und schaute ihn an.

„Ich hätte dies gerne getan. Ja, wenn ich könnte, hätte ich dies gerne getan. Doch er war schneller als ich."

Zukunft

Ausreden zu finden, war eins von Claras besonderen Merkmalen. Das wusste Emilia Belvedere besser als jeder andere. Seit sie vor zwei Tagen die Praxis verlassen hatte, meldete sie sich nur mit Smileys und kurzen SMS. Ein klarer Fall von Schuldbewusstsein, das wusste Emilia.

Nicht selten kam es vor, dass Clara Ratschläge von sich gab, doch nach einem guten Abriss benahm sie sich meistens für einige Monate ordentlich.

Sie überlegte hin und wieder, ihr zu kündigen, aber ein Ersatz war kaum denkbar. Clara verfügte über Geduld und Kompetenz, was über andere Unzulänglichkeiten hinweghalf.

‚Du bist schlampig und unbeweglich geworden, Emilia', tadelte sie sich.

Sie stand auf, und ihr Gewicht machte sich auf den schwachen Knöcheln schmerzhaft bemerkbar. Seit fünf Jahren hatte sie kein Papier mehr im Büro und alle Daten ihrer Klienten digitalisiert. Der Prozess kostete viel Geld und Mühe, hatte sich aber gelohnt. Da, wo früher sechs Aktenschränke standen, sah sie nur noch einen Abdruck auf dem Teppich. Sie versteckte die

Stelle unter einem Berber guter Qualität, was dem Raum eine gewisse Wärme gab, ihr jedoch gleichzeitig beim Gehen Probleme machte.

Emilia öffnete die Tür zum Wartezimmer und überprüfte den Tisch, wo Clara normalerweise ihren Tagesablauf organisierte. Alles in bester Ordnung, sie war mit der Sauberkeit zufrieden. Clara kam zur Arbeit, als Emilia eine Sitzung hatte, und sie konnten erneut nicht miteinander sprechen. Sie könnte den Vorfall übergehen, wenn sie nicht den Eindruck hätte, dass Clara ihre Zuständigkeiten überschreiten würde, indem sie Klienten über deren Privatleben befragte.

‚Jörg Blaut', informierte Irene per SMS.

Wie Jenny dazu kam, diesem Mann nachzustellen, musste sie noch klären, aber dies könnte auch bedeuten, dass sie später mit Irene diskutieren sollte, ob Jenny nicht eine Gefahr für die Gesellschaft sei.

Sie musste etwas essen, und es war ziemlich spät, aber sie war sehr professionell, und eine Diät wäre keine schlechte Nebenwirkung von mehr Arbeit, beurteilte sie die Situation.

Als problematischer würde sich herausstellen, dass Herr Blaut in eine ihrer Trauma-Fälle involviert wäre. Sie bewegte sich wieder zu ihrem Büro, und da die Schmerzen am Knöchel zu unangenehm wurden, setzte sie sich auf die rote Récamiere. Sie holte sich ihr Tablet, öffnete die neue Mappe von Jörg Blaut und las die beschriebenen Vergehen des Mannes.

‚Entblößung', las sie auf der ersten Zeile. Sie musste laut lachen und überlegte die Massen des Körpers, die in der Zeitung unter einem Bettlaken zu sehen waren.

‚Wen interessiert bloß, wenn ein Mann über vierzig mit einem voluminösen Bauch seine Genitalien präsentiert?'

Sie lachte über solche peinlichen Momente und konnte sich kaum vorstellen, dass dies den Aufwand der Polizei wert sei.

‚Urinieren in der Öffentlichkeit.' Ihr Gesicht verzog sich etwas.

Das könnte ihr selbst irgendwann passieren.

Die Stadt hatte keine öffentlichen Toiletten. Diese wurden in den Neunzigern durch die Homophoben im Münchner Stadtrat von der Bildfläche entfernt. Keiner wollte offiziell Stellung nehmen, aber es war mehr, um zu vermeiden, dass Homosexuelle sich trafen als irgendetwas anderes. Jedoch in der Stadt mussten die Einwohner unter dieser Entscheidung leiden, und sie lachte über solche Beschwerden. Bei jedem Besuch des Oktoberfests konnten so viele Männer wie Frauen sich in der Vegetation erleichternd gesehen werden, wie kaum ein Beamter sich jemals vorstellen könnte.

„Lächerlich", urteilte Emilia.

‚Pornografie, Erregung öffentlichen Ärgernisses.' Alles leichte Vergehen, aber die Liste war lang.

Solche Männer waren zahlreich in den Kontaktbörsen zu finden, Emilia fand nichts Relevantes für ihr Anliegen.

Scheinbar hatte der Mann sich nur die falsche Frau geangelt. Sie selbst hatte mehrere solcher Portale ausprobiert und war froh, sich davon distanziert zu haben.

Sie half gerne bei der Erstellung von Täter-Profilen, und nicht selten sprach sie mit Irene über solche Fälle.

Es wurde ihr klar, dass es für sie keinen Grund zur Besorgnis gab. Der Mann war bisher in keinem ihrer Fälle involviert.

‚Was hatten Clara und Gilligan ohne mein Wissen dann in dieser Demonstration zu suchen gehabt?' Die Frage plagte sie.

Sie las die Liste der Frauen, die den Mann beschuldigten. Keine davon war ihr bekannt. Eine Welle der Erleichterung lief durch ihren Körper. Doch ein Detail fiel ihr auf, das sie leicht beunruhigte.

Nicht weit davon, am Nordbad, gab es einen Selbstmord. Sie las dies in der Zeitung, und Clara wich dem Thema aus. Emilia setzte sich wieder am Tisch und prüfte ihren Posteingang. Im Spam-Ordner waren noch über vierzig Mails herausgefiltert. Aus Interesse schaute sie sich diese an, und zwischen Verkäufern von kanadischen Medikamenten, Frauen, die ihre intimen Teile exponieren wollten und einigen unseriösen Herren aus fernen Ländern, die ihr einen Kredit anboten, fand sie eine E-Mail, die ihre Aufmerksamkeit erregte.

Es war eine Einladung zur Demonstration am Leopoldpark gegen den Triebtäter. Diese hatte sie übersehen. Die Adresse war ihr auch unbekannt, jedoch der Text war gut formuliert. Die Dame teilte mit, dass Frauen in den gegenwärtigen Zeiten gefährdet seien und alles, was man aus solchen Pamphleten sonst kannte. Die Organisatorin war auch selbst, oder zumindest ließ sie es so verstehen, ein Missbrauchopfer und wollte ein Zeichen setzen.

‚Ein Zeichen?', las sie wieder und erkannte darin etwas.

Emilia ging den Text von vorne durch, und diesmal las sie nicht mehr so oberflächlich, weil etwas darin klar nicht passte.

Die Dame beschrieb kurz ihre Erfahrung mit Vergewaltigung, und wie sie verstümmelt und für ihr Leben gezeichnet sei.

In diesem Moment machte sich in Emilias Körper Kälte breit, und sie erkannte, was sie bis dahin nicht sehen wollte. Doch, es gab eine Verbindung zwischen Clara und Gilligan mit der Autorin des Pamphlets.

‚Mein Wartezimmer.'

Emilia holte ihr Handy und schrieb hastig eine SMS.

‚Hast du Zeit für mich? Ich würde vorbeikommen. Ich habe eben meine Praxis geschlossen.'

Emilia räumte rasch den Raum auf. Ihre Füße erlaubten ihr nicht, schneller zu gehen. Der Computer fuhr herunter, und sie machte die Lichter aus. Als sie an die Praxistür kam, brummte ihr Handy und informierte, dass eine SMS hereinkam.

‚Ggggernee ich ghe nicht mehr weg heute', antwortete Kathrina.

Verantwortung

„Lieber gehe ich nicht mehr hin", sagte Jenny mit Entschlossenheit.

Irene lag auf dem Sofa und hatte ihre Füße oberhalb ihrer Liegeposition.

„Ich sehe da keinen Bedarf, aber du musst aufpassen. Wenn dieser Gilli…was dir zu nahe kommt, und Sönke von deinen Tätigkeiten Wind bekommt, gibt es für uns beide ziemlich viel Ärger. Das sollte dir klar sein." Irene wusste, Jenny etwas zu verbieten, wäre keine Lösung, aber sie versuchte, die Lage mit Vernunft klar zu definieren.

„Ich kann es dir nicht sagen, was mich dazu zwingt, diese Menschen mit ihren Verbrechen zu konfrontieren. Aber keiner unternimmt etwas, und dabei verarbeite ich meine eigenen Probleme. Ich werde alles Mögliche tun, mich nicht mehr in solche … Projekte … einzumischen." Jenny sprach ungern über ihr Verlangen nach Gewalt und Adrenalin.

Sie hielt diese Sucht hinter einer Maske der Unschuld und versuchte, sich selbst nicht einzugestehen, dass diese Besessenheit durch Irenes Präsenz in ihrer Wohnung nicht gebändigt werde. Sie verlagerte alle ihre Accessoires in den Keller. Ihre Kleider, die leicht auszuziehen waren, verschwanden in einen anderen Kellerraum, wo Irene sie nicht erahnen konnte. Jenny lernte in Brasilien, dass sie mit nackter Haut weder festgehalten werden konnte, noch würden Spuren bleiben. Die schönen Zeiten in Bahia in der Akademie für Capoeira.

Bogart fand seinen neuen Platz auf Irenes Schoß gemütlich. Sie genoss die Umgebung, ohne groß zu ahnen, was im Hintergrund noch mit ihrer Freundin passierte. Als unerwartet jemand an der Tür klingelte.

„Erwartest du ein Paket?", fragte Irene.

„Nein. Bleib liegen, ich schaue nach." Jenny schnellte zur Tür. Im Türspion sah sie nur einen gesenkten Kopf. Als sie die Tür öffnete, ging sie entschlossen vorwärts und schubste Bogarts vorherigen Besitzer.

„Ich brauche Geld." Er taumelte rückwärts und hielt sich am Treppengeländer fest.

„Verschwinde", befahl Jenny.

„Du hast meinen Hund. Ich will nur das, was mir zusteht. Er war teuer", murmelte er. Das offensichtliche Maß an Alkohol war unübersehbar und sogar mit einer starken Erkältung leicht zu riechen.

„Ich war gerade beim Kochen." Jenny schubste den Mann die Treppe herunter.

„Hey." Er verfehlte eine Stufe und fiel auf seinen Fuß.

„Ich bin nett angezogen." Sie schubste ihn weiter abwärts.

Wieder verfehlte sein Fuß eine Stufe, und er fiel zu Boden.

Jenny kam langsam die Treppe herunter. Ihre Augen funkelten, und ihre Haare wogten um ihren Kopf. Angst stieg in dem Mann hoch, und er wollte hinuntergehen, als Jenny ihn packte.

„Meine Freundin will nicht gestört werden." Sie hob ihn an seinem Kragen fast in die Luft, und er wimmerte kurz.

„Du wirst bereuen, mich zu stören. Ich wollte gerade meine Haare richten." Ihre Stimme stieg leicht.

Oben machte Irene die Tür auf.

„Ist da etwas los?", fragte sie und versuchte, Jenny von der Tür aus zu sehen, aber dies war von ihrem Blickwinkel nicht möglich.

Sie legte ihre rechte Hand auf den Mund des Manns und sprach in Irenes Richtung.

„Er wollte dem Nachbarn etwas liefern. Geh wieder rein. Ich komme gleich." Die Süße ihrer Stimme, der mitschwingende Charme machten dem Mann Angst, und er versuchte, sich loszulösen.

„Wenn du wieder herkommst, verscharre ich dich bei lebendigem Leib im Keller. Kapiert?" Der Glanz in ihren Augen bestätigte den Wahrheitsgrad ihrer Behauptung. Sie löste ihre Finger von seinem Mund, und er fühlte das Bedürfnis zu rennen.

Er nickte, und Tränen bildeten sich in seinen Augen. Sie ließ ihn los. Er schnellte seinem Zustand entsprechend los, und ohne den Blick von Jenny zu nehmen, machte er die Türe auf. Er zog diese hinter sich zu, die Schließkraft leistete etwas Widerstand. Als die Tür endlich schloss, rannte er weg.

Jenny lachte. Sie fühlte sich mächtig, und das Adrenalin stieg ihr zu Kopf. Es war die Erfüllung, die sie vermisste. Er war die Kompensation, die sie suchte.

Zurück in ihrer Wohnung legte sie die Hände an ihren Kopf und drückte ihre Haare zusammen.

„Der Mann musste denken, dass ich mit diesen Haaren verrückt bin", beschwichtigte sich Jenny.

„Wer war das?", fragte Irene, während sie Bogart kraulte.

„Keine Ahnung. Musste einer von diesen bibelfesten Menschen sein, die hausieren gehen. Die neue Version der Wahrheit schien Irene nicht aufzufallen. Aber ich bin sicher, dieser kommt nie wieder." Jenny lachte zufrieden, ging zum Badezimmer und machte sich zurecht.

‚Ich sollte ihn besuchen', überlegte Jenny. Sie kämmte ihre Haare und überprüfte ihr Kleid. Ihr wurde vom Adrenalin leicht schwindelig, aber sie war glücklich über ihre Reaktion.

„Mieses Arschloch", flüsterte sie.

Jedes Mal, wenn ihr Adrenalinspiegel stieg, bekam sie ein leichtes Déjà-vu, das sie gerne aufgelöst hätte. Doch fehlte ihr die richtige Menge des Hormons. Sie war sich sicher, dass sie früher oder später eine ordentliche Dosis Adrenalin bekommen würde, die ihr Hirn brauchte, und sie würde sich an einen bestimmten Moment in ihrer Vergangenheit erinnern.

Als sie mit dem Ordnen ihres Haars fertig war, machte sie das Licht im Bad aus und ging ins Wohnzimmer zurück.

„Bogart braucht sein Fressen, ", meldete Irene.

„Jenny." Sie erhob sich von ihrem Sitz.

„Ja."

„Wir werden offen zueinander sein. Du versteckst nichts mehr vor mir. Ist das klar?" Irene klang etwas düster.

„Was meinst du damit? Du weißt, dass ich nichts vor dir verheimliche. Es ist alles in Ordnung. Ich mache Bogarts Futter, und dann essen wir." Jenny klang freundlich und erfüllt. Doch Irene spürte, dass sie viel zu zufrieden war, und etwas, das nicht ausgesprochen wurde, musste endlich besprochen werden.

Sie wusste, dass diese Romanze keine Zukunft hätte, wenn beide weiterhin mit Geheimnissen zwischen sich leben würden. Jedoch befürchtete sie, dass sie Jenny verlassen müsse, wenn diese endlich über die unausgesprochene Wahrheit sprechen würde.

„Komm, das Essen ist fertig. Und vergiss nicht, deine Hände zu waschen", sagte die freundliche und fröhliche Jenny von der Küche.

‚Die Wahrheit wird uns befreien', schwor sich Irene.

Schicksal

Die Straßenkehrer waren unterwegs, noch bevor die Sonne ihren Platz in den Morgen fand. Kathrina verbrachte die Nacht zwischen Kurzschlaf und Wachtraum. Sie hatte sich in den letzten Tagen viel mit ihrem Computer beschäftigt. Über Peter Moers gab es nichts mehr zu lesen. Er schien von der Bildfläche verschwunden zu sein, und Kathrina fand schrittweise den Weg zur Ruhe. Doktor Belvedere gab ihr Entspannungsübungen, und sie versuchte, diese durchzuziehen, aber sie war nicht geduldig genug.

Sie schaute auf die Uhr und stellte fest, dass Clara in den nächsten zwanzig Minuten kommen sollte. Sie mochte sie, und seit Clara ihre Pflegerin wurde, hatte sie eine neue Motivation für ihr Leben.

‚Oder zumindest, was noch davon übrig ist', dachte sie laut.

Sie brauchte einen Kaffee. Ja, ein starkes Gebräu und noch lieber mit einem dicken Schuss Cognac. Sie vermisste die Partys und das Ausgehen. Alles, was ihr von Peter Moers geraubt wurde.

‚Nicht negativ denken', mahnte ihr Gewissen, wie Doktor Belvedere verordnet hatte.

Kathrina bewegte sich noch schlechter als sonst, und es wurde ihr bewusst, dass sie in naher Zukunft in betreutes Wohnen ziehen musste. Sie würde nicht mehr in der Lage sein, für sich selbst zu sorgen. Sie erledigte ihre Morgentoilette und bewegte sich stützend zur Küche, als sie die Wohnungstür gehen hörte.

„Guten Morgen, Kathrina", trällerte Clara, die mit zwei Taschen hereinkam. Sie trug ein fröhliches Gelb, das ihren Bauch etwas zu sehr betonte. Unbekümmert über ihr Aussehen und die Tatsache, dass die Nähte ihres Kleids bereits an zwei Stellen aufgegangen waren.

„Wir müssen uns unterhalten." Clara wartete nicht auf eine Antwort, und Kathrina nickte zustimmend und zeigte mit dem Finger zur Kaffeemaschine.

Clara holte eine Tasse mit Hundebildern, die Kathrina so sehr mochte. Geschickt durchsuchte sie das Regal und griff nach Kaffee-Pads, Zucker, Zimt und

Kardamom. Sie mischte alles meisterhaft und drückte den Knopf an der Maschine. Während das entkalkungsfähige Gerät eine Brühe herbeizauberte, ging Clara zu Kathrina und half ihr zu einem Stuhl.

„Wi... G...ts"

„Die Chefin ist etwas sauer. Sie hat von der Demo mitbekommen. Ich gehe ihr aus dem Weg. Wenn sie erfährt, dass du auch dabei geholfen hast, sind wir beide in Schwierigkeiten. Du hättest auch nicht zu Irene gehen sollen. Ich weiß nicht, wie sie sich die Zeit nahm, meinen Computer zu durchwühlen." Clara öffnete den Kühlschrank, holte die Mandelmilch und goss etwas davon in die Kaffeetasse.

„Arrgh. Das Zeug kann ich nicht leiden. Ich mache mir auch einen Kaffee", erklärte Clara.

‚Sie frisst sich wieder durch', dachte Kathrina, unfähig, dies aussprechen zu können.

Während die zweite Tasse laut aufgefüllt wurde, holte Clara alle möglichen Zutaten eines guten Frühstücks aus dem Kühlschrank.

„Ich habe keine Zeit gehabt, zu Hause zu frühstücken. Macht es dir etwas aus, wenn ich mitesse?", fragte Clara diplomatisch und ignorierte egal welche Antwort.

„Kathrina, du bist ein Engel. Nun, wie ich gesagt habe, hat Emilia scheinbar nicht gefallen, dass wir den neuen Klienten zur Demonstration eingeladen haben. Was soll's, zumindest tun wir etwas." Clara sprach sehr laut und posierte sich als Heldin.

„Sie war hier", erklärte Kathrina, leicht erholt. Scheinbar wirkte der Kaffee, und die Hemmungen des Aufstehens waren vorüber.

„Sag bloß."

„Sie hat den Schreibstil erkannt. Ich weiß nicht, wie sie das so behalten kann." Kathrina stotterte leicht beim Reden, war aber verständlicher als am Abend. Ihre Krankheit hatte diesen Verlauf, morgens nach dem Aufwachen war sie fast normal, und im Lauf des Tages verlor sie stets an Kraft.

„Emilia ist sehr schlau. Fett, aber sehr schlau. Was hast du ihr gesagt? Ich hoffe, sie wirft mich nicht raus. Ich kann danach für niemand mehr arbeiten." Clara beendete ihren Satz mit einem Biss in ihr Käse-Schinken-Brot.

„Ich musste ihr sagen, dass ich nur das Pamphlet redigiert habe, weil du keine Grammatik kannst." Clara mochte die Kritik nicht, aber eine Widerrede unterdrückte sie mit einem Schluck Kaffee.

„Der Neue hat einen komischen Namen, den ich schon wieder vergessen habe. Irgendeine Zeichentrickfigur hat den gleichen Namen. Egal. Er war sehr hilfreich, und wir waren fast fünfzig Personen." Clara sprach motiviert und sehr aufgeregt.

‚Sie übertreibt', dachte Kathrina müde.

„Rede bitte mit Emilia. Ich will nicht, dass sie mitkriegt, dass ich das angeleiert habe. Ich wollte trotzdem, dass dieser Mann endlich mal gesteht, wie er Frauen über die Kontaktbörse lockt, um sie danach zu missbrauchen. Er zeigte sich auch überall im Park."

Kathrina hob ihre Augenbrauen und gab Clara einen bedeutenden Blick.

„Ich bitte dich, Liebes. Männer zu kontaktieren, ist für eine Single-Frau wie ich eine normale Sache. Aber dieser schräge Vogel ist verrückt, und sein Profil war von vorne bis hinten erlogen. Sein Foto zeigt weder ihn als jungen Mann, noch ist es überhaupt von ihm. Er hat von irgendwem das Bild geklaut. Als ich sein Gesicht sah, fragte ich, wo mein Date sei, und er lachte."

Kathrina lachte selbst und litt an der Anstrengung.

„Jenny hat ihm eine Lektion erteilt, und mit dem Material, was sie geliefert hat, geht der Arsch bestimmt für dreißig Tage in den Knast. Aber eins garantiere ich dir, er tut das nie wieder. Redest du mit Emilia?"

Kathrina zeigte zum Brot, und Clara verstand die Aufforderung zur Arbeit.

„Nutze Jenny nicht aus. Nur weil der Mann so ist, musste er nicht derart verprügelt werden. Die Beweise an die Polizei zu liefern, hätte ausgereicht", tadelte Kathrina.

„Ach bitte. Du gehst auch zu Irene und bettelst um Hilfe. Ich habe zumindest etwas selbst gemacht. Das war nur das Beste. Ich bin sicher, andere Frauen werden mir danken." Clara stand auf, und Kathrina wusste, dass die Diskussion mit ihr nutzlos und für sie zu anstrengend wäre.

Bevor Clara einen weiteren Redeschwall von sich gab, schaute sie zum Wohnzimmertisch und entdeckte die Prospekte vom betreuten Wohnen. Sie gab Kathrina ihr gemachtes Brot mit Käse und ging zum Wohnzimmer.

„Willst du dort hinziehen?", fragte Clara etwas enttäuscht.

„Ich muss. Ich kann kaum noch gehen. Es ist eine Wohnung frei geworden. Nächste Woche fange ich mit dem Umzug an", stammelte Kathrina.

„Aber du hast so viele Fortschritte gemacht. Denkst du nicht, dass es dir bald besser gehen könnte?"

Sie schüttelte den Kopf, ohne ein Wort von sich zu geben.

„Keine Bewegung mehr." Kathrina schien erledigt zu sein, und die Anstrengungen der Konversation wirkten nicht positiv, stellte Clara fest.

„Wenn ich helfen kann, sag Bescheid."

‚Um Peter Moers muss ich mir keine Gedanken mehr machen', dachte Kathrina ruhig.

Vergebung

Unruhig saß Jenny im Wohnzimmer und überlegte, wie sie ihren unkontrollierbaren Drang, jemanden zu verprügeln, bändigen konnte. Sie wusste, dass dies nicht normal war und laut Doktor Belvedere nur ein Symptom ihres instabilen Zustands.

Ihre Therapeutin vertrat die Ansicht, dass etwas in Jennys Vergangenheit sie gewalttätig werden ließ. Sobald sie dies aufdecken würde, sollte der Spuk vorbei sein.

Jenny bemühte sich zu meditieren. Sie las Bücher über Entspannung, und manchmal trank sie sogar etwas Wein, um ihre Gefühle zu betäuben. Die letzte Begegnung mit Bogarts Vorbesitzer hatte sie später selbst erschrocken. Sie wollte nicht, dass Irene diese Seite von ihr zu sehen bekam. Dies könnte ihre Beziehung schwer belasten.

Irene merkte die Abwesenheit ihrer Partnerin im gemeinsamen Bett und ging zum Wohnzimmer, wo sie Jenny gedankenverloren vor dem Computer sah.

„Du brauchst die Tastatur, um das zu bedienen. Mit Gedanken funktioniert das nicht", witzelte Irene.

„Entschuldige. Ich bin mit meinen Geistern beschäftigt. Seit einigen Wochen gehe ich bei Doktor Belvedere eine Rückführung durch, und es scheint, dass ich eine Blockade habe. Irgendwie kann ich mich an mein Leben mit Stefano nicht erinnern. Es ist so, als hätte ich ihn aus allen Gedanken komplett ausradiert", fasste Jenny ihre Gefühle zusammen.

„Ist vielleicht auch besser so. Er war ein gewalttätiges Arschloch." Irene gab ungewollt den Anstoß zu einer Diskussion, die Folgen nach sich ziehen sollte.

„Wann habe ich ihn zuletzt gesehen? Wir waren noch in Köln, nicht wahr?" Jenny bewegte ohne besonderes Ziel die Maus am Computer.

„Wir brachten ihn zum Krankenhaus, oder besser gesagt, wir begleiteten ihn dahin. Von dort wurde er für tot erklärt, und wir zogen zwei Monate danach nach München."

„Das weiß ich noch. Ich kann nicht schlafen", gab Jenny zu.

„Belastet dich etwas?" Irene war selten um ihre mentale Gesundheit besorgt, da sie meistens lieber allein handelte. Aber sie musste umdenken, weil sie jetzt eine andere Lebensphase beginnen wollte.

„Ich habe dir nicht ganz die Wahrheit erzählt. Ich denke, das belastet mich im Moment." Irene war nicht überrascht und vermutete, dass besser nicht mehr besprochen werden sollte.

„Mit was meinst du?"

„Ich war in der Wohnung des Manns, der Selbstmord begangen hat." Jennys Stimme war ruhig und fast teilnahmslos.

„Wie bitte?", fragte Irene überrascht.

„Lass das ‚Wie bitte.' Ich rede mit dir, nur weil Doktor Belvedere meinte, ich sollte immer ehrlich zu dir sein und mich bemühen, nur die Wahrheit zu sagen. Sie sagte, dass meine Blockade daherkommt, dass ich mir eine eigene Realität kreiert habe." Jenny versuchte, ihre Gedanken einzuordnen.

„Hast du den Mann über den Balkon gestoßen?" Irenes Besorgnis war echt, und Jenny suchte nach Ordnung, was im Moment ihren Gedanken absolut fehlte.

„Nein. Ich habe dir gesagt, ich würde niemandem das Leben nehmen. Ich habe ihn gezwungen, mir das Passwort für seinen Computer zu geben, und dann ließ ich das pornographische Material auf dem Monitor. Die Polizei sollte ihn gehunfähig finden und die Beweise sicherstellen. Er hat kaum Widerstand geleistet, und er weinte die ganze Zeit. Als ich die Wohnung verlassen hatte, war er am Leben und heulte auf den Knien." Jenny fand problemlos die Realität, aber sie war sich noch nicht im Klaren über die Ereignisse der Nacht, in der sie ihre Mission erfüllte.

Irene war fassungslos und hob ihre Hände an die Wangen.

„Es ist bis heute nicht passiert, dass jemand starb, den ich angegriffen hatte. Ich fühle, als hätte ich seinen Tod verursacht." Irenes Finger schwebten ziellos über der Computermaus.

„Sei doch nicht blöd. Was kannst du dafür, dass er sich nackt auszog und über den Balkon sprang? Du hast ihn nicht ausgezogen, oder?", fragte Irene.

„Gewiss nicht. Jedoch ich fühle, als hätte man mich manipuliert." Jennys Gesicht wurde finster, und ihr Zeigefinger tippte unkontrolliert auf dem Tisch.

„Wie bist du auf ihn gekommen?"

„Das ist es ja gerade. Ich will nicht, dass das Vertrauen missbraucht wird, das man in mich hat. Ich hörte nur von diesem Fall und suchte selbst nach dem Kerl. Ich wusste, dass ein Junge vor vielen Jahren vergewaltigt wurde, und er zog hierher und wollte, noch bevor er vielleicht stirbt, seinen Peiniger in den Knast bringen. Ich war von dieser Geschichte bewegt. Ich verstand es als meine Pflicht, ihn zu rächen. Ich weiß nicht, ich habe manchmal das Gefühl, als wäre ich nicht ganz dicht. Warum habe ich das getan?" Jenny war von der Schuld am Tod des Mannes getroffen, aber Irene schien diese Meinung nicht zu teilen.

„Hilf mir. Wo hast du darüber gehört?" Sie war wegen der Folgen für Jenny etwas besorgt. Zum Teil auch verärgert, weil ihr das verheimlicht wurde.

„Ich war im Wartezimmer bei Doktor Belvedere, und Gilligan unterhielt sich mit Clara. Keiner der beiden hat mich angesprochen. Es schien purer Zufall zu sein, dass Emilia zu spät kam, und er war für seine erste Sitzung zu früh. Clara ist redselig, und ich konnte nicht weghören. Als ich wieder hinauskam, waren beide weg. Später plauderten Clara und ich, wie sehr sie Gilligans Geschichte bewegt hat." Jenny drückte ihre Augen. Scheinbar war sie müde.

„Hast du das jemandem erzählt?"

„Nein. Ich habe ungefähr fünf oder sechs Tage nach dem Mann gesucht. Es war ziemlich einfach, denn es handelte sich um einen Kirchenmenschen, der vor fünf Jahren nach München zog. Ich habe einfach das Einwohnermeldeamt und die Anzeige von Hamburg kombiniert und landete bei ihm. Es war supereinfach." Jenny stand auf. Sie war müde und musste ins Bett.

„Hamburg?" Irene war überrascht. Sie wusste, dass Sönke auch aus Hamburg kam und im Archiv der Polizei nach diesem Mann gesucht hatte.

Jenny umarmte Irene und flüsterte ihr ins Ohr: „Schlafenszeit."

Jenny konnte Irenes Hautfarbe nicht sehen, aber hätte sie diese gesehen, wäre sie überrascht, wie bleich sie wurde.

„Geh ins Bett. Ich komme sofort zu dir", entschuldigte sich Irene. Jenny verschwand ins Schlafzimmer, und Irene schaltete den Computer aus.

‚Einen Gefallen, den du nicht ablehnen kannst. Sagte der Dämon seinem Opfer', dachte Irene.

Vernunft

Theorien

Die Stimmung zwischen Sönke und Gilligan war etwas kühl geworden. Sönke entdeckte, dass er teilweise verleitet wurde, nach München zu ziehen. Er war sich nicht sicher, ob sie Freunde waren, oder ob er nur als Mittel zum Zweck diente.

Er versprach Irene in der Not, nicht weiter im Fall der Rächerin zu ermitteln und sich auf seine Arbeit zu konzentrieren. Jedoch war er sich nicht sicher, ob Irenes Sorgen seiner Arbeit und seinem Einsatz oder mehr der Rächerin galt, was eine gewisse Neugier in ihm weckte.

Beide gingen sich seit fast zwei Tagen aus dem Weg, und Sönke fühlte sich als Opfer eines lautlosen Nervenkriegs. Er wollte nicht ausflippen, weil Gilligan in seinem Zustand Aufregungen nicht gut vertrug, war aber auch nicht gewillt, dies unausgesprochen zu lassen.

„Wir sollten uns aussprechen. Wir sind erwachsen", leitete Gilligan ein.

Sönke drehte sich unbequem auf dem Sofa und bedeckte sich mit der Sofadecke.

„Fühlst du dich nicht mehr wohl bei mir? Ich könnte das verstehen. Aber dann müssen wir überlegen, wie wir getrennte Wege gehen. Ich will dir nicht zur Last fallen." Gilligan war sachlich und sprach vorsichtig, aber er schien von den eigenen Worten verletzt.

Auch Sönke bekam einen Schreck, als er sich vorstellte, ohne Gilligan leben zu müssen. In all den Jahren, die sie zusammenwohnten, hatten sie viel miteinander gemacht, aber wie Sönke feststellte, sehr wenig über die eigenen Gefühle gesprochen. Mit dieser Frage konfrontiert, wurde ihm mulmig, und er fühlte sich plötzlich leer.

„Ich will auf gar keinen Fall ohne dich ... Ich habe nicht gedacht, dass du das so nimmst. Versetz dich in meine Lage." Sönke war sich selbst über seine Lage nicht klar.

„Ich wollte dich wirklich nicht manipulieren. Es war eventuell nur naiv von mir. Ich wollte ihn zwar ins Gespräch bringen und ... Ja, ich wollte meinem Onkel ins Gesicht blicken und ihn mit seiner Schuld konfrontieren." Sönke wurde unwohl, weil er sich so als Opfer präsentiert hatte, anstatt die Situation seines Freundes besser zu verstehen.

„Hast du das geschafft?"

„Ja. Clara meinte, dass eine Freundin von ihr für mich ermittelt hätte, wo mein Onkel aktuell wohne, nun, lebte. Sie hat mir zugesichert, dass er mich empfangen würde. Ich kam in seine Wohnung, und die Tür war offen. Clara stand an der Tür und meinte, er würde zuhören. Dies tat er. Als er mich ansah, verlor er jegliche Farbe. Er schien genau zu wissen, wer ich war, und was er getan hatte. Schuld stand in seinem Gesicht geschrieben, und ich denke, sie oder ihre Freundin haben ihm einige Schellen verpasst. Er war an beiden Wangen ziemlich rot und konnte nicht gut aufstehen."

„Was?" Plötzlich stieg Sönkes Aufmerksamkeit über sein Bewusstsein wie ein Schuss Adrenalin.

‚Die Rächerin?'

„Ich glaube, sie geriet außer sich. Eventuell hätte ich nicht alle Details der Misshandlungen erzählen sollen. Ich … Ich redete zu viel. Sie hat sich aufgeregt."

„War der Hund dabei?"

„Nein. Was meinst du?" Gilligan war sich nicht im Klaren, was die Frage bezweckte.

„Hat sie einen Hund?"

„Keine Ahnung. Ich glaube nicht. Sie ist Krankenpflegerin, oder wie sie sich nennt Wohnungsbetreuerin der Klienten von Doktor Belvedere. Wieso? Was interessierst du dich mehr für sie als für meine Probleme?", protestierte Gilligan.

Sönke merkte, dass er aufgrund seines Verhaltens an Beliebtheit verlor, und ihm wurde auch bewusst, dass er einlenken musste.

„Niemals", log Sönke. „Es war nur meine Art des Redens. Ich glaube, das kommt vom Beruf", versuchte er, von seinem Fauxpas abzulenken.

„Verstehe, denke ich. Willst du weiterhin an dieser dämlichen Theorie von einer Rächerin festhalten, und willst du dich mit mir unterhalten, um Spuren zu suchen in einem Fall, wo du versprochen hast, dich nicht mehr damit zu beschäftigen?"

„Lass das. Selbstverständlich nicht." Sönke wurde rot, vergaß seine eigenen Barrieren und Probleme und konzentrierte sich mehr auf Gilligans Worte .

„Das hoffe ich. Nun, ich bin dahingegangen und konfrontierte ihn mit dem, was er mir antat, ich war kaum eine Viertelstunde dort. Ich konnte seinen Blick nicht ertragen." Gilligan gab Sönke seine Hand. Sönke tröstete ihn und ließ seine beruflichen Absichten fallen. Er konnte sich kaum vorstellen, wie schwer dieser Moment war.

„Warum hast du mich nicht gebeten, dich zu begleiten?" Sönke drückte Gilligans Hand eventuell zu fest, der die seinige wegzog.

„Es war ein Fehler von mir. Ich hätte dich niemals in diese verrückte Idee involvieren sollen. Ich weiß nicht, ob ich noch lange lebe oder nicht. Ein Spender wird schwer zu finden sein, und ich dachte, ein Umzug würde uns helfen." Das ‚Uns' in dem Satz ließ Sönke sich wieder etwas unwohl fühlen. Doch er überging seine eigenen Gefühle und hörte weiter aufmerksam zu.

„Ich versuchte, mich selbst zu überzeugen, dass ich das nicht wollte. Mehrmals versuchte ich so zu tun, als hätte ich nicht indirekt bewirkt, dass wir hierherziehen, damit ich dieses Kapitel in meinem Leben abschließen kann."

,Männer weinen nicht', hörte Gilligan im Geiste von seinem Vater, als er noch ein Junge war. Doch er konnte im Gegenteil den Tränen seiner Schuld keinen Einhalt gebieten.

„Bitte verzeih mir."

„Gilligan, wenn jemand verziehen werden muss, dann mir. Ich habe dir nicht zugehört und dich wieder im Stich gelassen. Ich bin sicher, dass ein Spender kommen wird. Ich brauche deine Hoffnung. Allein kann ich auch nicht die Last von uns beiden tragen." Sönke legte seine Hand auf Gilligans Rücken und massierte freundlich und fest, als würde er seinem Freund Kraft geben.

„Als Clara und ich die Wohnung hinter uns ließen, war ich enttäuscht. Ich sah nur einen alten Mann, der weinte und bei seinen Sünden ertappt wurde. Fotos von anderen Jungs, die er missbrauchte, hatte er auf seinem Computer. Diesen konnte ich noch von der Tür sehen. Aber ich wollte nichts mehr von ihm wissen. Die Erlösung, die ich suchte, fand ich auch nicht. Als du mir dann von dem Fall erzähltest, war ich beängstigt. Ich dachte, ich hätte seinen Tod ausgelöst. Eventuell habe ich dies sogar. Aber ich wusste nicht, wie ich das ansprechen sollte." Gilligan verstand, dass er etwas zu selbstsüchtig war, er hätte Sönke viel früher in seine Gedanken involvieren sollen.

„Ich glaube, wir haben nie gelernt, über unsere Gefühle zu reden, und das erschwert uns, solche Ideen auszutauschen. Ich bin nicht dagegen, dass du eigene Lösungen suchst. Es war für mich nur enttäuschend, dass du dich nicht getraut hast, mit mir darüber zu sprechen. Wir sollten eventuell unseren nächsten Urlaub nutzen, uns mit unserem neuen Alter und dem neuen Geist zu beschäftigen." Sönke suchte nach passenden Worten.

„Fahren wir in Urlaub?", fragte Gilligan.

„Du kannst nicht glauben, dass eine Kleinigkeit mich von dir trennen würde. Wir sind kein Paar, aber wir leben zusammen, und zwar sehr lange." Sönke zog ihn zu sich und küsste seine Stirn.

„Ich will dich nicht enttäuschen. Du bist für mich wichtig", beruhigte sich Gilligan.

„Wenn ich für dich wichtig bin, dann tue alles, damit du einen Spender findest. Tue alles, damit du länger lebst. Ich will nicht, dass mein wichtigster Freund mich allein lässt."

Etwas an ihrer Freundschaft hatte sich in diesem Moment verändert. Doch keiner war bereit, sich diese neue Situation einzugestehen.

Regressionstherapie

Zwei Schuhe lagen unter dem Arbeitstisch, und rosige Füßen freuten sich auf etwas Entspannung. Emilia Belvedere kam zu spät in ihre Praxis, und ihr Gewicht machte sich insbesondere in Lackschuhen besonders bemerkbar.

‚Eitelkeit und Übergewicht passen nicht zusammen', betete sie in Gedanken ihr Mantra.

Sie arbeitete niemals samstags, aber diesmal ging es um mehr als Arbeit, es ging auch um ihre beste

Arbeitgeberin. Irene war, seit sie nach München zog, ihre beste Vermittlerin, und eine Bitte von ihr war für sie Gesetz. Insbesondere, wenn die Bitte nach einem Sondertermin mit dem Adjektiv ‚dringend' per SMS gesendet wurde.

‚Ob Clara wieder intrigiert hat?' Kein abwegiger Gedanke, da ihre Assistentin mit ihrer ständigen Einmischung oder Verbreitung von Ideen bereits in der Vergangenheit für Probleme sorgte.

‚Kann auch sein, dass Jenny wieder einen Ausraster erlebte. Das wäre besser', wog sie die Möglichkeiten ab.

Sie mochte die Ungewissheit nicht, und da Irene auf ihre letzten vier Anrufe nicht antwortete, musste etwas Dringendes sein. Während sie wartete, schaute sie sich ihr Büro an. Es waren bereits dreißig Jahre vergangen, seit sie an der Goethestraße einzog. Sie schloss als Jahresbeste die Uni ab, und trotz ihrer Bescheidenheit wussten viele der Branche, dass sie ein Meister in der Psychotherapie war. Dies war auch ein Grund, warum viele ihre unprätentiöse und zurückgezogene Art kaum nachvollziehen konnten. Viele mit weit geringerer Erfahrung und geringerem Wissen präsentierten sich wie ein auf Erden gelandeter Gott, sie kam nicht mal zum Kongress. Ihre Manuskripte über Techniken wie Hypnose oder Rückführungen waren sehr populär, und keiner zweifelte an ihrer Kompetenz.

Irene kam pünktlich, und Emilia bewegte sich barfuß zur Eingangstür. Ihre kleinen Füße waren im Vergleich zu ihrer prähistorischen Venusfigur sehr unproportional, aber wie sie selbst sagte:

‚Ich habe keinen anderen Körper.'

„Hi Irene. Komm herein. Setzen wir uns in meinen Shiva-Raum." Emilia hatte drei Behandlungsräume, und dieser war ihr privates Zimmer. Seit sie die Praxis eingerichtet hatte, wurde der Raum lediglich zu ihrer eigenen Entspannung benutzt.

„Ich komme in einer etwas schwierigeren Lage und muss mit dir oder irgendwem mit mehr Verstand als ich sprechen." Irene sprach zu schnell und beachtete nicht, dass Emilia sie bereits analysierte.

‚Fangen wir die Anamnese an', rief sich Emilia zur Arbeit.

Irene setzte sich an einem großen roten Kissen, das von lila und orangener Organza umrandet war.

„Willst du einen Tee? Geht schnell", fragte Emilia und drückte den entsprechenden Knopf der Teemaschine, ohne auf eine Antwort zu warten.

Begleitet vom Ginkgo-LemonAroma suchte Irene nach Worten.

„Ich will mit dir über Jennys Behandlung sprechen", leitete sie ein.

‚Gut. Keine Intrige von Clara', entspannte sich Emilia.

„Diese Rückführungen scheinen sie dazu zu bringen, an die Jahre, als wir uns in Köln getroffen hatten, zu denken und zu erinnern." Emilia hörte zu und notierte die Informationen auf ihrem Tablet.

„Das ist der Sinn der Technik. Wo liegt das Problem?"

„Die Erinnerungen an Stefano waren bisher wie weggeblasen. Sie sprach über ihn all diese Jahre nicht mehr. Ich befürchte, dass es zur Retraumatisierung kommen kann, wenn sie sich weiter in diese Richtung bewegt. Sie erinnerte sich an das Krankenhaus, und ich hoffe, du erinnerst dich, dass sie schlimme Momente mit diesem Mann erlebt hatte." Emilia war nicht der gleichen Ansicht, aber sie musste Irene diplomatisch und technisch von ihren Methoden überzeugen.

„So viel ich weiß, hat sie nie jemanden in Köln verprügelt. Dies geschah, nachdem ihr nach München gezogen seid. Ist es nicht so?" Emilia traf genau das Problem, das wusste Irene, und ihre dunklen Augen verrieten, dass sie mehr darüber aufklären sollte.

„Das ist wahr. Als sie wieder gesund wurde, fing sie irgendwann an, aggressiver zu werden", bestätigte Irene kleinlaut.

„Ich beobachte Jenny seit sechs Jahren. Alle ihre Vorfälle fanden nach einer Erinnerung an Stefano statt. Jedes Mal, wenn sie sich an ihn erinnert, kulminiert dies in einem Gewaltausbruch gegen einen Sexualstraftäter. Man muss kein Genie sein, um den Zusammenhang herzustellen. Stefano war ein solcher Straftäter, und sie ist ein Opfer sexueller Misshandlungen. Jedoch unklar ist, wo die Quelle der Gewalt liegt. Ich bin sicher, ab dem Moment, wo sie diesen Knoten in ihren Erinnerungen abgearbeitet hat, wird es keine Gewaltausbrüche mehr geben, sie wird auch keinen Zwang zur Gerechtigkeit haben, und hoffentlich wird sie ihre depressiven Episoden los." Irene hörte zu und nickte zustimmend.

„Kann man nicht anders vorgehen?" Sie stellte die Frage flehend, was Emilia als sehr außergewöhnlich einstufte.

„Liebes, Jenny ist meine Klientin, und in den letzten sechs Jahren hast du sie jedes Mal von der Therapie abgehalten, wenn wir an diesen Punkt kamen. Ich beobachte alles sehr genau. Willst du mich nicht in deine Geheimnisse einweihen?" Der betörende Geruch des Tees, die gedämpften Lichter im Raum und die beruhigende Melodie im Hintergrund machten Irene müde. Sie würde lieber schlafen, jedoch ihre Pflicht zwang sie weiter wach zu bleiben.

„Es kann sein, dass du Recht hast. Ich befürchte nur, dass ich weiß, was diese Störungen bei Jenny ausgelöst hat. Ich ahne auch, dass sie mich hassen wird, wenn sie sich an alles von Stefano erinnert." Irene schloss ihre Augen und schien sich eine Vision der Zukunft ohne Jenny vorzustellen.

„Tu mir ein Gefallen. Leg dich hin und entspanne." Irene legte sich wie auf Kommando ruhig hin.

„Atme etwas ein und lockere dich. Ich denke, danach können wir uns besser unterhalten." Irene befolgte freiwillig die Kommandos und entspannte sich.

„Erzähl mir jetzt, was mit Stefano los war."

Nach dieser Einleitung fühlte sich Irene, als würde sie keine weitere Aufforderung zum Sprechen mehr benötigen. Sie musste das aussprechen, weil eventuell auch sie von dieser Erfahrung betroffen war.

„Ich lernte Jenny bei einem Fall von häuslicher Gewalt kennen. Wir sind gute Freundinnen geworden, und trotz meines Wunschs, Privates und Berufliches zu trennen, war Jenny eine willkommene Ausnahme. Ich liebte sie vom ersten Moment an. Unschuldig und freundlich. Sie war fast zu naiv für die ganzen Jahre, die sie mit diesem Mann gelebt hatte. Sie träumte von einer Model-Karriere und alles, was Mädchen so träumen. Ich glaube, da habe ich mich in sie verliebt." Es war das erste Mal, dass Irene wirklich über ihre Gefühle sprach, und dies tat ihr gut.

„Eines Tages rief sie mich verzweifelt an. Stefano war wieder in Köln und schlug erneut um sich. Es war ein Samstag. Ich hatte ihr ein Handy gegeben, denn sie hatte nicht einmal das. Ich fuhr hin, ich wohnte in Mühlheim und bis zu ihrer Wohnung in Deutz war es nicht weit. Als ich dort ankam, schellte ich an der Tür. Niemand antwortete, und eine Nachbarin ließ mich rein. Viele kannten bereits Stefanos Ausbrüche. Ich sprach Jenny an, dass sie sich auch wehren könne, und sie solle keine Angst vor ihm haben. Es waren meine Worte an sie, dass sie sich bei Gewalt wehren soll. Jedoch dachte ich nicht, dass sie irgendwann meine Empfehlungen umsetzen würde." Emilia hörte auf zu schreiben und machte die Hintergrund-Musik etwas lauter.

„Erzähl weiter. Das tut uns gut."

‚Uns gut', dachte Irene.

„Ich klopfte heftig an die Tür, und als ich bereits dachte, die Polizei zu verständigen, kam sie zur Tür. Die Wohnung sah verwüstet aus, und Jenny blutete aus allen Poren. Ihre Augen sahen so geschwollen aus, dass man diese kaum erkennen konnte. Im Krankenhaus wurde später eine gebrochene Rippe und zwei Knochenrisse am Arm und an am rechten Fuß festgestellt. Sie fiel in Ohnmacht und wurde später im Krankenhaus ins künstliche Koma versetzt, denn sonst hätte sie die Schmerzen nicht ertragen, meinte die Ärztin. Ihre Genesung dauerte fast zwei Jahre. Wir waren bereits in München, als ihre letzte Narbe behandelt wurde. Seitdem arbeitet sie an ihrer Modelkarriere, aber sie scheint das Adrenalin zu mögen, das diese übermütigen Aktionen ihr geben. Ich habe sie dazu getrieben das zu sein, und ihre Narben als ein Zeichen für alle Gewaltopfer zu nutzen, was ich selbst sein wollte. Aber sie lernte später, mit Pilzen und Halluzinogenen zu arbeiten, sie verbesserte ihr Capoeira, und sie wird kriminell. Neulich habe ich mitbekommen, wie Frauen ihr Geld angeboten haben. Ich bin etwas verzweifelt, weil ich jetzt mit ihr leben möchte."

Emilia verstand die Verantwortung, die sie jetzt trug, und das war fast zu persönlich für ihren Geschmack.

„Jenny tut Gutes für Leute, die keine Hilfe beim Gesetz finden. Denk daran." Emilia schien etwas zu überlegen, aber Irene war zu tief entspannt, um sich darum zu kümmern.

„Was geschah mit Stefano?" Diese Frage musste kommen, und Irene wollte ihr nicht mehr ausweichen.

„Ich packte ihn am Kragen und schlug ihn zu Boden. Dreimal. Oder mehr. Ich hatte einen Ausraster. Ich haute meine ganze Wut auf solche Männer raus." Irene brach ihre Schilderung ab.

„Was geschah mit Stefano?", wiederholte Emilia sanft.

„Er blutete innerlich und drohte zu ersticken. Ich wollte einen Krankenwagen rufen, als ich merkte, wie Jenny die Augen aufriss und erstarrt zu ihm blickte."

„Was geschah mit Stefano?", leierte Emilia wie ein Mantra.

„Ich drückte seinen Mund zu und wartete, bis er erstickte. Jenny kam inzwischen wieder zu Bewusstsein und sah, wie ich ihn tötete. In Ihrem Gesicht stand Erleichterung. Trotz der schweren Verletzungen lächlte sie zufrieden und fiel in Ohnmacht. Dann rief ich den Notruf an, um vorzugeben, er sei noch am Leben. Ich zögerte, ich wusste, dass er wieder freikommen würde, wenn er überlebte. Dieser Moment verwandelte Jenny in das, was sie heute ist. Noch erinnert sie sich nicht daran." Irenes Stimme klang schläfrig.

„Du hast jetzt alles gesagt, was du wolltest. Schlaf etwas und entspanne dich", verabschiedete sich Doktor Belvedere.

Nur eine Stunde später wachte Irene auf und traf im Wartezimmer auf Emilia.

„Sorry, ich bin eingeschlafen. Ich fühle mich besser", bedankte sich Irene.

„Nimm dir einige Tage frei und fahre mit Jenny aufs Land. Deine Geheimnisse sind bei mir sicher", empfahl Doktor Belvedere.

Ein Begräbnis

Alle Medien berichteten von Pater Sebastians Selbstmord. Als sich dazu herausstellte, dass er in mehreren Fällen von Kindesmissbrauch schuldig war, war es kaum zu erwarten, dass jemand zu seiner Beisetzung erscheinen würde.

Ein offizielles Schild erklärte, dass hier die Bestattung von Pater Sebastian Kapp stattfindet. Keine Blumen, kein Schmuck. Es war leer, und wäre der Protagonist nicht tot gewesen, hätte man etwas Leben im Raum gehabt. Es war beinahe gespenstisch.

Irene kam mit Jenny auf Einladung von Gilligan, auch um den Besucherkreis anzuschauen. Jenny hatte noch Bedenken, der Mann habe sich wegen ihr umgebracht. Jedoch wie sie selbst sagte, wurde er von ihr nur leicht angegriffen. Clara blieb bei ihm, bis Gilligan kam. Als Gilligan ihn allein ließ, hätte Clara, wie vereinbart, bei der Polizei anrufen sollen, aber sie bekam Angst und tat dies nicht. Er wurde nur mit den Beweisen konfrontiert, die sie in seinem Computer ermittelt hatte. Etwas anderes hatte den Mann dazu gebracht, seinem Leben ein Ende zu setzen.

„Ich habe nichts getan, aber ich fühle mich schuldig", wimmerte Jenny.

„Hausfriedensbruch, Datenklau vom Computer, unautorisierter Zugang zu seiner Wohnung. Also vor Gericht hättest du keine Chance. Jetzt tu so, als wärst du betroffen. Die Familie schaut uns etwas komisch an", flüsterte Irene.

„Wer weiß, wie viele ohne mich noch unter seiner Hand gelitten hätten", flüsterte Jenny ebenfalls.

„In seinem Alter ist weniger wahrscheinlich, dass er noch viele belästigen konnte", insistierte Irene.

„Darum sind so viele Verbrecher nicht im Knast", setzte Jenny einen Punkt in ihrer Argumentation.

„Egal. Ich verstehe nur nicht, wieso er sich auszog, bevor er sprang." Beim Überlegen fasste Irene sich an ihr Kinn.

„Irene?", fragte jemand hinter beiden Frauen.

„Sönke?" Sie erinnerte sich an seinen Namen, eventuell wegen der Überraschung. Sie sah etwas verlegen aus und wusste nicht, wie sie sich verhalten sollte. Es war eine private Angelegenheit und machte sie zu einer Freundin, was ihr Unbehagen bereitete.

„Was machst du hier?", fragte Sönke.

„Gilligan lud Jenny ein, und ich bin mit meiner Freundin hier. Und du? Was machst du hier?" Erfreut über die gelungene Ablenkung, schaute Irene zu beiden.

„Ich gehöre praktisch zur Familie. Zumindest habe ich bestens für den Streit in der Verwandtschaft gesorgt."

„Ich war sein Opfer", fügte Gilligan hinzu.

„Gilligan!", mahnte Sönke.

„Was soll's, jetzt ist er tot, und ich muss weiter mit der Erinnerung an dieses miese …"

„Immer freundlich bleiben", fügte Jenny hinzu.

„Ach ja. Wir sind jetzt offiziell zusammen." Irene klang beinah melodramatisch, und ihr Lächeln am Ende des Satz war eher furchteinflößend als das, was sie beabsichtigte.

„Das bei einem Begräbnis kundzutun, ist unangebracht. Wir können im Anschluss irgendwohin auf einen Kaffee gehen", schlug Jenny vor.

„Ich will nur sicher sein, dass sein Sarg in den Ofen eingeschoben wird. Danach feiere ich gerne das Ereignis." Die Bitterkeit von Gilligan war mit etwas schwarzem Humor vermischt, aber die Schmerzen ließen sich spüren.

„Es ist vorbei. Wie geht es dir? Du bist irgendwie gebräunt", sagte Jenny freundlich.

„Das ist meine Leber, die mir diesen goldenen Teint verpasst." Gilligan lachte etwas müde und wurde von einer Aufseherin durch scharfe Blicke gemahnt.

„Bald geben die von der Kirche ein paar letzte Worte und dann ab mit ihm in die Bratpfanne." Bösartigkeit war nicht normal bei Gilligan, und Sönke fand es besser, seinen Arm zu drücken.

„Man kann dich hören. Bitte eskaliere das nicht", bat Sönke.

„Die Suche wurde gelöscht. Ich denke nicht, dass dies einen Unterschied macht, jedoch reduziere dein Engagement in Zukunft." Irene wirkte zum ersten Mal ihrem Kollegen gegenüber entspannter und freundlich, was ihn etwas verunsicherte.

„Danke auf jeden Fall. Für die Reinigungsarbeiten. Ich denke, wir bekommen mehr Ärger mit denen da", sagte Sönke und schaute zum Eingang der Aussegnungshalle des Nordfriedhofs.

„Wer sind die?", fragte Irene, während Jenny und Gilligan sich weiter vorne unterhielten.„Gilligans Mutter und die Schwester des Verstorbenen." Kaum endete Sönke den Satz, kamen beide Damen auf ihn zu.

„Was für eine Überraschung", begrüßte unerwartet freundlich die Ältere, von der Irene annahm, sie sei Gilligans Mutter.

„Ja. Es ist lange her." Klang von Sönke fast wie eine Entschuldigung.

„Mutter?", rief Gilligan.

„Mein Kind. Ich vermisse dich so sehr. Warum kommst du uns nicht besuchen? Bring ihn auch mit." Irene verstand, dass die Mutter etwas mehr Privatsphäre suchte. Doch Gilligan war entschlossen, keinen privaten Kontakt zuzulassen.

„Ich denke, was wir zu besprechen hatten, hat sich alles in der Presse über diesen Mann erledigt. Man spricht kaum von etwas anderem hier in München." Schroff und noch bösartiger konfrontierte Gilligan beide Damen mit der Lage.

„Ich denke, wir sollten uns setzen. Der Priester hält eine Rede", versuchte Irene schnell zu schlichten.

„Wir konnten nicht wissen, dass Sönke damals die Wahrheit sagte. Du musst uns verstehen und uns für unsere Naivität bitte verzeihen." Gilligans Tante legte eine Hand auf ihre Brust, um ihrem Satz etwas mehr Dramatik zu verleihen, aber beide Männer wussten, dass gerade sie die Meister-Intrigantin war, eventuell war sie auch deswegen so betroffen.

„Ich hatte damals den Onkel mit seinem Verbrechen konfrontiert, doch keiner hat uns geglaubt. Die Tante da behauptete sogar, dass alles von Gilligan erlogen wäre. Peinlich, wirklich sehr peinlich", erklärte Sönke Irene in vertraulichem Ton.

„So eine Natter! Tut mir leid für euch." Irene verstand die Lage.

„Wollen wir jetzt nicht das Kriegsbeil beilegen und uns versöhnen? Ich habe dir immerhin all die Jahre Geld überwiesen und regelmäßig ein Päckchen an euch gesendet. Ich muss mich auch bei dir bedanken, Sönke. Ohne dich hätten wir keine Unterstützung für unseren Sohn." Gilligan konnte wegen seiner gelblichen Haut nicht rot vor Wut werden, aber dies ging klar aus seiner Mimik hervor.

„Ich bin nur gekommen, um dieses Kapitel in meinem Leben abzuschließen." Gilligan war entschlossen nicht entgegenzukommen.

„Ich eigentlich auch", fügte Sönke hinzu.

„Wir sind nur Arbeitskollegen, und sie hier ist eine Freundin. Wir freuen uns über ..." Irene brach den schlecht formulierten Satz ab und zeigte, dass sie und Jenny eine Reihe hinter der Gruppe nehmen wollten.

„Ich hasse Familienstreit", meinte Irene, die gerade rot anlief.

„Ich hasse Familien." Jenny zog sie schnell zu zwei Sitzen hinter der Verwandtschaft.

Der Pfarrer der Kirche, wo Pater Sebastian gearbeitet hatte, gab einige nette und moderate Worte von sich und mied, sofern möglich, jeglichen Kommentar zu polizeilichem Fund oder Zeitungsberichten.

Nach der Zeremonie verabschiedeten sich Irene und Jenny von der Gruppe.

„Wir hätten nicht herkommen sollen", monierte Jenny.

„Du hättest dich in diesen Fall nicht einmischen sollen", flüsterte Irene ihr zurück.

Die Familie blieb einige Sekunden zu still.

„Wir werden seine Wohnung auflösen. Willst du etwas mitnehmen?", fragte Gilligans Tante.

„Ich habe im Leben von ihm genug gehabt", erwiderte er schroff.

„Die Polizei hat die Wohnung noch nicht freigegeben. Ich denke, sie werden noch eine Woche benötigen", erklärte Sönke.

„Dein Vater wird sich bestimmt bei Dir entschuldigen wollen. Warum besuchst du uns nicht?", versuchte die Mutter, wieder gute Laune zu verbreiten.

„Die Zukunft wird alles lösen. Mutti, entschuldige, aber die Anstrengung ist für mich zu viel. Wir müssen nach Hause. Gehen wir?", ordnete Gilligan an.

Der Abschied war kurz wie die Zeremonie. Die Kirche war zufrieden, dass kein Reporter die Beisetzung besucht hatte und das übersichtliche Publikum nicht protestierte.

„Worüber habt ihr geredet?", fragte Sönke.

„Jenny wollte wissen, ob ich jetzt von meinem Trauma erlöst wurde", erklärte Gilligan.

„Und? Fühlst du dich erlöst?"

„Nein. Ich spüre nur eine unendliche Leere."

Neues Leben

‚Freundschaften muss man pflegen, und auch Krisen muss man bewältigen können', hörte Sönke in seinen Gedanken. Die letzte Nacht war für ihn nach der Beisetzung von Onkel Sebastian von unerwarteten Ereignissen und Austausch von Geheimnissen erfüllt.

Bis er und Gilligan ein Ende des Gesprächs fanden, waren bereits zwei Weinflaschen leer.

‚Du darfst keinen Alkohol trinken', mahnte Sönke wegen seiner Freizügigkeit mit den Hausregeln.

Gilligans Telefon ging bereits dreimal, und er befürchtete, eine seiner neuen Bekanntschaften sei an ihm zu sehr interessiert. Seitdem er mit Jenny befreundet war, kamen häufiger Fremde in seine Wohnung. Er schaltete das Telefon stumm und ging wieder ins Bett.

Die Idee, einen gemeinsamen Urlaub zu nehmen, verstand Sönke wie ein Requiem. Er empfand, dass Gilligan lieber mit ihm die letzte Stunde seines Lebens verbringen als auf einen Spender für eine Leber warten wollte.

,Es ist nur noch ein Kapitel in meiner Lebensbahn,' dachte er, so wie Dr. Belvedere ihm beibrachte.

Am nächsten Morgen standen auf der Theke zur Küche noch die leeren Gläser. Sönke bereitete das Frühstück und wollte den Tag angenehm für beide gestalten. Unabhängig von seiner eigenen Sperre, keine privaten Gefühle zu äußern, wollte er das Möglichste unternehmen, damit für Gilligan alles perfekt lief.

Sönke legte Geschirr und Besteck ordentlich auf den Küchentresen. Dieser war die Grenze zwischen Wohnzimmer und Küche. Die Inneneinrichtung der Wohnung ließ vermuten, dass zuvor ein Amerikaner diese bewohnt hatte.

,Soll ich ihn wecken?' Diese Frage hatte er sich bisher nie gestellt, aber jetzt war er nicht so spontan wie sonst. Sein Zustand verschlechterte sich zusehends, und es schien, als würde bald der letzte Tag für sie beide kommen.

'Wird unser Leben anders werden?'

Die Antwort darauf wusste er selber. Beide Männer hatten zwar keine Erotik miteinander, jedoch zwang sie ein stärkeres Band, sich aneinanderzubinden. Es war weder Schwärmerei, noch pubertäre Gefühle, aber ein Schwur, den sie niemals brechen würden.

Das Leben kann man nicht rückwärts schreiben, und Gilligans Tod war irgendwann ein unvermeidlicher Teil der nahen Zukunft. Sönke stand auf und suchte seine kurzen Hosen in der ganzen Wohnung, die wie sonst, was er am Tag davor auszog, in alle Windrichtungen verteilt lagen. Er war nie ein ordentlicher Junge und seine Art, gegen die Mysophobie zu protestieren, war der Versuch, mal ordentlich zu sein.

Gilligans Handy brummte, ohne jegliche Aufmerksamkeit zu erreichen. Es lag unter einem von Sönkes Wäschestücken versteckt.

Fündig zog er sich an und ging leise zurück in die Küche. Die Luft in der Wohnung war etwas stickig, und so machte er die Fenster auf. Er schaute seinen Computer an und entschloss sich, vor dem Kaffee einige Mails zu senden.

Erneut suchte Gilligans Handy erfolglos nach Aufmerksamkeit.

Der Urlaubsantrag wurde bereits genehmigt, aber er schrieb an Irene, dass er sich aufgrund privater Angelegenheiten für sechs Wochen verabschieden müsse. Es war kurz gefasst, denn er wusste, dass Irene nicht gern zu persönlich wird. Ein zweites Mail schrieb er an Doktor Belvedere, der er mitteilte, dass sie in Urlaub fahren würden, damit Gilligan sich entspanne.

Er sollte den ersten Schritt zwischen ihm und seinem Freund machen. Keiner wusste, ob Gilligan Weihnachten noch erleben würde.

Sie lernten sich mit elf Jahren kennen und gingen zusammen durch die Entdeckungsjahre der Pubertät. Sie zeigten kaum Interesse für Frauen, und beide waren für die Schulmädchen so gut wie unsichtbar. Gilligan weil er ziemlich feingliedrig und weniger imponierend war, und Sönke war zu skurril. Beide faszinierte Rock 'n' Roll und Bücher.

‚Das machen wir. Ich bringe ihn zu Konzerten', versprach Sönke sich selbst, während er in seinen nostalgischen Erinnerungen wühlte.

Die Türklingel läutete schrill.

‚Ich muss diesen Scheiß wechseln, bevor ich einen Herzinfarkt bekomme', dachte er erschrocken.

‚Wenn das einer der Bibeltreuen ist, kriegt er heute die volle Ladung.' Sönke tat normalerweise alles, diese mit schrägen Einfällen zu vertreiben. In einer seiner ruhmreichsten Vertreibungsaktionen zwang er eine Dame, mit ihm zu beten. Am Ende des dramatischen Gebets teilte er ihr mit, dass seine Katze nach dem Gespräch mit Gott bestimmt besser leben würde. Ungeachtet - klar - dass er nie ein Haustier hatte.

Ein Postbote stand mit einem Kollegen an der Tür, nahm er an.

„Ich bin von AlserMed." Das letzte Wort verstand Sönke nicht. Er achtete darauf, dass es weder ein Postbote noch ein Bibelverkäufer war.

„Wir kaufen nichts." Der Kollege des Vertreters war in weiß gekleidet und sah klinisch aus.

‚Wozu sollen Postboten weiß tragen?'

„Ich verkaufe auch nichts. Es geht um Herrn Kapp. Ich versuchte bereits, ihn auf seinem Handy zu erreichen, aber scheinbar ist das Gerät ausgeschaltet, oder er geht nicht ran."

‚Upps!', dachte Sönke schuldbewusst.

„Ja. Er wollte länger schlafen. Um was geht es denn?", log Sönke, da er seinen Fehler nicht zugeben wollte.

„Wir müssen mit ihm zurück zum Krankenhaus. Wir haben einen möglichen Spender, und vor einer Operation müssen noch alle Tests durchgeführt werden. Jede Minute zählt, daher schickte mich die Klinik direkt hierher." Der Mann zeigte auf die Uhr, und er sprang.

„Treten Sie ein. Ich hole ihn", sagte Sönke, während er die Tür zum Schlafzimmer aufmachte.

„Steh auf", befahl er. Die Männer, bereits im Flur, wurden unsicher.

„Nicht Sie. Sie beide gehen zum Wohnzimmer und setzen sich dort. Gilligan! Aufstehen. Sofort." Die Kommandos waren präzise und hastig. Sönke suchte seine Hosen und zog sich ungeachtet der Zuschauer im Raum um. Er vertrieb Gilligan aus dem Bett und kam wieder zu den beiden Herren im Wohnzimmer.

Sönke bekam Schluckauf und kämpfte mit einer nicht zugegebenen Angst.

„Bringen Sie später Bekleidung, und melden Sie sich im Klinikum rechts der Isar." Sönke hörte und bekam mit, wie Gilligan sich langsam hinter ihm bewegte.

„Wir fahren zum Krankenhaus. Du hast einen Spender." Sönke wusste, dass eine solche Operation auch bedeuten könne, dass dies ihr letzter gemeinsamer Augenblick sei. Dies könnte alles bedeuten: Die Basis für ihren Urlaub oder ihr letzter Moment.

Gilligan war gefasst und schien die Lage besser aufzunehmen als Sönke selbst.

„Von mir aus können wir gehen", erklärte Gilligan.

Die Formalitäten dauerten nur einige Minuten, und der Kollege in Weiß half Gilligan sich vorzubereiten.

Sönke bekam eine Karte, wo er sich dann melden sollte.

Der erste Helfer öffnete die Tür, und bevor Gilligan die Tür erreichte, zog Sönke ihn am Arm und umarmte ihn so fest, dass er sich beklagte.

„Hey. Ich werde nur operiert."

Sönke konnte seine Tränen nicht zurückhalten, und der erste Helfer nickte seinem Kollegen zu. Dieser stand neben Gilligan und ihm und versuchte, diese zur Eile zu motivieren.

„Ich komme gleich ins Krankenhaus", erklärte er unter Tränen.

Als er die Türen schloss und in der Wohnung wieder allein war, kam er langsam zur Ruhe.

‚Wie es weiter gehen sollte, weiß keiner. Vielleicht stirbt er.'

Diese Überlegungen machten ihn fast wahnsinnig, aber er erinnerte sich an einen Satz aus einem Abenteuerroman, den beide vor Jahren teilten.

„Aber heute nicht!", sagte Sönke laut.

Voraussichtlich würde er seinen Urlaub im Krankenhaus verbringen. Er entschloss, einen Pyjama für sich einzupacken.

Ende einer Ermittlung

Sieben Tage gingen vorbei, und Sönke kümmerte sich um Gilligan, soweit es ihm möglich war. Die ersten vier Tage schlief sein Freund die meiste Zeit, weil er unter Schlafmittel stand. Die letzten drei Tage sprach er wenig und fiel immer wieder in Schlaf.

Der Doktor kündigte nach der Operation an, dass Gilligan drei Wochen im Klinikum bleiben müsse, und danach sollte er zur Reha.

Durch dessen private Beziehungen könnte er organisieren, dass beide ein Zimmer in Buchberg bekamen. Einer Stadt in Oberbayern, war auch ein toller Urlaubsort, und Sönke schrieb spontan an seinen Vorgesetzten und bat um Sonderurlaub.

Die Besucherstunde war bald um, aber das Klinikum genehmigte ihm freie Bewegung im Haus. Jedoch kamen an diesem Tag noch zwei Damen, die Sönke nicht erwartete, um Gilligan zu besuchen.

„Hi", begrüßte ihn Clara.

„Ich bin die ganze Zeit hier bei ihm …" Sönke war etwas unsicher, wie er sich verhalten sollte.

„Verstehe. Jenny kommt gleich. Sie kauft noch Blumen oder so."

In diesem Moment schellte der Aufzug, und als sich die Türen öffneten, war Jenny mit einem Ballon zu sehen.

„Wie geht es ihm?"

„Er schläft ziemlich viel. Ich bin hier, seit er eingeliefert wurde. Der Doktor sagte, dass er noch zwei Wochen bleiben muss, dann machen wir Urlaub in Oberbayern." Sönke fühlte sich immer verlegen bei Menschen, die er nicht gut kannte.

„Du bist die ganze Zeit da?", fragte Clara.

„Ja. Ich will ihn nicht allein lassen. Falls etwas passiert, würde ich mir das nie verzeihen. Setzt euch. Er wird bestimmt bald wach." Sönke stellte immer ungern fest, dass er nie ein großer Redner war.

„Seid ihr jetzt zusammen?", wollte Jenny erfahren.

„Wir reden darüber, aber noch ist nichts offiziell."

„Sei nicht indiskret, Jenny. Er schämt sich."

„Reden wir über seine Genesung. Da fühle ich mich wohler." Sönke war nicht gewohnt über sich zu sprechen. Eine Eigenart seiner Familie und der Region, wo er herstammte.

„Habt ihr Besuch von seiner Familie gehabt?", fragte Jenny.

„Noch nicht, und ich denke, es würde ihn nur unnötig aufregen."

„Ich fahre mit Irene auch demnächst in Urlaub. Wenn ihr wieder vom Urlaub zurückkehrt, können wir ein Abendessen wiederholen."

„Das passt gut, weil ohne sie im Büro wäre ich sehr allein gelassen. Irene ist meine einzige Bezugsperson im Büro. Wir machen viel zusammen." Er lächelte, aber er merkte nicht, dass sein Lächeln, wie bei Irene, nie als solches verstanden wurde. Es war fast wie eine Grimasse.

„Jenny und Irene leben jetzt zusammen", tratschte Clara.

„Clara, bitte!", mahnte Jenny.

„Ach. Das ist lustig, ich habe mir nie vorgestellt, dass Irene eine Partnerin hätte. Sie ist manchmal sehr schwierig. Die Küche bei uns sieht manchmal so aus ...", sagte Sönke und lachte.

„Nein. Sie sind ein Paar, und Jenny kümmert sich, das zu Hause auszugleichen."

„Clara, bitte!" Mahnte Jenny erneut.

Sönke lief rot an und überlegte, wie er seinen Patzer nachbessern sollte.

„Aber sie ist sehr genau", sagte er.

‚Sie ist genau? Genau was, du Arsch', tadelte er sich selbst.

„Ich weiß. Sie macht es keinem leicht, sie zu mögen", versuchte Jenny den peinlichen Moment aufzulösen.

„Ach was. Sie ist sehr nett. Wann habt ihr von der Operation erfahren?", wollte Sönke wissen.

„Ich kenne mich mit den Krankenhäusern aus, und da er nicht zu seinem Termin kam, habe ich nachgeforscht. War kein großes Ding." Clara wollte besonders fähig klingen.

„Ich würde für Irene das Gleiche tun. Finde ich toll von dir, das zu machen." Jenny fühlte sich in ihrer Haut wohl, und Sönke wollte lieber aus dem Fenster springen.

„Du würdest für Irene sogar mehr tun", lachte Clara.

„Ich glaube, wir sollten ihn allein lassen. Er schläft. Lass den Ballon da. Wir kommen nächste Woche wieder." Jenny merkte, wie Sönke sich entspannte.

In diesem Moment wachte Gilligan auf.

„Hi", klang aus der Tiefe seiner Kehle. Seine Stimme war schläfrig und belegt.

Clara ging mütterlich zu ihm.

„Gilligan, ich freue mich, dass das Schicksal sich doch gewendet hat. Wie du siehst, hatte ich mit meinen Gebeten doch etwas erreicht." Clara war wie sonst sehr überschwänglich, und alle schauten etwas skeptisch, ob nichts kaputtgehen würde.

„Ich habe es überlebt?", murmelte Gilligan zu seinen Besuchern, und insbesondere schaute er zum verlegenen Sönke. Seine schüchterne Art war wie zuvor, und zum Teil zeigte er keine Reaktion.

„Überraschung, Überraschung." Jenny winkte Gilligan zu.

„Wir müssen bald zurück, weil Bogart im Auto ist. Sönke stand hier die ganze Woche. Wenn ich je so einen Mann finde, der für mich so viel tut, werde ich jeden Tag eine Kerze für Santa Rita und Sankt Anton spendieren."

„Clara, bitte." Jenny protestierte und fühlte sich bei so viel Indiskretion ihrer Freundin unwohl.

„Grüße an Bogart", gab Sönke zurück.

„Mein Hund braucht einen Spaziergang", sagte Jenny.

„Was ist aus euerm Protest geworden?", murmelte Sönke.

„Wir schafften es zu einem Beitrag auf Seite vier der Tageszeitung. Sexualstraftäter werden immer gute Anwälte haben. Ich lache mich kaputt, wenn ich die Begründungen von Gerichten, Anwälten und Polizei ..."

Clara merkte selbst ohne Jennys Einwand, dass sie in ein Fettnäpfchen trat. „Klar, Anwesende ausgenommen. Aber manchmal komme ich mir vor, wie ein laufendes Zebra zwischen einer Horde Löwen. Aber das ist momentan unwichtig. Wie fühlst du dich?" Clara merkte Jennys scharfe Blicke und versuchte, ihre Redegewandtheit zu kontrollieren.

Sönke hörte die Gruppe sich unterhalten und hatte das Gefühl, dass er dort ein Fremdkörper wäre.

„Ich lasse euch kurz allein und gehe in die Cafeteria", entschuldigte sich Sönke.

„Lass mich nicht allein", protestierte Gilligan.

„Es dauert keine zehn Minuten." Sönke zog wie sonst seinen Kopf zwischen die Schultern und lief aus dem Raum.

Als die Tür zuging, hörte er, wie die drei sich fröhlich unterhielten und genoss den Moment.

‚Sie waren zusammen bei dem Protest am Leopoldpark', passierte er Revue in seiner Begegnungsverlauf.

‚Irene hat eine Freundin.' Er konnte sich Irene in einer Beziehung nicht vorstellen.

‚Wie kann jemand diesen Drachen lieben?' Ein lustiger Gedanke ging ihm durch den Kopf.

‚Wie kann jemand mich lieben?'

Es war schön, dass Gesellschaft in Gilligans Leben kam, aber Sönke fühlte sich in solchen privaten Kreisen deplatziert.

‚Eine athletische Frau mit einem Hund mit Zebrastreifen.'

Zusammenleben

Der Regen prasselt herunter, und seit vier Tagen war es nur nass und kalt draußen.

‚Wo ist der Sommer, wenn man ihn braucht?', fragte sich Irene.

Sie saß wieder in ihrem Auto und freute sich über die Freiheit, das Büro für sich allein zu haben. Seit über einer Woche waren Sönke und seine nervtötenden Fragen weg. Jedoch musste sie eine Entscheidung treffen.

Wenn Jenny die Regression weitermacht, werde ich erklären müssen, wie es zur Unterlassung der Hilfsleistung kam. Damals war sie wütend auf Stefano, und das brachte sie dazu, ihn aus Rache sterben zu lassen. Obwohl diese Entscheidung sie nicht belastete, wurde Jenny der fahrlässigen Tötung nur formal angeklagt.

Irene befürchtete, dass diese Auseinandersetzung ihre Beziehung zu sehr belasten könnte. Bisher war nur Jenny die Person, die sich außerhalb des Gesetzes bewegte.

‚Aber ich bin eine Mörderin.'

Dies lieferte ein Gleichgewicht zwischen beiden.

‚Wenn sie sich doch daran erinnert, werde ich das erklären müssen', dachte Irene unbekümmert.

Die Tatsache, dass Sönke mit der Einlieferung seines Mitbewohners ins Krankenhaus so außer sich war, fand sie erfrischend. Er ist eher wortkarg, und seine Gefühle waren bisher fast wie abgemessen und strukturiert. Jedoch wie er ausflippte, gab Irene einiges zu denken.

„Er ist nur ein Freund. Wir zogen zusammen, weil seine Familie ihn verstoßen hatte." So waren Sönkes Worte.

Er sprach ungern über sein privates Leben, und eine neugierige Lesbe passte in seinem Lebenskonzept nicht ganz. Aber seit sie ihm mit der ‚Korrektur' der Daten seiner unvorsichtigen Suche half, wurden sie fast Freunde.

Irene stieg aus dem Auto und ging durch den Regen zum Kofferraum. Sie nutzte nur Jennys Einkaufstaschen. Aufgrund ihres Umweltbewusstseins war es wie verboten, eine Plastiktüte ins Haus zu bringen.

Die Nässe des Regens floss ihren Rücken hinab. Sie packte alles so schnell wie möglich und schnellte zum Eingang.

Sönke lebte in einem Schrank wie viele andere Personen, die sie kannte.

In diesen Moment überlegte sie, ob Jenny mit dem Toten vom Nordbad zu weit gegangen wäre. Sie schwört, dass sie niemals jemanden ermorden würde, aber Irene selbst hatte jemanden zwar nicht getötet, aber auch nicht sein Leben erhalten.

Sönke versprach, nicht weiter an seiner Theorie zu arbeiten, und Irene war froh. Jedoch könnten andere später auf die gleiche Idee kommen.

‚Wie soll ich mit Jenny umgehen?', fragte sie sich.

Irene machte die Wohnungstür auf, und als sie ihre Einkäufe auf den Tisch setzen wollte, musste sie auf den Küchenboden ausweichen. Jenny schien den ganzen Tag an einem Projekt gearbeitet zu haben. Ein Zettel lag für sie auf dem Kühlschrank.

‚Bitte meine Zettel nicht wegräumen.' Drei Herzen mit Ausrufezeichen und einem schlecht gemalten Kuss umrandeten die Botschaft.

„Werde keine Grafikerin. Mit deiner Begabung bist du in einem Tag pleite", sagte Irene, küsste den Zettel und steckte ihn in ihre Hosentasche.

Sie inspizierte die verschiedenen Ausschnitte und las diese durch.

‚Privatdetektivin Ausbildung?', las Irene, überrascht von dieser Idee. Eine weitere Gruppe zeigte Räume zur Miete in der Stadtmitte nahe dem Hauptbahnhof.

‚Sie meint es ernst', stellte Irene fest.

Die Tür ging auf, und Clara und Jenny kamen mit dem nassen Bogart herein.

„Wo wart ihr?", fragte Irene.

„Wir haben zwei Büros in der Stadt angeschaut. Ich suche nach Möglichkeiten für mich. Als Model verdiene ich noch für ein oder zwei Jahre gut, aber die Zeit vergeht, und bald gehöre ich zum alten Eisen. Doktor Belvedere hat mich motiviert, eine neue Karriere zu suchen, wo ich meine Begabung ausleben kann. Ich hoffe, die Idee wird dir gefallen", fasste Jenny zusammen.

„Ich habe bereits eine Ahnung. Die Idee klingt nicht schlecht. Wieso bist du dabei? Ist heute kein regulärer Arbeitstag mehr?" Es war Donnerstag, und Doktor

Belvedere arbeitete normalerweise an diesem Wochentag länger.

„Ich baue Überstunden ab. Wir haben eine Neue in der Praxis. Sehr ambitiös. Sie ist selbst an der Universität und beendet diese in einem Jahr. Hoffentlich nimmt sie mir den Job nicht weg", meckerte Clara.

Irene wollte auch Teil dieser Freude werden, aber sie musste sich für den nächsten Tag vorbereiten. Jenny als private Ermittlerin war eine sehr gute Idee, aber es könnte durchaus ein Fehler sein, sie allein mit einem Hund auf Ermittlungen zu lassen.

„Wisst Ihr etwas über Sönke?" Irene wollte eigentlich nur noch erfahren, für wie lange sie das Büro für sich allein hatte.

„Er geht mit Gilligan in Urlaub nach Oberbayern. Ich habe vergessen, wie die Stadt heißt. Sowas, wo alte Menschen in Kur hingehen. Er hat sich freigenommen. Wir hatten vor zwei Tagen ein langes Gespräch." Wer Clara kannte, wusste, dass dies nur ihre Version der Geschichte war und Sönke voraussichtlich nicht zu Wort kam.

„Das ist schön. Aber die beiden sind bereits ein Paar, oder?", wollte Irene eine Bestätigung.

„Wenn Sönke das nicht weiß, dann weil der Spiegel zu Hause kaputt ist. Für Frauen ist er nichts." Clara gab ihre Expertenmeinung dazu.

„Das ist boshaft. Er sieht irgendwie nett aus", fügte Jenny hinzu.

„Nicht für Frauen wie mich. Ich weiß, was für eine Art man wirklich braucht. Sie sind gut miteinander, aber ein Paar sind sie noch nicht", setzte Clara hinzu.

„Ja. Noch nicht." Irene lachte.

„Hast du etwas festgemacht mit den Büros?", fragte Irene.

„Nein. Ich will deine Zustimmung." Jenny stellte sich etwas fragiler, als sie tatsächlich war.

„Besprechen wir das, wenn wir allein sind." Irene schaute Clara an.

„Bitte. Ich wollte sowieso gehen. Kathrina wird voraussichtlich umziehen." Clara sprach leicht wehmütig.

„Geht es ihr nicht gut?", fragte Irene.

„Die Aufregung mit Peter Moers war für sie zu viel. Ich glaube auch, dass sie mehr Betreuung benötigt, als ich leisten kann. Schauen wir mal, wie es sich löst." Clara verabschiedete sich und machte schnell die Tür hinter sich zu.

„Sei vorsichtig. Sie ist nett, aber sie mischt sich zu sehr in die Sachen von Doktor Belvedere ein. Ich will nicht, dass du wegen ihrer großen Klappe Schwierigkeiten bekommst." Irene umarmte Jenny.

„Mach dir keine Sorgen. Mir wäre wichtig, dass wir über meine Karriere sprechen. Ich denke, Sönke wird nicht mehr ermitteln, aber ich will dafür sorgen, dass ein solcher Druck nicht wieder entsteht. Ein Ermittler mit mehr Grips und Freiraum kann das schnell zusammenreimen." Jenny schien sich unter Kontrolle zu haben.

„Wie geht es mit deiner Regressionstherapie?"

„Doktor Belvedere meinte, dass wir dies lassen sollten. Sie hat mich vor zwei Tagen an diese Idee gesetzt, und heute schien das seine Früchte zu tragen. Ich glaube, hier könnte ich meine Kräfte auf legalem Weg besser einsetzen", gab Jenny fröhlich zurück.

„Aber bitte, du musst dann nicht mehr deine Kleidung ausziehen, oder?"

„Das hängt vom Fall ab", sagte Jenny zweideutig.

Schicksale

Abschied

Clara arbeitete eine ganze Woche und teilte die Besitztümer von Kathrina in vier verschiedene Stapel. Der erste umfasste wenige Objekte, die sie in ihrer neuen Wohnung haben wollte. Ein Foto von ihr aus jüngeren Jahren sollte sie trösten. Clara legte ein eingerahmtes Bild von sich auf den Haufen, da sie sich sicher war, ihre Dienste seien dort nicht mehr erforderlich. Claras Naivität ließ sie auch die Trennung zwischen persönlichen und beruflichen Beziehungen unterscheiden. Aber ihre Frische war ein Merkmal, das jeder in ihrer Nähe genoss.

Der zweite, größere Haufen bestand aus alter Wäsche, Küchengeräten und Büchern. Dies sollte alles im Laufe des Tages von lokalen Spendensammlern abgeholt werden. Sie waren ihr gut bekannt, und sie versprachen auch, das Tierheim zu unterstützen. Mit einer gewissen Sehnsucht sah sie auf die Küchentücher, die ihre Mutter vor Jahren selbst bestickte. Sie hatte sie nie benutzt, freute sich jedoch, dass diese irgendjemand anderen erfreuen würden.

Im dritten Haufen war alles, was in den Sperrmüll sollte. Dies füllte fast den ganzen Raum. Clara inspizierte die Sammlung und hin und wieder stibitzte sie das eine oder andere Stück und platzierte es dezent im vierten Haufen, den Clara für sich selbst reserviert hatte.

„Ich habe mit der neuen Betreuerin über deine Medikamente gesprochen. Sie wird ab heute Nachmittag den Plan fortsetzen", sagte Clara, während sie rechnete, wie viel sie für einige Stücke in der Internetauktion bekommen würde.

Das Unternehmen vom betreuten Wohnen schickte ihr einen Rollstuhl und teilte mit, dass ein Pfleger des Hauses sie am Nachmittag abhole.

„Hilf mir", bat sie.

„Warte, Kathrina. Es ist noch zu früh. Ich werde den ganzen Tag hier sein und die Wohnung leerräumen. Der Besitzer will renovieren. Und bitte vergiss nicht, dass Doktor Belvedere unterwegs ist. Frühstücken wir erst fertig, dann kann ich dir helfen, jederzeit bequem im Rollstuhl zu sitzen." Clara war bestimmt hungrig, und sie arbeitete auch sehr hart, was an den Schweißperlen auf ihrer Stirn zu sehen war.

Clara kümmerte sich, dass die Reste vom Kühlschrank für den Umzug in einer Kühlbox platziert waren und belegte ein Brot für Kathrina. Ihr Appetit hatte seit einigen Monaten nachgelassen. Clara bemerkte dies und wusste, dass es auch Teil der Krankheit war.

„Stell noch eine Tasse für Doktor Belvedere hin. Sie ist da." Der Satz war schwer zu verstehen, aber Clara deutete alles korrekt und machte sich mit Hingabe an die restlichen Aufgaben. Nicht selten bekamen Pflegeschwestern am letzten Tag ein Trinkgeld, und Clara rechnete auch damit.

Kathrina betrachtete die ergrauten Wände und wurde sich ihrer Vergänglichkeit bewusst. Sie träumte kurz über eine Ausgrabung in ferner Zukunft, wenn man ihre Mumie finden und sie für einen wichtigen Fund des einundzwanzigsten Jahrhunderts halten würde. Kathrina wollte Clara erklären, dass sie sich zu sehr an ihren Hinterlassenschaften bediente, aber dann dachte sie, was sie sonst tun sollte. Sie aß das von Clara belegte Brot und merkte, dass sich ihr Unterkiefer beim Kauen zu sehr von links nach rechts bewegte.

Doktor Belvedere erschien im Flur. Die Wohnungstür war bereits offen, da Kathrina dies so haben wollte. Mit ihr kamen zwei Herren von der Spendensammlung.

Als sie diese an der Tür neben Emilia sah, signalisierte sie Clara, die schnell ihre Aufgabe verstand.

„Wie geht es dir, Liebes?", fragte Doktor Belvedere.

Kathrina zeigte mit ihrer Hand, dass es ihr noch mehr oder weniger gut ging.

„Wir schließen hier wieder ein Kapitel. Deine neue Psychotherapeutin ist eine Kollegin von mir. Du wirst mit ihr gut auskommen. Das da hat sich Clara unter ihre Nägel gerissen, oder?", flüsterte Doktor Belvedere, und beide lachten.

Clara, die von fern das Gelächter hörte, schaute schuldbewusst zu den anderen Damen im Raum.

„Du kannst mich dort besuchen", bat Kathrina ohne tatsächliche Hoffnung.

„Ich will nichts versprechen, das nicht einzuhalten ist. Ich überlege auch, irgendwann in nächster Zukunft von München wegzuziehen. Ich will nur einen Nachfolger oder eine Nachfolgerin für meine Praxis finden." Die Neuigkeit klang für Kathrina traurig. Es war, als würde sich ein Kapitel in der Geschichte schließen, und sie war Teil des Endes.

„Ich werde mich nicht bewerben. Ich habe keine Zeit", sagte Kathrina humorvoll.

„Leider ist Clara keine Psychotherapeutin", machte Emilia Belvedere etwas Small-Talk. Sie wusste, dass ihre Mitarbeiterin zu naiv und extrem redselig für diesen Job war.

„Sie ist auch nicht die Hellste", fügte Kathrina mit leichter Boshaftigkeit hinzu.

„Da stimme ich dir zu. Peter Moers wird den Knast für die nächsten zehn Jahre nicht verlassen. Ich wollte dir diese Neuigkeit überbringen. Ich fahre mit dir zur Wohnanlage, weil die Übergabe persönlich geschieht." Kathrina hörte die Worte von Doktor Belvedere, aber merkte, dass sie kein Interesse mehr an Peter Moers hatte. Als wäre er nur ein Teil des dritten Haufens, der vor ihr lag.

Die Spendensammler kamen wieder in die Wohnung, um eine weitere Ladung abzuholen. Sie wurden von acht Müllmännern begleitet, die offensichtlich für den Rest gekommen waren.

„Clara, du bleibst hier und erledigst die Räumung für uns. Ich gehe mit Kathrina runter. Ich sehe den Transporter vom betreuten Wohnen unten parken. Sag tschüss zu Kathrina. Wir sehen uns morgen. Ich komme heute nicht mehr in die Praxis."

„Tschüss, Kathrina!", murmelte Clara etwas oberflächlich und ging zurück, um mit den Spendensammlern zu tratschen.

„Sie wird ein gutes Geschäft machen", sagte Kathrina und lachte kurz.

„Da bin ich absolut sicher", bestätigte Doktor Belvedere.

Harmonie

Gilligans Vater schrieb einen langen Entschuldigungsbrief. Fünf handgeschriebene Seiten mit hochwertiger Kalligrafie. Er war gewiss ein Literat und schrieb in Sütterlin,[2] eine altmodische Handschrift, die

---

[2] Sütterlin wurde ab 1941 nicht mehr gelehrt und durch die lateinischen Zeichen abgelöst. Klar, es gibt noch ein paar wenige eiserne Fans, die diese Schrift noch schreiben, aber höchst selten.

Zum anderen ist diese schöne alte Schrift die Kurrentschrift und Sütterlin nur ihre letzte, gar nicht mehr so schöne, aber einfacher zu schreibende Form, aber den Begriff Kurrent kennt kaum jemand. Der Leser*in sei ermutigt, weitergehende Forschung zu

kaum jemand noch kannte. Der Brief kam mit einem Päckchen von seiner Mutter.

Seine Familie schien mehr Reue zu empfinden, als er je vermutet hätte. Seine Tante, die Schwester von Pater Sebastian, schrieb ebenfalls und bat ihn und Sönke, zu Besuch zu kommen.

‚Ob Gilligan euch je verzeihen wird?', überlegte Sönke. Er wusste, dass die Jahre mit der Verleumdungssache seine Familie so lange belastete, wäre nicht auszuradieren.

Jetzt mit einer neuen Leber, sogar wenn es keine Komplikationen gäbe, würden die verlorenen Jahre und die kaputte Jugend beide fürs Leben begleiten.

Sönke bereitete die Koffer für den gemeinsamen Urlaub vor. Es gab für sie vieles zu besprechen, und er fasste den Entschluss, sein Leben ungeachtet der Konsequenzen neu zu gestalten und dieses auch gemeinsam zu genießen. Gilligans Genesung verlief zufriedenstellend, und der Arzt gab eine lange Liste von Aufgaben, die ihn für zwei Monate durchgehend beschäftigen würden.

‚Pflegeurlaub beantragen', notierte er sich.

Es war Sönke klar, dass Irene und Jenny und die Rächerin, die er suchte, etwas Gemeinsames hatten, doch er gab auf, danach zu suchen. Seine Karriere war auch nicht mehr vordergründig, und er überlegte, wie weit diese sein privates Leben bestimmen sollte. Er vermutete, dass Jenny und ihr Hund absolut dem Profil

---

betreiben.

der gesuchten Person entsprachen, aber dies schien irrelevant zu sein. Gilligan selbst bat ihn, es aufzugeben.

Er schrieb eine SMS an Irene und verabschiedete sich für die kommenden sechs Wochen und lud sie und Jenny ein, sie beide im Urlaub zu besuchen.

Gilligans Mutter telefonierte seit dem Eingriff fast jeden Tag mit ihm. Jedoch Gilligan fand nicht die Motivation, sie von sich aus anzurufen. Die Leere, die der Vorfall mit Pater Sebastian erzeugte, schien wie ein schwarzes Loch, und es würde lange dauern, bis die damit verbundenen Schmerzen verschwanden.

Er löschte die Akte mit seinem Projekt über eine Rächerin, das er nicht mehr verfolgen wollte. Gilligans Termine bei Doktor Belvedere wurden abgesagt, und er bereitete sich für eine gemeinsame Auszeit fernab vom Großstadttrummel vor. In all den Jahren, die beide zusammenwohnten, hatten sie nie einen gemeinsamen Urlaub verbracht. Die wenigen Abwesenheiten, wo Gillian alleine war, beschränkten sich auf die Ausbildung bei der Polizei, aber jedes Wochenende war er wieder in ihrer gemeinsamen Wohnung.

Ob Jenny, Irene oder sonst jemand diese Täter vorgeführt hatte, war ihm egal. Er war froh, dass Gilligan kein Ende wie Kathrina erleiden musste. Sie bedankte sich mit einer persönlichen Grußkarte für sein Zuhören und mit einer anderen Karte bei der Abteilung.

Die Entdeckungen der letzten vier Wochen bedeuteten viele Veränderungen für ihn, und das Leben mit seinem besten Freund hatte sich ebenfalls verändert.

Nichts war geplant oder vorhersehbar, und ob sich alles wie in einem Märchen fügen würde, konnte er sich nur wünschen. Jedoch eins wusste er: Dass er mit Gilligan nicht mehr aus Pflichtgefühl zusammenleben wollte, sondern weil er ein Leben mit ihm wollte.

‚Und Liebe?', ergänzte Sönke seinen Gedanken, der niemals ausgesprochen wurde. Eine platonische Beziehung genügte Gilligan nicht mehr, er selbst wollte mehr, und der Moment lud zum Unvermeidlichen ein.

Sönke nahm selbst eine Stunde bei Doktor Belvedere, um zu besprechen, wie sich sein Leben mit Gilligan jetzt ändern könnte. Er fühlte sich deplatziert, und die Dame schien absolut kein Blatt vor den Mund zu nehmen und erklärte ihm Details des Zusammenlebens, die für ihn lieber unausgesprochen geblieben wären. Sex war ein Tabuthema in seiner Familie. Beim Überlegen, über was er mit seiner Verwandtschaft je sprach, fiel ihm auf, dass sie überhaupt kein Thema hatten. Es war so, als würden sie nur das Nötigste austauschen, und flüchtige Beschwerden über den Bäcker oder die Verkäuferin kaschierten diese Mängel.

Er schrieb eine SMS an Gilligan, der im Krankenhaus noch auf seine Entlassungspapiere wartete.

‚Ich komme gleich. Geh runter zur Rezeption.'

Er überprüfte die Wohnung ein weiteres Mal und schloss die Tür hinter sich.

Er war bald beim Klinikum und sah Gilligan neben einem Pfleger an der Rezeption. Er parkte kurz das Auto und bewegte sich schnell zu beiden.

„Fertig?", fragte er.

„Ich bin sehr gut drauf. Aber Du musst fahren. Ich habe keinen Führerschein." Dies sollte ein Witz sein, aber Sönkes Humor reichte nicht so weit.

„Kälte, starker Wind etc. sollte gemieden werden", informierte der Pfleger.

„Keine Sorge. Ich werde mich sehr gut um ihn kümmern." Sönke übernahm den Rollstuhl und schob diesen zum Auto.

„Ich kann auch allein gehen."

„Nein, kannst du nicht", befahl er.

Als beide im Auto saßen und er losfuhr, wurde es für eine Minute still.

„Ich habe Sonderurlaub genommen, und solange bei dir nicht alles in Ordnung ist, bleibe ich bei dir. Keine Sorge. Nicht nur während unseres Urlaubs." Er klang immer sachlich, jedoch erhoffte Gilligan, dass er irgendwann mehr Emotion zeigen würde.

„Bist du immer noch verlegen wegen dem, was ich vor dem Krankenhaus gesagt habe?"

„Über uns?" Gilligan wusste nicht, wie dies zu interpretieren wäre.

„Ja. Ich war immer so, ich werde mich auch nicht mehr allzu sehr ändern. Jedoch bin ich kein altmodischer Mensch und eventuell aufgeklärt. Wir werden bestimmt alles entdecken, was uns bisher gefehlt hat." Seine rechte Hand packte Gilligans Knie und Gilligan spürte, dass dies eine Einladung zu einer Wende in ihrem Leben war.

In einem Moment des Übermuts parkte Sönke das Auto, schaute Gilligan tief in die Augen und fasste ihn an beiden Seiten seines Kopfes.

„Würdest du dich schämen, wenn wir uns näherkommen? Wir waren bisher nur Freunde, und ich sah mich nicht in einer Beziehung. Aber ich gebe zu, dass ich ohne dich nicht leben will, und eventuell gehört dazu etwas mehr. Verstehst du mich?" Sönke war weder ein Romantiker noch eine Person, die Liebe ausdrücken würde, aber er war jemand, der auch den natürlichen Impuls spürte und diesen nicht unterdrücken wollte.

„Ich hatte genug Zeit, um an den Tod zu denken, und ich will jetzt nur das Leben vor mir sehen. Ja, auch nur mit dir."

Zum ersten Mal küssten sie sich und probierten eine andere Form des Kusses.

„Wir werden zusammen daran arbeiten", sagte Sönke schüchtern.

Karrieren

Es waren bereits zwei Wochen vergangen, seit Sönke und Gilligan in den Urlaub abreisten, und Irene traf eine Entscheidung. Sie hatte ihre Kündigung bei der Polizei eingereicht und wollte in vier Wochen mit Jenny eine Detektei eröffnen.

In der Zwischenzeit waren Jennys Daten bereinigt. Ein Gefühl der Nostalgie überkam sie, als sie endlich ihre schriftliche Kündigung sah.

Sie nahm das Telefon und wollte die Welt über ihr neues Leben informieren. Aber diesmal nur ihren Kollegen.

„Sönke?", rief Irene.

„Hey. Was für eine Überraschung. Alles in Ordnung im Büro?", leitete er einen Small-Talk ein.

„Ich verlasse die Abteilung."

„Wo ziehst du hin?"

„Ich eröffne eine Detektei mit Jenny." Irene klang besonders freundlich und gesprächig, was ungewohnt war.

„Oha. Das ist aber eine Überraschung. Sehen wir uns noch, bevor du gehst?"

„Mit Sicherheit nicht. Jenny muss für die Zulassung lernen, und ich will Urlaub nehmen und mich um die ersten Aufträge kümmern. Wie geht es mit deinem Partner?" Irene hatte den Durchblick und verstand, dass das Ende der platonischen Beziehung kam, als sie beide bei der Beisetzung von Pater Sebastian traf.

„Immerhin hast du meinen Namen gelernt. Ich dachte, diesen Tag würde ich nicht erleben. Wir haben uns arrangiert. Ich werde dich, oder besser gesagt euch nach unserem Aufenthalt hier einladen. Gilligan hat sich seit dem Tod seines Onkels verändert. Die neue Leber funktioniert, und sofern sein Immunsystem sie nicht abstößt, ist alles gut." Sönke war lockerer als sonst, aber seine Stimme verriet, dass er bei Weitem nicht entspannt war.

„Ich verstehe dich gut. Ich hatte mit Jenny einige Jahre eine platonische Liebe, und jetzt ist alles anders.

Manchmal muss man sich einen Tritt in die richtige Richtung geben. Ich liebte meine Freiheit, aber Doktor Belvedere überzeugte mich, dass dies nur meine Unsicherheit sei, und ich glaube, sie lag richtig. In den nächsten drei Tagen löse ich meine Wohnung auf. Jennys Wohnung ist viel größer." Irene war tatsächlich viel freundlicher und ausgeglichener, als sonst.

„Was wurde aus Peter Moers?"

„Er ist für zehn Jahre weg. Aber wenn er wieder rauskommt, wird Jenny sich bestimmt um ihn kümmern." Es war etwas unvorsichtig von Irene, aber sie wollte dem nicht mehr widersprechen.

„Ich gebe dir Brief und Siegel, dass es niemals eine Untersuchung über eine Rächerin geben wird", verabschiedete sich Sönke.

Irene freute sich über die Entwicklung ihres bald Ex-Kollegen.

‚Vielleicht werden wir Freunde', dachte Irene mit einer Spur von Entspannung.

Sein letztes Opfer

Doktor Belvedere wurde sich bewusst, dass sie ihre Praxis schließen musste. Mit Irenes Entscheidung, ihren Job zu quittieren, würde sie auch keine Informantin mehr bei der Polizei haben. Jenny war ebenfalls mit ihrer Partnerin an ihrer Seite sicherer. Seitdem sie die Ursprünge ihres Leidens entdeckt hatte, wurde sie reifer und stabiler. In einer gemeinsamen Sitzung konfrontierte Doktor Belvedere Jenny mit dem tragischen Moment von Irenes Ausbruch. Anders als von ihr befürchtet, war ihre Freundin mit dem Ablauf zufrieden. Stefanos Tod war ihre Rettung, und was sie wurde, gefiel ihr.

Wenn Clara sie verlassen würde, müsste sie eine neue Assistentin ausbilden, und sie hatte keine Kraft mehr, dies zu tun.

‚Aber du wirst nicht heute schließen, daher bereite dich auf Arbeit vor', mahnte sie sich.

Der Buzzer an der Tür kündigte einen Besuch an.

Sie stand auf und bewegte sich, um den Gast zu empfangen.

„Clara", sagte sie überrascht.

„Ich will mit dir heute reden. Aber als deine Klientin", leitete sie ein.

„Wir haben keine eingetragene Sprechstunde." Emilia mochte alles in seiner Ordnung und Klienten außerhalb der Öffnungszeiten hatte sie gar nicht gern.

„Mach bitte eine Ausnahme." Ihre Stimme klang ernst und dringend. So entschloss sich Emilia, ihr zuzuhören.

„Gehen wir in mein Arbeitszimmer."

Clara setzte sich auf die Récamiere und holte tief Luft.

„Was liegt dir auf der Seele?" Emilia empfand ein leichtes Unbehagen, sich mit Clara in einer anderen Rolle zu unterhalten, aber in diesem Beruf konnte man sich die Klienten nicht aussuchen.

„Ich habe ein Problem." Claras Stimme war besorgt, aber gleichzeitig konnte man merken, wie der Druck abbaute, während sie sprach.

„Seit ich Jenny zum ersten Mal traf, lernte ich zu agieren, anstatt nur passiv alles zu akzeptieren."

Emilia Belvedere konnte diese Aussage nicht nachvollziehen, aber sie versuchte, ihre Klienten nicht zu unterbrechen und wartete immer geduldig, wie sich die Sperre von allein löste.

„Stimmt. Jenny ist wirklich einzigartig. Ich weiß, wie du sie bewunderst." Emilia motivierte Clara zu sprechen.

„So viele Männer und Frauen kommen zu uns, die Albträume durchlitten haben, und wenn man diesen Menschen täglich begegnet, fühlt man sich verpflichtet, deren Leid zu verstehen und ihnen möglichst zu helfen."

‚Oh Gott. Hoffentlich will sie nicht kündigen', dachte Emilia.

„Wir kennen die Täter und wissen alles über sie, doch bis auf Jenny tat niemand etwas." Claras Hände wirbelten ineinander wie zwei Schlangen.

„Rede, Liebes. Was du hier sagst, verlässt nicht diese Räume. Das weißt du." Emilia spürte, dass Clara Unterstützung benötigte, und es nicht darum ging zu kündigen.

„Ich wollte am Anfang nur Jenny aushelfen und dabei auch anderen unserer Klienten helfen." Emilia versuchte, professionell zu sein, aber ein unausgesprochener Schreck überkam sie, und sie befürchtete, dass sie nicht hören wollte, was nun folgen sollte.

„Beim ersten Mal gab ich ihr nur die Informationen zu Peter Moers weiter, weil mir Kathrina einfach leidtat. Sie war jedoch nicht mit seiner Knaststrafe zufrieden, und ich versuchte wieder zu helfen."

Emilia wollte intervenieren, aber sie hielt es für besser zuzuhören.

„Hast du Jenny die Informationen zu Peter Moers gegeben?" Emilias Stimme bebte leicht.

„Ja. Ich weiß, es war nicht in Ordnung, aber ich konnte Kathrinas Leiden nicht mehr ertragen."

„Verstehe", war alles, was Emilia sagen konnte.

„Was war mit Jörg Blaut vom Leopoldpark?"

„Das war mein eigenes Vergnügen. Er hat mich mehrmals belästigt, und ich bat Jenny, ihm eine Lektion zu verpassen. Alle anderen Frauen im Park waren damit zufrieden. Ich denke nicht, dass er je wieder sowas tun wird. Der Mann ist ein Triebtäter."

„Hast du ihm etwas angetan?"

„Nein. Nachdem Jenny ihn verprügelt hatte, habe ich ihn besucht und gesagt, dass eine Freundin ihm einen Besuch abstatte, wenn er noch mal in meine Nähe kommt."

„Verstehe." Emilia wiederholte sich, aber es fehlten ihr die Worte.

„Als ich Gilligan traf, war ich von seinem Fall überwältigt. Er erzählte mir, dass das Schwein in München lebe und er mit der Absicht hierherzog, seinen Leiden ein Ende zu setzen." Clara sah so aus, als wolle sie weinen, aber ihre Tränen waren ausgetrocknet.

„Hast du Jenny auf ihn gehetzt?"

Clara nickte.

„Am selben Tag bat ich sie, den Mann vom Nordbad aufzusuchen. Da er keine Frauen suchte, war es schwieriger, in seine Wohnung zu gelangen, und Jenny verlangt immer nach klaren Beweisen. Ich besuchte ihn anschließend und brachte Gilligan mit mir. Das war, nachdem Jenny ihn für die Polizei vorbereitet hatte. Ich zwang ihn, sein Verbrechen zu beichten, und er sprach mit Gilligan. Wir sind weggegangen, und ich sollte die Polizei anrufen, aber ich bekam Angst, dass man mich identifizieren würde."

„Verstehe", kam es automatisch von Doktor Belvedere.

„Ich sah ihn nicht vom Balkon springen, und Jenny musste ihn nicht mal verprügeln. Das hat sie mir erzählt."

„Dann?"

„Ich denke, dass ich für seinen Selbstmord verantwortlich bin."

„Aber Clara, warum meinst du sowas?"

„Ich wollte, dass er leidet, aber nicht, dass er stirbt. Er sollte leiden für das, was er diesem Jungen angetan hatte. Ich fühlte mich verpflichtet, dies zu tun. Das Problem ist, dass Jenny dachte, er habe sich wegen ihr umgebracht."

Emilia war außer Atem, aber versuchte, einen klaren Kopf zu behalten.

„Ich hoffe, ich habe dich nicht enttäuscht, aber ich kann mit der extremen Wut, die ich auf diesen Priester bekam, nicht leben. Für mich ist alles zu kompliziert geworden." Claras Verzweiflung war echt.

Emilia wollte sich wiederholen, aber sah davon ab. Sie überlegte, was die richtige Lösung wäre.

„Liebes, diese Personen haben selbst diesen Weg gesucht, und Jenny brachte sie dazu, die Konsequenzen zu tragen. Ich kann nicht sagen, dass ich deinen Aktionen zustimme. Aber für einen Selbstmord kann man dich nicht verantwortlich machen. Jedoch für das Planen der beiden Termine, das ist ja sehr hinterlistig."

Emilia überlegte kurz.

„Geh nach Hause und entspanne dich. Aber mische dich nie wieder in solche Sachen ein, ohne mich vorher zu informieren."

„Denkst du, dass er sich wegen einem Ritual ausgezogen hat?"

„Clara, wenn man verstehen würde, was solche Menschen denken, würde man keine Therapeuten brauchen. Ich bin sicher, er wollte in die Hölle eintauchen, wo er hingehört."

Clara verließ die Praxis, und Emilia blies Luft aus der Tiefe ihrer Lungen aus.

Sie saß für einige Momente auf ihrem Arbeitstisch und überlegte.

‚Sie ist so einfach zu manipulieren. Immerhin denkt sie, dass sie eine gute Tat getan hat.'

Auf einem Zertifikat auf der Wand hinter Doktor Belvedere war der Titel „Meister der Hypnose" zu sehen. Den keiner besonders beachtete.

Danksagung

Ich danke mit diesem Roman all den Frauen, die für eine gleichberechtigte Zukunft aufstehen und gegen die gesetzten Normen von Religion und patriarchalischen Strukturen kämpfen.

Insbesondere bedanke ich mich bei all meinen Freundinnen, die mich zu diesem Werk motiviert haben.

Weitere Veröffentlichungen

Deutsche Romane

- Altreia, Drama, 1998
- Geheimnis der verdorrten Rosen, Mystery, 2009 – Reimo Verlag *
- Virtuelle Liebe, Kurzroman, Thriller, 2016 *
- Paloma, Kurzroman, Thriller, 2016 *
- Die Muse, Kurzroman, Erzählung, 2016 *
- Post mortem Kino, Roman, Drama, 2016 *
- Die Heilerin, Roman, Thriller, 2017 *
- Geheimnis der verdorrten Rosen, Mystery, 2017 (Review) *
- Der Zauberspiegel des Eros, Roman, Thriller, 2017 *
- Das Tal, Roman, Thriller, 2017 *
- Jahreszeiten der Sünde, Roman, Thriller, 2018 *
- Die blutige Soiree des Grafen Rasnov, Thriller, 2018 *

Englische Romane

- Paloma, 2019
- Virtual Affairs – 2018 *
- Earl Rasnov's Bloody Soirée, 2020

Deutsche Hörspiele

- Paloma, 2017
- Virtuelle Liebe, 2018
- Die Muse, 2019
- Roberta, 2020

Kunstkataloge

- Geliebter Vater, 1995 *
- The new Artist, 1996 und 1997
- Liebe in Stücken, 2009 *
- Kunstkatalog, 2010
- Liebe in Stücken, Edition II, 2016 *
- Kunstkatalog, 2017 *
- Kunstkatalog, 2018 *

- **Kunstkatalog, 2019 ***

(*) Gelistet in der Deutschen Nationalbibliothek